## Livros da autora publicados pela Galera Record

### *Série* Fallen
Volume 1 – *Fallen*
Volume 2 – *Paixão*
Volume 3 – *Tormenta*
Volume 4 – *Êxtase*

*Apaixonados – Histórias de amor de Fallen*

### *Série* Teardrop
Volume 1 – *Lágrima*
Volume 2 – *Dilúvio*

# LAUREN KATE

Dilúvio
Teardrop
Vol. 2

*Tradução*
Priscila Catão

2ª edição

— Galera —
RIO DE JANEIRO
2022

CIP-BRASIL. CATALOGAÇÃO NA FONTE
SINDICATO NACIONAL DOS EDITORES DE LIVROS, RJ

K31d
2ª ed.
Kate, Lauren
 Dilúvio / Lauren Kate; tradução Priscila Catão – 2ª ed. – Rio de Janeiro: Galera Record, 2022.
 (Teardrop; 2)

 Tradução de: Waterfall
 Sequência de: Teardrop
 ISBN 978-85-01-10269-0

 1. Ficção americana. I. Catão, Priscila. II. Título. III. Série.

14-16875
CDD: 813
CDU: 821.111(73)-3

Título original em inglês:
*Waterfall*

Text copyright © 2014 by Lauren Kate

Publicado originalmente por Delacorte Press, um selo da Random House Children's Books, divisão da Random House, Inc.

Direitos de tradução negociados com Inkhouse Media LLC e Sandra Bruna Agencia Literária, S. L.

Todos os direitos reservados. Proibida a reprodução, no todo ou em parte, através de quaisquer meios. Os direitos morais do autor foram assegurados.

Composição de miolo: Abreu's System
Adaptação de capa por Renata Vidal

Texto revisado segundo o novo Acordo Ortográfico da Língua Portuguesa.

Direitos exclusivos de publicação em língua portuguesa somente para o Brasil adquiridos pela
EDITORA RECORD LTDA.
Rua Argentina, 171 – Rio de Janeiro, RJ – 20921-380 – Tel.: 2585-2000, que se reserva a propriedade literária desta tradução.

Impresso no Brasil

ISBN 978-85-01-10269-0

Seja um leitor preferencial Record.
Cadastre-se e receba informações sobre nossos lançamentos e nossas promoções.

Atendimento e venda direta ao leitor:
sac@record.com.br

*Para Venice*

*É gratificante pensar*
*que o peso do oceano*
*e o peso do significado*
*podem estar de alguma maneira conectados.*
— JOE WENDEROTH,
"THE WEIGHT OF WHAT IS THROWN" ["O PESO DO QUE É JOGADO"]

# 1

∞

# A TERCEIRA LÁGRIMA

O céu chorava. A tristeza inundava a terra.

Starling abriu a boca para capturar as gotas de chuva que caíam pelo buraco em seu cordão de isolamento. O abrigo transparente da Semeadora estava armado sobre a fogueira como uma aconchegante barraca de acampamento. Ele a isolava completamente do dilúvio, exceto pela pequena abertura no topo, feita para dar vazão à fumaça e permitir que um pouco de chuva entrasse.

As gotas umedeciam a língua de Starling. Estavam salgadas.

Sentiu o gosto de árvores antigas desenraizadas, oceanos retomando terras. Sentiu o gosto de água negra nos litorais, golfos engolfados. Flores silvestres murchando, montanhas sedentas, tudo envenenado pelo sal. Um milhão de cadáveres decompondo-se.

As lágrimas de Eureka tinham causado aquilo — e mais.

Starling estalou os lábios, tentando sentir algum outro gosto. Fechou os olhos e ficou passando a chuva pela língua, como um *sommelier* degustando vinho. Ainda não conseguia sentir os pináculos atlantes interrompendo o céu. Não conseguia sentir as extremidades de Atlas, o Maligno.

O que era algo bom, mas confuso. As lágrimas derramadas pela garota da Linhagem da Lágrima se destinavam a trazer Atlântida de volta. Impedir aquelas lágrimas de cair era o único objetivo dos Semeadores.

Tinham fracassado.

E o que acontecera? A inundação estava ali, mas onde estava o comandante? Eureka trouxera o cavalo sem seu cavaleiro. A Linhagem da Lágrima teria mudado de direção? Algo teria dado errado da maneira certa?

Starling curvou-se perto do fogo e examinou suas cartas náuticas. Uma torrente de lágrimas escorria pelas paredes do cordão, intensificando o calor e o brilho daquele espaço fechado com aroma de citronela. Se Starling fosse outra pessoa, teria se aninhado com uma caneca de chocolate quente e um livro, deixando a chuva niná-la até entrar em outro mundo.

Se Starling fosse outra pessoa, a idade avançada a teria matado milênios antes.

Era meia-noite na Floresta Nacional de Kisatchie, no centro de Louisiana. Starling estava aguardando os outros desde meio-dia. Sabia que chegariam, apesar de não terem combinado aquele local. A garota começara a chorar tão de repente. A inundação dispersara os Semeadores por aquele novo e abominável pântano, e não tiveram tempo de planejar o reencontro. Mas era ali que ele aconteceria.

Ontem, antes de Eureka chorar, o local ficava a 250 quilômetros do Golfo. Agora não passava de um fragmento do litoral que desaparecia. O bayou — suas margens, estradas de terra, salões de baile, carvalhos vivos e retorcidos, mansões coloniais e picapes — estava sepultado num mar de lágrimas egoístas.

E por ali, em algum lugar, nadava Ander, apaixonado pela garota que fizera aquilo. O ressentimento cresceu dentro de Starling quando pensou na traição do garoto.

Além do brilho da chama, contra a chuva, emergiu uma silhueta da floresta. Critias usava seu cordão como uma capa de chuva, perceptível apenas aos olhos de Semeadores. Starling teve a impressão de que parecia menor. Sabia o que ele estava pensando:

*O que deu errado? Onde está Atlas? Por que ainda estamos vivos?*

Ao chegar à beirada do cordão de Starling, Critias se deteve. Os dois prepararam-se para o impacto que indicaria a união dos cordões.

O momento da junção os atingiu como um raio. Starling cruzou os braços para resistir à ventania; Critias fechou fortemente os olhos e caminhou com dificuldade. O cabelo dela balançava sobre o couro cabeludo como uma teia de aranha; as bochechas dele tremulavam como bandeiras.

Starling observou aqueles aspectos pouco lisonjeiros de Critias e o viu observar o mesmo nela. Tranquilizou-se ao lembrar que Semeadores só envelhecem quando sentem afeto.

— Veneza já era — disse Starling, enquanto Critias aquecia as mãos perto do fogo. Ela havia combinado o que suas papilas gustativas lhe disseram com as informações das cartas náuticas. — Boa parte de Manhattan, todo o Golfo...

— Espere os outros. — Critias fez um gesto com a cabeça na direção da escuridão. — Chegaram.

Vinda do leste, Khora apareceu cambaleante enquanto Albion surgia do oeste — a tempestade fazendo seus cordões brilharem. Aproximaram-se do cordão de Starling e enrijeceram os corpos, preparando-se para a entrada desagradável. Após o cordão de Starling absorvê-los, Khora desviou o olhar, e Starling soube que a prima não queria correr o risco de se sentir nostálgica ou ridícula. Não queria correr o risco de sentir. Era assim que vivia fazia milhares de anos, sem nunca parecer ou se sentir mais velha que uma mortal de meia-idade.

— Starling está listando as terras destruídas — disse Critias.

— Isso não importa. — Albion sentou-se. Seu cabelo grisalho estava encharcado, e o elegante terno cinza, rasgado e manchado de lama.

— Milhões de mortes não importam? — perguntou Critias. — Não viu a destruição que as lágrimas de Eureka causaram? Você sempre disse que éramos os protetores do Mundo Desperto.

— O que importa agora é Atlas!

Starling desviou o olhar, envergonhada com o acesso de raiva de Albion, apesar de compartilhar sua aflição. Havia milhares de anos que os Semeadores esforçavam-se para impedir a ascensão de um inimigo que jamais tinham conhecido em carne e osso. Sofriam com as projeções de sua terrível mente fazia muito tempo.

Presos na realidade submersa do Mundo Adormecido, Atlas e seu reino não envelheciam nem morriam. Se Atlântida ressurgisse, seus moradores seriam restaurados à vida exatamente como estavam quando a ilha afundou. Atlas seria um homem robusto de 20 anos, no zênite de seu poder juvenil. O Despertar faria o tempo recomeçar para ele.

Atlas estaria livre para concretizar o Dilúvio.

Mas, até Atlântida ascender, as únicas coisas em ação no Mundo Adormecido eram intelectos doentios, calculistas e fantasiosos. Ao longo do tempo, a mente de Atlas fizera muitas viagens sombrias ao Mundo Desperto. Toda vez que uma garota atendia às condições da Linhagem da Lágrima, a essência de Atlas trabalhava para se aproximar dela, para tirar de seus olhos as lágrimas que restaurariam seu reino. Agora, ele estava dentro de Brooks, amigo da garota.

Os Semeadores eram os únicos que reconheciam Atlas sempre que este possuía o corpo de uma pessoa próxima à garota da Linhagem da Lágrima. Atlas nunca atingira seu objetivo — em parte porque os Semeadores tinham assassinado 36 garotas da Linhagem antes de Atlas provocar-lhes o choro. No entanto, cada uma de suas visitas levara ao Mundo Desperto sua maldade ímpar.

— Estamos todos nos lembrando das mesmas coisas sombrias — disse Albion. — Se a mente de Atlas tem sido assim tão destruidora dentro de outros corpos, travando guerras e assassinando inocentes, imagine o que a mente e o corpo não fariam unidos, despertos e no nosso mundo. Imagine se ele concretizar o Dilúvio.

— Então onde ele está? — perguntou Critias. — O que está esperando?

— Não sei. — Albion cerrou o punho sobre a fogueira, até que o cheiro de carne queimada o fez puxar a mão. — Nós todos estávamos lá. Nós a vimos chorar!

Starling relembrou aquela manhã. Quando as lágrimas de Eureka começaram a escorrer, seu sofrimento parecera ilimitado, como se nunca fosse acabar. Era como se cada lágrima derramada fosse multiplicar por dez os danos causados ao mundo...

— Espere — disse ela. — Depois que as condições da profecia fossem atendidas, três lágrimas precisavam ser derramadas.

— A garota estava aos prantos. — Albion desconsiderou o que ela disse. Ninguém levava Starling a sério. — Claro que as três lágrimas necessárias foram derramadas.

— E depois, mais que isso. — Khora olhou para a chuva.

Critias coçou a barbicha grisalha do queixo.

— Temos certeza disso?

Houve uma pausa, e um trovão estrondeou. A chuva respingava pelo buraco do cordão.

— *Uma lágrima para estilhaçar a pele do Mundo Desperto* — entoou Critias, baixinho, o verso das Crônicas, ensinado pelo antepassado Leandro. — Essa era a lágrima que teria iniciado a inundação.

— *Uma segunda para se infiltrar nas raízes da Terra.* — Starling podia sentir o gosto de fundo do mar se espalhando. Sabia que a segunda lágrima tinha sido derramada.

Mas e a terceira lágrima, a mais importante de todas?

— *Uma terceira para o Mundo Adormecido despertar, e cada antigo reino recomeçar* — disseram os quatro Semeadores em uníssono. Era a lágrima que importava. A lágrima que traria Atlas de volta.

Starling olhou para os outros.

— A terceira lágrima caiu ou não na Terra?

— Deve ter sido retida por alguma coisa — murmurou Albion. — Pelo aerólito, pelas mãos dela...

— Ander — interrompeu-o Critias.

A voz de Albion estava aguda de nervoso.

— Mesmo que ele tenha pensado em pegar a lágrima, não saberia o que fazer com ela.

— É ele que está com a garota agora, não nós — disse Khora. — Se a terceira lágrima foi derramada e capturada, o destino dela está nas mãos do garoto. Ander não sabe que a Linhagem da Lágrima é ligada ao ciclo lunar. Ele não está preparado para enfrentar Atlas, que fará de tudo para pegar a terceira lágrima antes da próxima lua cheia.

— Starling, para onde o vento levou Ander e Eureka? — perguntou Albion bruscamente.

Starling recolheu a língua, refletiu e engoliu, arrotando baixinho.

— Ela está protegida pela pedra. Mal consigo sentir seu gosto, mas creio que Ander está indo para o leste.

— É óbvio para onde ele foi — disse Khora —, e quem está procurando. Tirando nós quatro, apenas uma pessoa conhece as respostas que Ander e Eureka buscam.

Albion encarava a fogueira furiosamente. Ao exalar, a labareda dobrou de tamanho.

— Perdão. — Ele inspirou calculadamente para domar o fogo. — Mas quando penso em Solon... — Ele deixou os dentes à mostra, reprimindo algo terrível. — Estou bem.

Havia anos que Starling não escutava alguém dizer o nome do Semeador perdido.

— Solon está perdido — disse ela. — Albion procurou e não conseguiu encontrá-lo...

— Talvez Ander procure com mais empenho — sugeriu Critias.

Albion agarrou Critias pelo pescoço, ergueu-o do chão e o segurou acima da fogueira.

— Não acha que estou procurando Solon desde que ele fugiu? Eu aceitaria envelhecer mais um século só para encontrá-lo.

Critias chutou o ar. Albion soltou-o. Eles ajeitaram as roupas.

— Calma, Albion — pediu Khora. — Não deixe uma rivalidade antiga falar mais alto. Ander e Eureka precisarão subir à superfície para respirar em algum momento. Starling vai descobrir sua localização.

— A pergunta é — começou Critias —, será que Atlas não vai descobrir o paradeiro deles primeiro? No corpo de Brooks, ele vai ter como fazê-la sair de lá.

Um relâmpago ressoou em volta do cordão. A água cobria os tornozelos dos Semeadores.

— Precisamos descobrir uma maneira de nos impor. — Albion encarava a fogueira. — Não há nada mais poderoso que as lágrimas dela. Ander não pode ficar no controle de tal poder. Ele não é como nós.

— Precisamos nos concentrar no que sabemos — disse Khora. — Sabemos que Ander revelou a Eureka que, se um Semeador morrer, todos os Semeadores morrem.

Starling concordou com a cabeça; era verdade.

— Sabemos que ele a protege de nós usando artemísia, o que nos exterminaria caso algum de nós a inalasse. — Khora dedilhou os lábios. — Eureka não vai usar a erva. Ela ama Ander demais para matá-lo.

— Hoje ela o ama — disse Critias. — Não existe nada mais inconstante que os sentimentos de uma adolescente.

— Ela o ama. — Starling pressionou os lábios. — Os dois estão apaixonados. Sinto no gosto do vento dessa chuva.

— Ótimo — disse Khora.

— Como o amor pode ser ótimo? — Starling estava surpresa.

— É preciso amar para ter o coração partido. E um coração partido causa lágrimas.

— Se mais uma lágrima cair na Terra, Atlântida ascende — disse Starling.

— E se conseguíssemos as lágrimas de Eureka antes que Atlas chegue até ela? — Khora deixou os outros assimilarem a pergunta.

Um sorriso surgiu aos poucos no rosto de Albion.

— Atlas precisaria de nós para completar o Despertar.

— Nós teríamos um imenso valor para ele — disse Khora.

Starling removeu com um peteleco a lama de uma dobra de seu vestido.

— Estão sugerindo que fiquemos do lado de *Atlas*?

— Acho que Khora está sugerindo que chantageemos o Maligno. — Critias riu.

— Pode chamar do que quiser — disse Khora. — É um plano. Encontramos Ander, pegamos as possíveis lágrimas. Podemos até provocar mais algumas. Depois as usamos para seduzir Atlas, que vai nos agradecer pelo grande presente de sua liberdade.

Um trovão estremeceu a terra, e uma fumaça preta começou a sair pela abertura do cordão.

— Você é louca — acusou Critias.

— Ela é um gênio — rebateu Albion.

— Estou com medo — confessou Starling.

— Medo é para os perdedores. — Khora agachou-se e atiçou o fogo com um graveto molhado. — Quanto tempo temos antes da lua cheia?

— Dez noites — respondeu Starling.

— Tempo suficiente — Albion abriu um sorriso malicioso — para tudo mudar na última palavra.

# 2

## TERRA FIRME

A superfície prateada do oceano dançava acima da cabeça de Eureka. Suas pernas agitavam-se naquela direção — o desejo de passar da água para o ar era quase incontrolável —, mas conseguiu resistir.

Não estava em casa, na acolhedora baía de Vermilion. Eureka movia-se dentro de uma esfera transparente num oceano escuro e caótico, do outro lado do mundo. A esfera e a viagem feita dentro da mesma foram possíveis por causa do pingente de aerólito que usava no pescoço. Eureka herdara o aerólito após a morte da mãe, Diana, mas só recentemente descobrira seus poderes mágicos: quando usava o colar debaixo d'água, uma bolha surgia ao seu redor, como um balão.

Não sabia a razão pela qual o escudo do aerólito ainda a envolvia. Fizera a única coisa que não podia fazer. Havia chorado.

Crescera sabendo que lágrimas eram proibidas, uma traição a Diana, que lhe dera um tapa da última vez que chorara, oito anos antes, quando tinha 9 anos e seus pais se separaram.

*Nunca, jamais volte a chorar.*

Mas Diana jamais explicara o porquê.

E então ela morreu, impulsionando Eureka a buscar respostas. Descobriu que suas lágrimas não derramadas estavam ligadas a um mundo preso debaixo do oceano. Se aquele Mundo Adormecido ascendesse, destruiria o Mundo Desperto, seu mundo, o qual estava aprendendo a amar.

Não conseguiu impedir o que aconteceu logo depois. Ao chegar ao pátio de sua casa, viu seus dois irmãos gêmeos de 4 anos, William e Claire, machucados e amordaçados por monstros que se autodenominavam Semeadores. Viu a segunda esposa de seu pai, Rhoda, morrer tentando salvar os gêmeos. Tinha perdido seu amigo mais antigo, Brooks, para uma força incompreensivelmente sombria.

As lágrimas brotaram. Eureka chorou.

Foi um dilúvio. As nuvens de tempestade no céu e o bayou atrás da casa juntaram-se ao seu sofrimento e explodiram. Tudo e todos foram puxados para dentro de um mar novo, selvagem e salgado. Milagrosamente, o escudo de aerólito também salvara a vida das pessoas com quem Eureka mais se importava.

Ela os olhou; moviam-se sem muita firmeza ao seu lado. William e Claire com pijamas do Super-Homem. O pai, Trenton, outrora charmoso, tinha o coração destroçado por um raio e sentia falta da esposa que caíra do céu como uma gota de chuva feita de sangue e ossos. A amiga Cat, que ela jamais vira tão apavorada. E o garoto que, com um beijo mágico na noite anterior, transformara-se de paixonite em confidente — Ander.

O escudo de Eureka protegera-os do afogamento, mas era Ander quem os guiava pelo oceano, em direção ao que ele prometia ser um abrigo. Ander era um Semeador, mas não queria ser. Tinha dado as costas a sua cruel família para ficar ao lado de Eureka, jurando ajudá-la. Por ser um Semeador, sua respiração, chamada Zéfiro, era mais poderosa que o mais forte dos ventos, fazendo-os atravessar o Atlântico a uma velocidade impossível.

Eureka não fazia ideia do tempo que já durava aquela jornada, nem da distância que tinham percorrido. Naquela profundidade, o oceano era imutavelmente frio e escuro, e a bateria do celular de Cat, o único que tinha ido parar dentro do escudo, acabara havia um bom tempo. Tudo com que Eureka contava para medir o tempo eram os cantos brancos da boca de Cat, a barriga de seu pai roncando e a dancinha do agachamento de Claire, indicando que precisava muito fazer xixi.

Ander, com uma braçada, impulsionou o escudo para mais perto da superfície. Eureka estava ansiosa para sair do escudo, e aterrorizada com o que encontraria do outro lado. O mundo mudara. Suas lágrimas tinham causado a mudança. Debaixo do oceano, estavam seguros. Lá em cima, podiam se afogar.

Eureka ficou imóvel enquanto Ander afastava uma mecha de cabelo da testa dela.

— Quase lá — disse ele.

Já haviam conversado sobre como chegariam à terra firme. Ander explicou que as ondas do oceano eram traiçoeiras, então precisavam planejar bem a saída do escudo. Ele tinha roubado uma âncora dos Semeadores que seria presa a uma rocha e os estabilizaria, mas depois precisariam atravessar os limites do escudo.

Claire era a peça-chave. Ao toque de todos os outros, a superfície do escudo reagia com uma resistência de pedra, mas as mãos de Claire conseguiam atravessá-la como uma rajada de fogo na névoa. Ela se balançava nos calcanhares, girando as mãos contra a superfície, pintando com os dedos uma fuga invisível. Seus pulsos entravam e saíam do escudo da mesma maneira como fantasmas trespassavam portas.

Sem o poder de Claire, o escudo estouraria como uma bolha ao atingir a superfície e entrar em contato com o ar. Todos em seu interior se espalhariam como cinzas pelo mar.

Então, após Ander encontrar uma rocha adequada, Claire se tornaria a desbravadora do grupo. Suas mãos atravessariam o escudo e prenderiam a âncora à pedra. Até os outros saírem da água, os braços de Claire ficariam com uma parte dentro e outra fora do escudo, mantendo-o aberto para a passagem de todos e impedindo-o de ser despedaçado pelo vento.

— Não se preocupe, William — disse Claire para o irmão, que era nove minutos mais velho. — Sou mágica.

— Eu sei. — William estava sentado de pernas cruzadas no colo de Cat, no chão translúcido do escudo, tirando bolinhas do pijama. Abaixo deles, o mar construía montes e vales de escombros. Cordas pretas de algas colidiam no escudo como barbas desgrenhadas. Pedaços de coral batiam nas laterais.

Cat abraçou os ombros de William. A amiga de Eureka era esperta e destemida — juntas, tinham ido até Nova Orleans de carona, com Cat usando apenas a parte superior do biquíni e short jeans, cantando músicas obscenas de marinheiros que seu pai ensinara. Eureka podia perceber que Cat achava aquele plano com Claire uma má ideia.

— Ela é só uma criança — disse Cat.

— Ali. — Ander apontou para uma rocha larga, coberta de cracas, a uns 3 metros acima. — Aquela.

Debaixo das fendas, uma espuma branca reluzia. A superfície da rocha estava acima d'água.

O braço de Eureka juntou-se ao de Ander para que impulsionassem o escudo para cima. O tom da água passou do preto para o cinza-escuro. Quando aproximaram-se o máximo possível da superfície sem atingi-la, Eureka agarrou o aerólito e rezou para Diana, pedindo que conseguissem sair em segurança.

Apesar de Eureka ser a única capaz de erguer o escudo em que viajavam, Ander conseguia mantê-lo parado por um tempo e seria o último a sair.

Ele observava Eureka. A garota olhou para baixo, imaginando o que ele achava dela. A intensidade de seu olhar a deixara nervosa quando o conheceu na estrada de New Iberia. Então, na noite anterior, ele disse que a observava havia anos, desde que os dois eram bem pequenos. Revelara tudo que o fizeram acreditar ao seu respeito. Disse que a amava.

— Quando chegarmos à superfície do oceano — disse ele —, veremos coisas terríveis. Vocês precisam se preparar.

Eureka assentiu. Sentira o peso das lágrimas quando deixaram seus olhos. Sabia que sua inundação era bem pior que qualquer pesadelo. Era responsável pelo que quer que estivesse à espreita lá em cima, e planejava se redimir.

Ander abriu o zíper da mochila e tirou o que parecia uma estaca prateada de 20 centímetros, com um anel do tamanho de uma aliança de casamento no topo. Apertou um botão, e quatro braços curvos surgiram da base da âncora. Ao puxar o anel, uma corrente fina de elos prateados brotou do topo.

Eureka tocou na estranha âncora, impressionada com sua leveza. Pesava menos de 200 gramas.

— Que bonita. — William tocou nos braços brilhantes da âncora, que terminavam em forquilhas e tinham uma textura de ferro batido, semelhante a escamas; isso a deixava com a aparência de pequenas caudas de sereia.

— É feita de oricalco — disse Ander —, uma antiga substância extraída de Atlântida, mais resistente que qualquer coisa no Mundo Desperto. Quando meu ancestral Leandro deixou Atlântida, levou com ele cinco pedaços de oricalco. Minha família os guarda há milênios. — Ele tateou a mochila e abriu um sorriso misterioso e sensual. — Até agora.

— E os outros brinquedos, o que são? — Claire ficou nas pontas dos pés e pôs a mão dentro da mochila de Ander.

Ele a levantou pelos braços e sorriu enquanto fechava o zíper. Pôs a âncora nas mãos dela.

— Isto aqui é muito precioso. Depois que a âncora se fixar na pedra, você tem que segurar a corrente com o máximo de força possível.

Os elos de oricalco retiniram nas mãos de Claire.

— Vou segurar bem forte.

— Claire... — Os dedos de Eureka acariciaram o cabelo da irmã, precisando mostrar que aquilo não era uma brincadeira. Pensou no que Diana teria dito. — Acho você muito corajosa.

Claire sorriu.

— Corajosa e mágica?

Eureka afastou a estranha e nova vontade de chorar.

— Corajosa e mágica.

Ander ergueu Claire por cima da cabeça. Ela pôs os pés em seus ombros e lançou um punho para cima, depois o outro, exatamente como ele a instruíra. Seus dedos atravessaram o escudo de aerólito, e ela arremessou a âncora na direção da pedra. Eureka observou-a subir e desaparecer. Então a corrente esticou-se, e o escudo estremeceu como uma teia de aranha atingida por respingos de água. No entanto, a superfície não se rompeu nem deixou a água passar.

Ander deu um tranco na corrente.

— Perfeito.

Ele começou a puxar, trazendo mais corrente para dentro do escudo e os erguendo para mais perto da superfície. Quando estavam a apenas centímetros das ondas que quebravam, Ander gritou:

— Vá!

Eureka agarrou os elos lisos e frios da corrente. Estendeu o braço para além de Claire e começou a subir.

Ficou surpresa com a própria agilidade. A adrenalina percorria seus braços como um rio. Quando ultrapassou a fronteira do escudo, a superfície do oceano estava logo acima de seu corpo. Eureka entrou na tempestade.

Era ensurdecedora. Era tudo. Era uma viagem no interior de seu coração partido. Toda tristeza, toda ponta de raiva que sentira na vida se manifestavam naquela chuva. Atingiam seu corpo como balas de milhares de guerras inúteis. Ela rangeu os dentes e sentiu gosto de sal.

O vento açoitava do leste. Os dedos de Eureka escorregaram e, depois, se agarraram à corrente fria enquanto a garota se esticava para encostar-se à rocha.

— Segure-se, Claire! — tentou gritar para a irmã, mas a boca encheu-se de água salgada. Enterrou o queixo contra o peito e deu impulso para cima, para a frente, tomada por uma determinação que jamais sentira antes. — É só isso que consegue fazer? — gritou ela, gorgolejando através de sua dor torrencial.

O ar cheirava a descarga elétrica. Eureka não conseguia enxergar além do dilúvio, mas podia sentir que não havia nada além de inundação. Como Claire conseguiria se segurar no meio de toda aquela água violenta? Eureka imaginou as últimas pessoas que amava se dispersando pelo oceano, os peixes mordiscando seus olhos. Sentiu um aperto no peito. Deslizou pela corrente alguns importantes centímetros abaixo. Estava com o oceano na altura do peito.

De alguma maneira, seus dedos encontraram o topo da rocha, e ela o agarrou. Pensou em Brooks, seu melhor amigo desde o útero, seu vizinho de infância, o garoto que passara os últimos 17 anos a desafiando a ser uma pessoa mais interessante. Onde ele estava? A última vez que o vira havia sido quando ele mergulhou no oceano, pulando atrás dos gêmeos que tinham caído de seu barco. Ele estava fora de si. Estava... Eureka não conseguia suportar como ele estava. Sentia falta dele, do antigo Brooks. Quase conseguia escutar seu sotaque do bayou em seu ouvido bom, erguendo-a: *É como subir numa nogueira-pecã, Lulinha.*

Eureka imaginou a rocha fria e escorregadia como um galho receptivo, iluminado pelo pôr do sol. Cuspiu sal. Berrou e subiu.

Ela apoiou os cotovelos na rocha. Lançou um dos joelhos na sua lateral. Tateou as costas para se assegurar de que a mochila roxa com *O livro do amor* — a outra parte da herança de Diana — ainda estava ali. Estava.

Uma parte do livro fora traduzida por uma velha senhora chamada Madame Blavastky. Madame B tinha agido como se o sofrimento de Eureka estivesse repleto de esperança e possibilidades. Talvez magia fosse aquilo — olhar a escuridão e enxergar uma luz que a maioria das pessoas não via.

Agora Madame Blavastky tinha morrido, assassinada pelos tios e pelas tias Semeadores de Ander. No entanto, quando colocou o livro debaixo do braço, Eureka sentiu o sobrenatural a incentivando a buscar justiça.

A chuva caía tão intensamente que era difícil se mexer. Claire se segurava na corrente, mantendo o escudo permeável para os outros. Eureka deu impulso e subiu na pedra.

Montanhas estendiam-se adiante, cercadas por uma névoa perolada. Os joelhos de Eureka deslizaram na pedra quando se virou e lançou o braço na direção do mar revolto. Tentou encontrar a mão de William. Ander o ergueria até ela.

Os pequenos dedos de William encontraram a mão da irmã e depois a agarraram. A força do menino era surpreendente. Ela o puxou até conseguir segurá-lo com firmeza, então o ergueu para cima da pedra. William semicerrou os olhos, tentando focar na tempestade. Eureka posicionou-se à frente dele. Precisava protegê-lo da brutalidade de suas lágrimas, pois sabia que não havia como escapar delas.

Cat foi a próxima. Ela praticamente lançou-se da água para os braços de Eureka. Subiu na pedra e soltou um grito entusiasmado, abraçando William, abraçando Eureka.

— Cat sobreviveu!

Puxar o pai foi como uma exumação. Ele se movia lentamente, como se erguer o próprio corpo exigisse uma força que nunca desejara ter; embora Eureka já houvesse comemorado ao vê-lo cruzar a linha de chegada de três maratonas e tivesse testemunhado sua capacidade em fazer supino com um peso igual ao do próprio corpo na calorenta garagem de casa.

Por último, Claire subiu nos braços de Ander até atingir a superfície das ondas. Estavam segurando a corrente de oricalco. O vento golpeava seus corpos. O escudo reluzia ao redor deles — até o momento em que os dedos do pé de Claire saíram de seu interior. Então, a bolha virou névoa e desapareceu. Eureka e Cat puxaram Ander e Claire até a pedra.

A chuva rebatia no aerólito de Eureka, golpeando a parte inferior de seu queixo. A água respingava do oceano e descia do céu. A rocha em que estavam era estreita, escorregadia e tinha uma inclinação íngreme em direção ao oceano, mas pelo menos todos haviam conseguido passar para a terra. Agora precisavam encontrar abrigo.

— Onde estamos? — gritou William

— Acho que aqui é a lua — disse Claire.

— Na lua não chove — disse William.

— Vamos para uma área mais alta — sugeriu Ander, enquanto desprendia a âncora da pedra, acionava o botão para recolher os braços, e a guardava dentro da mochila. Ele apontou para a área mais afastada do mar, onde se erguia a silhueta negra de uma montanha. Cat e o pai de Eureka pegaram os gêmeos. Eureka ficou observando as costas de sua família, que deslizava e escorregava pelas pedras. Vê-los tropeçando e ajudando um ao outro, seguindo em direção a um abrigo que nem sabiam se existia, fez com que ela se odiasse. Era a culpada por eles — e o resto do mundo — estarem naquela situação.

— Tem certeza de que é por aqui? — gritou ela para Ander, quando percebeu que a rocha em que subiram projetava-se do mar como uma pequena península. Por todos os lados só havia água revolta. Ela estendia-se indefinidamente, sem horizonte.

Por um instante, deixou seu olhar demorar-se no oceano. Escutou o zumbido no ouvido esquerdo, surdo desde o acidente de carro que matara Diana. Era sua pose de depressão: olhar para a frente sem enxergar nada e escutar aquele zumbido solitário e infinito. Após a morte de Diana, Eureka passara meses daquele jeito. Brooks era o único que a deixava entrar naqueles transes melancólicos, cutucando-a delicadamente quando ela saía deles: *Você parece uma atração de casa noturna sem a casa noturna.*

Eureka tirou a chuva do rosto. Não podia mais se dar ao luxo de sentir tristeza. Ander lhe havia revelado que ela poderia interromper o dilúvio. E é o que faria, ou morreria tentando. Perguntou-se quanto tempo teria.

— Há quanto tempo está chovendo?

— Só um dia. Ontem de manhã estávamos no pátio de sua casa.

Apenas um dia atrás, ela não fazia ideia do que suas lágrimas eram capazes. Seus olhos focaram no oceano, que se tornara selvagem com a chuva de um único dia. Inclinou-se e estreitou os olhos na direção de algo que balançava na superfície.

Era uma cabeça humana.

Eureka sabia que enfrentaria coisas terríveis na superfície. No entanto, ver o que suas lágrimas tinham feito, aquela vida destruída... Não estava pronta. Mas então...

A cabeça movia-se de um lado para o outro. Um braço bronzeado estendeu-se para fora d'água. Alguém estava *nadando*. A cabeça virou-se na direção de Eureka, respirou mais uma vez e desapareceu. Depois apareceu de novo, um corpo movendo-se rapidamente atrás dela, vencendo as ondas.

Eureka reconheceu aquele braço, aqueles ombros, aquele cabelo escuro molhado. Vira Brooks nadar até a arrebentação desde que eram crianças.

A razão desapareceu; a perplexidade falou mais alto. Levou as mãos ao redor da boca, mas antes que o som do nome de Brooks pudesse escapar de seus lábios, Ander aproximou-se dela.

— Precisamos ir.

Ela virou-se para ele, tomada pelo mesmo entusiasmo desenfreado que costumava sentir quando cruzava a linha de chegada em primeiro lugar. Apontou para a água.

Brooks tinha desaparecido.

— Não — sussurrou ela. *Volte.*

Idiota. Queria tanto ver o amigo que sua mente o projetou no meio das ondas.

— Achei que o tinha visto — sussurrou ela. — Sei que é impossível, mas ele estava bem ali. — Ela apontou com desânimo. Sabia que parecia loucura.

Os olhos de Ander acompanharam os dela até o local escuro nas ondas onde Brooks aparecera.

— Esqueça, Eureka.

Quando ela demonstrou hesitação, a voz dele ficou mais suave.

— Temos que nos apressar. Minha família deve estar nos procurando.

— Nós atravessamos um oceano. Como nos encontrariam aqui?

— Minha tia Starling consegue sentir nosso gosto no vento. Precisamos chegar à caverna de Solon antes que nos localizem.

— Mas... — Ela procurou o amigo na água.

— Brooks se foi, entende?

— Entendo que é mais conveniente para você se eu esquecê-lo — disse Eureka, e depois seguiu na direção dos contornos chuvosos de Cat e sua família.

Ander alcançou-a e lhe bloqueou a passagem.

— Sua fraqueza por ele é inconveniente para outras pessoas além de mim. Pessoas vão morrer. O mundo...

— Pessoas vão morrer se eu ficar com saudade de meu melhor amigo?

Ela teve vontade de voltar no tempo, de ficar no quarto, os pés descalços apoiados na coluna da cama. Queria sentir a vela com aroma de figo que acendia sobre a mesa depois de correr. Queria enviar mensagens de texto para Brooks sobre as manchas estranhas na gravata do professor de latim, queria se irritar com algum comentário de mau gosto feito por Maya Cayce. Jamais percebera o quanto era feliz antes, o quanto sua depressão tinha sido valiosa e indulgente.

— Você está apaixonada por ele — disse Ander.

Ela passou por ele. Brooks era seu amigo. Ander não precisava ficar com ciúmes.

— Eureka...

— Você disse que precisamos nos apressar.

— Sei que é difícil.

Aquilo fez com que ela parasse. *Difícil* era como as pessoas que não conheciam Eureka se referiam à morte de Diana. Isso a fazia ter vontade de acabar com a existência da palavra. Difícil era uma prova de bioquímica. Difícil era manter em segredo uma boa fofoca. Difícil era correr uma maratona.

Deixar alguém que você ama para trás não era difícil. Não existia palavra para descrever isso, pois, mesmo se não tivesse *deixado* a pessoa para trás, ainda assim ela havia partido. Eureka abaixou a cabeça e sentiu gotas de chuva escorrerem pela ponta do nariz. Ander nunca deve ter sofrido uma perda tão grande. Se tivesse, não teria dito aquilo.

— Você não entende.

Queria esquecer o assunto, mas, assim que falou as palavras, Eureka percebeu o quanto soou rude. Sentia como se não existissem mais palavras; eram todas tão insuficientes e inferiores.

Ander virou-se em direção à água e soltou um suspiro irritado. Eureka viu o Zéfiro sair visivelmente de seus lábios e colidir contra o mar. Provocou uma onda escancarada que se curvou sobre Eureka.

Parecia a onda que tinha matado Diana.

Observou Ander e viu a culpa lhe arregalar os olhos. Ele inspirou bruscamente, como se quisesse desfazer aquilo. Ao perceber que não seria possível, se lançou na direção dela.

As pontas de seus dedos se tocaram por um instante. Depois a onda deslizou por cima de ambos e cresceu na direção da terra. Eureka foi jogada para trás, afastando-se de Ander aos rodopios e caindo no mar agitado.

A água entrou em seu nariz, bateu no crânio e golpeou seu pescoço de um lado para o outro. Ela sentia gosto de sangue e sal. Não reconheceu o gemido afogado que saiu de sua boca. Escapou da onda somente quando a água deixou a base de seu corpo. Por um instante, correu sobre o céu. Não conseguia enxergar nada. Achou que fosse morrer. Gritou pela família, por Cat, por Ander.

Quando caiu na rocha, a única coisa que a fez acreditar que ainda estava ridiculamente viva foi o eco de sua voz na chuva fria e incessante.

# 3

## O SEMEADOR PERDIDO

No aposento central da gruta subterrânea, Solon tomou um gole do café turco forte como piche e franziu a testa.

— Está frio.

Filiz, sua assistente, pegou a caneca de cerâmica. Sua mãe a tinha esculpido especialmente para Solon em sua roda de oleiro, assando-a na fornalha que ficava duas cavernas a leste. A caneca tinha 2,5 centímetros de espessura, feita para manter o calor por mais tempo dentro da caverna de travertino poroso de Solon, presa entre correntes frias que congelavam até os ossos.

Filiz tinha 16 anos, selvagem cabelo ondulado, tingido de um tom laranja cor de fogo, e olhos da cor da casca do coco. Vestia uma camisa justa azul elétrico, calça skinny preta e uma gargantilha com spikes prateados.

— Estava quente quando preparei uma hora atrás. — Filiz trabalhava com o excêntrico recluso havia dois anos e aprendera a lidar com suas variações de humor. — O fogo ainda está aceso. Vou preparar mais...

— Não precisa! — Solon lançou a cabeça para trás e derramou o café na boca. Engasgou melodramaticamente e limpou a boca com o braço pálido. — Seu café só fica levemente pior quando esfria, é como ser transferido de Alcatraz para a Sibéria.

Atrás de Solon, Basil deu um riso abafado. O segundo assistente de Solon tinha 19 anos, era alto, moreno, usava o cabelo preto e liso num rabo de cavalo, e exibia um brilho maroto no olhar. Basil não era como os outros garotos da comunidade. Ouvia música country antiga em vez de música eletrônica. Idolatrava Bansky, o grafiteiro, e pintara super-heróis coloridamente distorcidos em várias das formações rochosas que havia por perto. Achava que fazia seus *grafitti* anonimamente, mas Filiz sabia que era ele o artista. Gostava de exibir seu inglês em provérbios, mas nunca os traduzia corretamente. Solon passara a chamá-lo de "o Poeta".

— A pessoa pode levar um cavalo até a água, mas seu café tem gosto de cocô — disse o Poeta, rindo sob o olhar fulminante de Filiz.

O Poeta e Filiz pareciam mais velhos que o chefe cujo rosto pálido e escultural era tão liso quanto o de uma criança. Solon parecia ter uns 15 anos, mas era bem mais velho que isso. Tinha olhos azuis intensos e o cabelo louro bem curto, tingido com manchas pretas e marrons como as de um leopardo. Estava ao lado de um robô prateado deixado numa longa mesa de madeira.

O nome do robô era Ovídio. Tinha 1,80 metro, proporções humanas invejáveis, um rosto bonito e o olhar inexpressivo de uma estátua grega. Filiz nunca vira nada parecido e não fazia ideia de onde tinha surgido. Era composto somente de oricalco, um metal que Filiz e o Poeta desconheciam completamente, mas que Solon insistia ser algo raro e inestimável.

Ovídio estava quebrado. Solon passava longos dias tentando ressuscitá-lo, mas não explicava para Filiz o motivo. Ele era cheio de segredos, que ficavam na fronteira entre magia e mentira. Era o tipo de louco que tornava a vida interessante e perigosa.

Nos 75 anos desde que chegara à remota comunidade turca, Solon raramente saíra do labirinto de caminhos estreitos que levavam à caverna que chamava de Nuvem Amarga. Montou uma oficina no andar mais baixo da gruta. Dali, uma escada espiral levava à área em que ele morava — seu salão — e, no andar a seguir, ficava uma pequena varanda, com vista panorâmica para um campo de rochas coníferas que formavam os telhados das cavernas vizinhas.

A característica mais mágica da Nuvem Amarga era a cachoeira de Solon. Com uma queda de 15 metros, a cascata tinha a altura de dois andares e ficava nos fundos da caverna. A água salgada era branca como um pombo e não parava de rugir, um barulho que Filiz ouvia mesmo quando não estava no trabalho. No cume da queda d'água, uma orquídea fúcsia prendia-se perigosamente ao pico rochoso, tremendo contra a corrente. E, na base da cachoeira, uma lagoa azul-marinho delimitava a oficina de Solon. O Poeta dissera a Filiz que um longo canal ligava a lagoa ao oceano a centenas de quilômetros de distância. Filiz sentia muita vontade de dar um mergulho na lagoa, mas sabia que não devia pedir permissão. Tantas coisas eram proibidas dentro da Nuvem Amarga.

Havia tapetes turcos pendurados sobre pequenos nichos no salão, dividindo-o em dois quartos e uma cozinha. Velas reluziam nos candelabros de estalagmites, construindo filamentos de cera escorrida. Crânios enfileiravam-se pelas paredes em ziguezagues elaborados. Solon posicionara cada crânio com cuidado em sua Galeria dos Sorrisos, escolhendo-os por tamanho, formato, cor e personalidade imaginada.

Solon também era o criador de um enorme mosaico no solo, que retratava o casamento da Morte e do Amor. Na maioria das noites, após desistir mais uma vez de Ovídio, ele ficava remexendo numa pilha de pedras denteadas em busca do tom ideal de azul translúcido para o véu de casamento do Cupido, ou do tom de vermelho adequado para o sangue que pingava dos caninos da Morte.

Filiz se tornara especialista em encontrar essas pedras avermelhadas nas margens dos riachos locais. Toda vez que Filiz levava para Solon uma pedra aceitável, ele a deixava passar alguns minutos no borboletário secreto, localizado atrás de seu quarto. Uma terma borbulhava através deste, então o corredor virava uma sauna natural. Milhões de insetos alados perambulavam pelo cômodo úmido, fazendo Filiz se sentir como se estivesse dentro de um quadro de Jackson Pollock.

— Sabe onde existe café de verdade? — perguntou Solon, enquanto remexia numa caixa de ferramentas de metal amassada.

— Na Alemanha — responderam Filiz e o Poeta, e depois reviraram os olhos. Solon comparava tudo com a Alemanha. Foi onde passou a velhice e se apaixonou.

Solon, como todos os Semeadores, sofria de uma antiga maldição: o amor sugava sua vida, fazendo-o envelhecer rapidamente. Saber disso não evitou que se apaixonasse perdidamente por uma bela alemã chamada Byblis havia setenta anos. Nada teria impedido aquilo, dissera Solon para Filiz inúmeras vezes — era seu destino. Ele envelhecera dez anos quando se aproximou para beijá-la pela primeira vez.

Byblis era uma garota da Linhagem da Lágrima e tinha morrido por isso. Sua morte fizera Solon voltar no tempo com a mesma rapidez com que o amor por ela o envelhecera. Sem Byblis, ele voltou à juventude eterna se fechando para as emoções mais intensamente que qualquer outro Semeador. Filiz encontrara-o admirando o próprio reflexo na lagoa da base de sua gruta. A beleza juvenil irradiava do rosto de Solon, mas era superficial, não havia sinal de alma.

Solon enfiou a mão dentro do crânio de Ovídio e examinou as saliências do cérebro de oricalco do robô.

— Não lembro se já liguei estes dois circuitos aqui...

— Você tentou isso na semana passada — lembrou-lhe o Poeta. — Mentes brilhantes são semelhantes.

— Não, você está errado. — Solon segurou uma pinça entre os dentes. — Eram fios diferentes — disse ele, conectando-os.

A cabeça do robô soltou-se dos ombros e foi lançada na vasta escuridão do outro lado do quarto. Por um instante, Solon e seus assistentes ficaram escutando uma estalactite pingar água nos olhos do robô, sempre abertos.

Então o mensageiro do vento usado como campainha soou. As polias de correntes e as rodas dentadas triangulares que as ligavam sacudiram para trás e para a frente no teto da caverna.

— Não deixe que entrem — disse Solon. — Descubra o que querem e depois as mande para bem longe.

Filiz não teve tempo de chegar à porta. Escutou o zumbido revelador e, depois, o palavrão soltado por Solon. As bruxas fofoqueiras tinham entrado sozinhas.

Naquele dia eram três: uma parecia ter 60 anos, a outra, 100, e a terceira não devia ter mais que 17. Vestiam kaftans de pétalas de orquídea cor de ametista que farfalhavam enquanto elas desciam a escada espiral de Solon. Tinham pintado os lábios e as pálpebras da mesma cor da roupa. Nas orelhas, havia fileiras de finíssimas argolas prateadas do lóbulo à ponta. Estavam descalças, e os dedos dos pés eram longos e bonitos. As línguas, sutilmente bifurcadas. Uma nuvem de abelhas movia-se acima dos ombros de cada bruxa, girando sem parar sobre suas cabeças — cujo dorso ninguém jamais via.

Duas dúzias de bruxas fofoqueiras moravam nas montanhas que circundavam a caverna de Solon. Viajavam em trios. Sempre entravam num cômodo andando para a frente e enfileiradas, mas, por alguma razão, partiam voando de costas. Todas tinham uma beleza fascinante, mas a mais jovem era excepcional. Seu nome era Esme, mas somente uma bruxa fofoqueira podia chamar outra pelo nome. Ela usava no pescoço uma corrente com um cristal reluzente em formato de gota.

Esme sorriu sedutoramente.

— Espero que não tenhamos interrompido nada importante.

Solon observou a luz da vela resplandecer no colar da bruxa. Ele era mais alto que a maioria das bruxas fofoqueiras, mas Esme o ultrapassava em vários centímetros.

— Entreguei três donzelinhas a vocês ontem. Isso me garante pelo menos um dia sem ninguém vir atrás de mim.

As bruxas trocaram olhares, erguendo as sobrancelhas bem-feitas. As abelhas moviam-se em círculos ininterruptos.

— Não estamos aqui para receber nada — disse a mais velha. As rugas em seu rosto eram hipnotizantes, bonitas, como uma duna de areia esculpida por um vento forte.

— Viemos dar uma notícia — disse Esme. — A garota chegará em breve.

— Mas nem está chovendo...

— E como um eremita ridículo como você saberia disso? — resmungou a bruxa do meio.

A água salgada borrifou da cachoeira, molhando o Poeta, mas ricocheteando na pele de Semeador de Solon.

— Quanto tempo vai demorar para prepará-la? — perguntou Esme.

— Não conheço a garota. — Solon deu de ombros. — Mesmo se ela não for tão burra quanto suspeito, essas coisas demoram.

— Solon. — Esme pôs o dedo no amuleto do colar. — Queremos ir para casa.

— Isso já está bem claro — disse Solon. — Mas a jornada para o Mundo Adormecido não é possível nestas circunstâncias. — Ele parou. — Sabe quantas lágrimas foram derramadas?

— Sabemos que Atlas e a União estão chegando. — A língua bifurcada de Esme sibilou.

O que era a União? Filiz viu Solon estremecer.

— Quando revestimos sua casa, você prometeu que nos recompensaria — lembrou a bruxa mais velha a Solon. — Há anos que o mantemos escondido de sua família...

— E eu pago a vocês pela proteção! Só ontem foram três donzelinhas.

Filiz já escutara Solon resmungar sobre a dívida que tinha com aquelas ignorantes. Ele odiava ter de atender aos pedidos incessantes por criaturas aladas de seu borboletário. Mas não havia escolha. O revestimento das bruxas tornava o ar ao redor da caverna de Solon imperceptível aos sentidos. Sem ele, os outros Semeadores detectariam sua localização pelo vento. Capturariam o irmão que os traíra ao se apaixonar por uma garota da Linhagem da Lágrima.

O que as bruxas faziam com as agitadas libélulas e donzelinhas, as majestosas borboletas monarcas e a ocasional borboleta morpho azul que Solon entregava em pequenas jarras de vidro? A julgar pelos olhares ávidos das bruxas fofoqueiras quando agarravam as jarras e as guardavam nos bolsos compridos de seus kaftans, Filiz imaginava ser algo terrível.

— Solon. — Esme falava de um jeito peculiar, parecia que estava simultaneamente a uma galáxia de distância e dentro do cérebro de Filiz. — Não vamos esperar para sempre.

— Acha que estas visitas aceleram o processo? Deixem-me trabalhar.

Instintivamente, todos olharam para o espetáculo ridículo que era Ovídio sem cabeça, os fios projetados para fora do pescoço.

— Agora falta pouco, Solon — sussurrou Esme, tirando algo do bolso do kaftan. Ela colocou uma pequena lata no chão. — Trouxemos um pouco de mel para você, docinho. Adeus.

As bruxas sorriam maliciosamente enquanto arqueavam os braços por trás das cabeças, tiravam os pés do chão e voavam de costas, subindo pela cachoeira e saindo da caverna escura e úmida.

— Acredita nelas? — perguntou Filiz a Solon enquanto ela e o Poeta colocavam a cabeça do robô ao lado do corpo. — Sobre a garota estar a caminho? Você conheceu a última garota da Linhagem da Lágrima. Nós só escutamos as histórias, mas você...

— Jamais fale de Byblis — disse Solon, e virou-se.

— Solon — insistiu Filiz —, você acredita nas bruxas?

— Não acredito em nada. — Solon começou a prender a cabeça de Ovídio ao corpo.

Filiz suspirou e observou Solon a ignorar. Em seguida, ela subiu lentamente as escadas até a entrada da caverna. No caminho até o trabalho, o céu estava com um tom prateado estranho que a recordava um potro selvagem que costumava ver com frequência nas montanhas. Havia um frio no ar que a fez caminhar rapidamente, esfregando os braços. Sentira-se nervosa e sozinha.

Agora, enquanto saía da caverna, uma sombra enorme cobriu-a. Uma nuvem de tempestade imensa dominava o céu como um ovo preto gigante prestes a rachar. Filiz sentiu o cabelo começar a arrepiar, e então...

Uma gota de chuva caiu no dorso de sua mão. Ela a analisou. Sentiu seu gosto.

Salgado.

Era verdade. Passara a vida inteira escutando os anciões alertarem a respeito daquele dia. Seus antepassados moravam naquelas cavernas desde que as águas da grande enchente retrocederam, milênios atrás. Seu povo tinha uma memória coletiva sombria a respeito de Atlântida — e um medo profundo de que outra inundação um dia chegasse. Será que ia mesmo acontecer agora, antes que Filiz subisse na Torre Eiffel, aprendesse a dirigir com câmbio manual ou sentisse alguma coisa parecida com amor?

Seu sapato lhe esmagou o reflexo numa poça, e ela sentiu vontade de esmagar a responsável por aquela chuva.

— Qual seu problema, cabelo de vassoura? — A voz da bruxa do meio era inconfundível. A língua bifurcada estalava enquanto as bruxas fofoqueiras pairavam no ar acima de Filiz.

Filiz nunca compreendera como as bruxas sem asas voavam. As três pairavam na chuva, com os braços relaxados ao lado do corpo, sem fazer nenhum esforço perceptível para se manter no ar. Filiz viu as gotas de água salgada se acomodarem feito diamantes no cabelo preto brilhante de Esme.

Filiz passou a mão no próprio cabelo, depois se arrependeu. Não queria que as bruxas achassem que ela se importava com a própria aparência.

— A chuva vai nos matar, não vai? Envenenar nossos poços, destruir nossas plantações...

— Como nós saberíamos, menina? — perguntou a bruxa mais velha.

— O que vamos beber? — perguntou Filiz. — É verdade o que dizem por aí, que vocês têm uma quantidade infinita de água potável? Ouvi falar que se chama...

— O nosso Bruxuleio não é para beber, e com certeza não é para você — disse Esme.

— As lágrimas da garota são tão poderosas quanto dizem? — perguntou Filiz. — E... o que quis dizer quando falou em Atlas e na União?

Os bonitos kaftans coloridos das bruxas contrastavam com a nuvem gigante acima. Elas olharam uma para a outra com os olhos delineados de ametista.

— Ela acha que sabemos tudo — disse a bruxa mais velha. — Por que será...

— Porque — disse Filiz nervosamente — vocês são profetas.

— É o dever de Solon prepará-la — disse a mais velha. — Resolva seu medo da mortalidade com ele. Se ele não conseguir preparar a garota, seu chefe vai ficar nos devendo a caverna, seus bens, todas aquelas lindas borboletas...

— Solon vai ficar nos devendo a vida dele. — Os olhos de Esme escureceram, e, com uma voz repentinamente assustadora, ela disse: — Ele vai ficar nos devendo até mesmo a morte dele.

A risada das bruxas ecoou pelas montanhas enquanto elas flutuavam de costas, desaparecendo na chuva que ficava cada vez mais forte.

# 4

## SANGUE NOVO

A chuva prendia Eureka ao precipício. Tinha caído sobre o pulso que quebrara no acidente que matara Diana. Já estava inchando. A dor era familiar; sabia que o havia quebrado novamente. Ajoelhou-se com dificuldade enquanto o vestígio da onda voltava para ela.

Uma sombra cobriu seu corpo. A chuva parecia diminuir.

Ander estava acima dela. Uma de suas mãos segurou-lhe a nuca, a outra acariciou sua bochecha. O calor do toque fez com que Eureka tivesse dificuldade para recobrar o fôlego. O peito dele se encostou ao dela. Podia sentir seu batimento cardíaco. Os olhos dele eram tão poderosamente azuis que ela os imaginou lançando uma luz turquesa sobre sua pele, fazendo-a parecer um tesouro afundado. Os lábios dos dois estavam a centímetros de distância.

— Você se machucou?

— Sim — sussurrou ela —, mas isso não é novidade.

Com o corpo de Ander contra o seu, a chuva não atingia Eureka. As gotas pesadas de água acumulavam-se no ar acima deles, e ela percebeu que o cordão do Semeador a cobria. Ela estendeu o braço e tocou na superfície. Era macia e leve, um pouco esponjosa. Às vezes chegava a dar impressão de não existir, como o aroma de jasmim-da-noite quando você virava uma esquina durante a primavera. Gotas de chuva deslizavam pela lateral do escudo. Eureka olhou nos olhos de Ander e escutou a chuva, que caía em todos os lugares da Terra menos neles dois. Ander era o abrigo; ela era a tempestade.

— Onde estão os outros? — perguntou ela.

Imagens dos gêmeos sendo levados pelo mar tomaram a mente de Eureka, que levantou-se abruptamente e saiu do cordão de Ander. A chuva escorria por seu rosto e pingava de suas mangas aos seus sapatos.

— Pai! — chamou ela. — Cat! — Não conseguia vê-los. O céu parecia o fundo de uma piscina que ficava cada vez mais profunda.

Proteger-se nos braços de Ander tinha sido apenas um momento maravilhoso, mas um momento que a assustava. Não podia deixar que o desejo a distraísse da tarefa que tinha pela frente.

— Eureka! — A voz de William parecia distante.

Ela se moveu apressadamente na direção da voz. A onda inundara a parte final do caminho da pedra até a terra, então Eureka precisou pular na água e avançar 3 metros contra a corrente para chegar ao litoral. Ander estava ao seu lado. A água já atingia suas costelas, mas não chegava a encostar em seu aerólito. As mãos dos dois encontraram-se debaixo d'água e ficaram juntas até eles conseguirem sair com a ajuda um do outro.

Declives estranhos de uma rocha pálida e acinzentada estendiam-se diante de Eureka. A distância, rochas mais altas formavam uma paisagem esquisita de cones estreitos, como se Deus tivesse jogado pedaços gigantes de pedra numa roda de oleiro. Um azul surgiu bruscamente no meio das rochas — William, em seu pijama ensopado do Super-Homem, acenou.

Eureka aproximou-se dele. William pôs o dedão na boca. Sua testa e mãos estavam sujas de sangue. Ela o agarrou pelos ombros, procurou feridas em seu corpo e o abraçou contra o peito.

Ele encostou a cabeça no ombro da irmã e colocou o dedo indicador em sua clavícula, como sempre fazia.

— Papai está machucado — disse William.

Eureka procurou pelas rochas, a água gélida na altura dos tornozelos.

— Onde?

William apontou para um pedregulho que parecia uma ilha no meio de uma poça. Com o irmão nos braços e Ander ao lado, Eureka deu a volta na lateral da rocha. Viu a parte de trás da calça jeans escura de Cat e seu suéter de crochê e renda. Os sapatos de marca que a garota comprara após economizar por seis meses o salário de baby-sitter estavam afundados na lama. Eureka agachou-se perto do chão.

— O que aconteceu? — perguntou ela.

Cat virou-se. A lama cobria seu rosto e suas roupas. A chuva pingava de suas tranças que se desfaziam.

— Você está bem — disse ela, baixinho, depois deu um passo para o lado, deixando à mostra os dois corpos logo atrás. — Seu pai...

O pai de Eureka estava deitado de lado na base do pedregulho. Estava tão abraçado com Claire que pareciam um único ser. Os olhos dele estavam bem fechados. Os dela, bem abertos.

— Ele estava tentando protegê-la — disse Cat.

Enquanto Eureka corria até eles, sua mente lembrou-se dos milhares de vezes em que seu pai a protegera: em seu velho Lincoln azul, com o braço direito lançando-se sobre Eureka no banco do passageiro toda vez que ele freava bruscamente. Caminhando pelos campos de algodão de New Iberia, o ombro protegendo Eureka da poeira levantada por um trator. Quando desceram o caixão vazio de Diana na terra, Eureka quis ir junto, e o pai tremeu, tamanha a força que fez para segurá-la.

Delicadamente, ela desvencilhou o braço dele de Claire.

— A onda pegou os dois e os arremessou na pedra e... — Cat engoliu em seco e não conseguiu prosseguir.

Claire se afastou do pai, mas depois mudou de ideia e tentou voltar para os braços dele. Quando Cat a segurou, Claire balançou os punhos e se lamentou, chorando.

— Que saudade de Squat!

Squat era o labradoodle da família. Os gêmeos o usavam mais como um pufe. Uma vez, ele nadou no bayou, contra a corrente, para alcançar Brooks e Eureka numa canoa. Ao chegar à costa e sacudir o pelo, ficou da cor de achocolatado. Só Deus sabia o que tinha acontecido com ele na tempestade. Eureka sentiu-se culpada por não ter pensado sequer uma vez no cão desde que sua inundação começou. Ficou observando Claire, um medo intenso nos olhos, e percebeu imediatamente o que a irmã não estava se atrevendo a dizer: ela estava com saudade da mãe.

— Eu sei — disse Eureka.

Ela checou a pulsação do pai, que ainda existia, mas suas mãos estavam brancas como osso. Um machucado profundo descoloria o lado esquerdo de seu rosto. Ignorando a dor lancinante no punho, Eureka passou o dedo na têmpora do pai. O machucado estendia-se até a parte de trás da orelha, passando pelo pescoço até chegar ao ombro esquerdo, que tinha uma ferida profunda. Ela sentiu o cheiro de sangue, que acumulava-se nas fissuras cheias de areia entre os sulcos da pedra, fluindo como um rio saindo da nascente. Ela se aproximou e viu o osso de sua omoplata e o tecido rosado perto da espinha.

Fechou os olhos brevemente e lembrou-se das duas vezes em que acordara no hospital fazia pouco tempo, uma depois do acidente que lhe roubou Diana e a outra após engolir aqueles comprimidos ridículos, porque viver sem a mãe era impossível. Nas duas vezes, o pai estava lá. Seus olhos azuis lacrimejaram quando os dela se abriram. Não havia nada que ela pudesse fazer para que ele deixasse de amá-la.

Num verão em Kisatchie, saíram em um longo passeio de bicicleta. Eureka acelerou na frente, contente de ficar fora da vista do pai, até perder o equilíbrio ao fazer uma curva acentuada. Aos 8 anos, a dor dos cotovelos e joelhos arranhados era algo ofuscante, e, quando sua visão voltou ao normal, o pai estava ali, tirando as pedrinhas de suas feridas, usando a camisa como uma compressa para estancar o sangue.

Agora, ela desabotoou a própria camisa molhada, ficando apenas com a regata que usava por baixo, e amarrou o ombro com o tecido com o máximo de força possível.

— Pai? Consegue me ouvir?

— Papai vai morrer igual à mamãe? — perguntou Claire, chorando, o que fez William chorar.

Cat limpou o sangue do rosto de William com o cardigã e, depois, lançou para Eureka um olhar perplexo de o-que-diabos-a-gente-faz. Eureka ficou aliviada ao perceber que William não estava ferido; não havia sangue escorrendo por sua pele.

— Papai vai ficar bem — disse Eureka para os irmãos, para o próprio pai, para si mesma.

Seu pai não se mexeu. Havia sangue demais encharcando o torniquete improvisado de Eureka. Mesmo depois que a chuva levava ondas de sangue, mais escorria.

— Eureka — falou Ander atrás dela. — Fiquei com raiva, e meu Zéfiro...

— Não foi culpa sua — disse ela. Em primeiro lugar, ninguém estaria ali se Eureka não tivesse chorado. O pai estaria em casa empanando quiabo sobre o fogão respingado de óleo, cantando "Ain't No Sunshine" para Rhoda, que não teria morrido. — A culpa é minha.

Ela se lembrou de algo que um dos seus terapeutas tinha dito sobre a culpa, que não importava de quem era a culpa de uma coisa depois que ela já estava feita. O que importava era como a pessoa reagia, como a pessoa se recuperava. Era na recuperação que Eureka precisava se concentrar: na recuperação do pai, na do mundo... na de Brooks também. Mas não sabia como eles poderiam se recuperar de uma ferida tão profunda.

A saudade de Brooks tomou conta dela como uma tempestade repentina. Ele sempre sabia o que dizer, o que fazer. Para Eureka, ainda era difícil aceitar que o corpo de seu mais velho amigo estava agora possuído por um mal ancestral. Onde estaria Brooks? Será que estava com tanta sede, frio e medo quanto Eureka? Será que alguém unido a um monstro podia sentir essas coisas?

Ela devia ter percebido a mudança mais cedo. Devia ter descoberto alguma maneira de ajudar. Talvez assim não tivesse chorado, pois quando tinha Brooks ao seu lado Eureka conseguia enfrentar as coisas. Talvez nada daquilo tivesse acontecido. Mas tudo tinha acontecido.

Seu pai estava com a respiração fraca, ainda com os olhos bem fechados. Por alguns segundos, ele pareceu descansar com mais facilidade, como se estivesse separado da dor — mas depois o sofrimento voltou ao seu rosto.

— Socorro! — gritou ela, sentindo uma falta insuportável de Diana. Sua mãe lhe diria para encontrar uma saída. — Como podemos encontrar ajuda? Um médico. Um hospital. Ele sempre guarda o cartão do plano de saúde na carteira dentro do bolso...

— Eureka. — O tom de voz de Ander lhe dizia que, obviamente, não haveria ajuda, que suas lágrimas a fizeram desaparecer.

Cat estremeceu.

— Meu alarme vai tocar a qualquer instante. E, quando a gente se encontrar na frente do seu armário antes da aula de latim, vou contar o sonho maluco que tive. Vou dar uma enfeitada para que esta parte fique bem mais divertida.

Eureka passou os olhos pelas montanhas desertas.

— Vamos ter de nos separar. Alguém precisa ficar aqui com papai e os gêmeos. As outras duas pessoas vão atrás de ajuda.

— Mas onde? Alguém tem alguma ideia de onde estamos? — perguntou Cat.

— Estamos na lua — respondeu Claire.

— Precisamos encontrar Solon — disse Ander. — Ele vai saber o que fazer.

— Estamos perto? — perguntou Eureka.

— Tentei nos colocar na direção de uma cidade chamada Kusadasi, no litoral oeste da Turquia. Mas isso aqui não tem nada a ver com as fotos que pesquisei. O litoral está...

— O quê? — perguntou Eureka.

Ander desviou o olhar.

— Está diferente agora.

— Está dizendo que a cidade para onde nos levaria está debaixo d'água — disse Eureka.

— Você conhece esse tal de Solon? — perguntou Cat. Ela estava vasculhando a paisagem em busca de grandes tiras de algas, que colocava debaixo do braço.

— Não — disse Ander —, mas...

— E se ele for tão terrível quanto o resto de sua família assustadora?

— Ele não é como eles — disse Ander. — Não pode ser.

43

— Até parece que vamos descobrir — disse Cat —, porque não fazemos ideia de como encontrá-lo.

— Acho que consigo encontrá-lo, sim. — Ander passou rapidamente os dedos pelo cabelo, um tique nervoso.

Cat tirou a água de chuva do rosto e sentou-se com a pilha de alga no colo. Atou as faixas umas nas outras até que se parecesse um cobertor. Era para o pai de Eureka, que se sentiu burra por não ter pensado naquilo.

— Ele acha que consegue? — murmurou Cat para o cobertor.

Ander abaixou o rosto para perto do de Cat.

— Você faz ideia de como é rejeitar tudo que lhe foi ensinado enquanto crescia? A única coisa verdadeira em meu mundo é o que sinto por Eureka.

— Se eu nunca mais vir minha família... — disse Cat.

— Isso não vai acontecer. — Eureka tentou mediar. — Quem vem comigo procurar ajuda?

Cat ficou encarando a alga. Eureka percebeu que ela estava chorando.

A ferida do seu pai era séria, mas pelo menos ele estava ali com Eureka e os gêmeos. Cat sequer sabia onde o pai estava. As lágrimas de Eureka tinham dissolvido a família de Cat. Ela não fazia ideia do que havia acontecido com nenhum deles. Tudo que tinha era Eureka.

— Cat... — Eureka estendeu o braço para a amiga.

— Sabe qual foi a última coisa que eu falei para Barney? — disse Cat. — Falei para ele comer dois cocôs e morrer. Essas não podem ser as últimas palavras que falei para meu irmão. — Ela pôs o rosto entre as mãos. — Minha mãe e eu íamos fazer aula de ópera para aprender a cantar em falsete. Meu pai prometeu que no dia de meu casamento me levaria até o altar dando estrela... — Ela ficou encarando o pai de Eureka, semiconsciente no meio da lama, e parecia estar vendo o próprio pai. — Você precisa dar um jeito nisso, Eureka. E não como daquela vez em que colou o retrovisor da sua mãe com fita adesiva. Estou dizendo dar um jeito de verdade, tipo, em tudo.

— Eu sei — disse Eureka. — Vou encontrar ajuda. Você vai ligar para sua família. Vai dizer para Barney o que ele já sabe, que você o ama.

— Hum hum. — Cat fungou. — Eu fico aqui. Vão vocês. — Ela pôs o cobertor de algas sobre o pai de Eureka e sentou-se numa pedra, arrasada. Colocou os gêmeos no colo e tentou cobrir a cabeça deles com seu cardigã. Ali estava uma garota que se recusava a ir para a colônia de férias caso houvesse a mínima chance de garoar.

— Deixe-me ajudar você. — Eureka esticou o cardigã por cima dos gêmeos e da amiga. Sentiu um calor repentino atrás de si e se virou.

Debaixo de uma parte arqueada do pedregulho, Ander tinha começado a fazer uma pequena fogueira com restos de madeira. Estava acesa aos pés do pai de Eureka, quase sem ser atingida pela chuva.

— Como você fez isso? — perguntou ela.

— São necessários apenas alguns sopros para secar a madeira. O resto foi fácil. — Ele ergueu um canto do cobertor de algas, deixando à mostra uma pilha de gravetos secos e pedaços de madeira maiores. — Caso precise de mais madeira antes de voltarmos — disse ele para Cat.

— Você devia ficar com meu pai — sugeriu ela para Ander. — Seu cordão pode protegê-lo...

Ele desviou o olhar.

— Minha família consegue erguer cordões maiores que campos de futebol. E eu não consigo proteger nem a pessoa que está ao meu lado.

— Mas ali, nos seus braços, depois da onda... — disse Eureka.

— Aquilo aconteceu sem eu tentar, mas, quando tento... — Ele balançou a cabeça. — Ainda estou aprendendo a lidar com minha força. Dizem que fica mais fácil com o tempo. — Ele olhou por cima do ombro dela, como se tivesse se lembrado da própria família. — É melhor nos apressarmos.

— Você não sabe nem onde estamos, nem para onde vamos...

— Mas duas coisas conheço bem — disse Ander —, o vento e você. Foi com o vento que nos fiz atravessar o oceano, e foi algo que consegui por sua causa. Mas só posso ajudá-la se confiar em mim.

Eureka lembrou-se do dia em que ele a encontrou correndo na floresta, sob a chuva inocente. Ele a desafiou a molhar o aerólito. Ela riu porque soava absurdo; qualquer coisa podia ser molhada.

Se por acaso eu estiver certo, dissera ele, promete que vai confiar em mim?

Eureka gostava de confiar nele. Sentia um prazer físico ao confiar nele, ao tocar nas pontas de seus dedos e dizer em voz alta:

— Confio em você.

Ela olhou para trás e viu um relâmpago atingir uma onda distante. Perguntou-se o que teria acontecido no ponto de impacto. Virou-se, olhou para as montanhas e desejou saber o que haveria do outro lado.

Segurou com mais força a bolsa roxa debaixo do braço. Para onde quer que fosse, *O livro do amor* iria também. Inclinou-se para beijar o pai. As pálpebras dele se contraíram, mas não se abriram. Ela abraçou os gêmeos.

— Fiquem aqui com Cat. Cuidem de papai. Não vamos demorar.

Olhou fixamente para Cat. Sentia-se péssima por ir embora.

— O que foi? — perguntou Cat.

— Se eu não estivesse tão deprimida e zangada — disse Eureka —, se eu tivesse sido uma daquelas pessoas felizes na sala de espera, acha que minhas lágrimas teriam feito isto?

— Se tivesse sido uma daquelas pessoas felizes na sala de espera — disse Cat —, você não seria você. Preciso que você seja você. Seu pai precisa que você seja você. Se Ander tiver razão, e você for mesmo a única pessoa capaz de acabar com esta enchente, o mundo inteiro precisa que você seja você.

Eureka engoliu em seco.

— Obrigada.

Cat apontou a cabeça para os montes pedregosos.

— Então siga em frente com seu lado ruim.

A mão de Ander encontrou a de Eureka. Ela a apertou e começou a andar para longe do mar, esperando que Cat tivesse razão e se perguntando quanto do mundo havia sobrado para ela salvar.

# 5

## CONGELAMENTO

Eureka e Ander seguiram por um rio caudaloso, depois por um vale raso e por um mundo de pedras brancas e lisas. Atravessaram uma floresta de cones rochosos ladeada por planaltos. Seguiam de mãos dadas quando os cactos nas margens do riacho estendiam-se com seus espinhos de vários centímetros, capazes de rasgar a pele de uma pessoa de tão afiados.

Eureka estava preocupada com os cactos absorvendo o sal da chuva. Imaginou suas plantas preferidas em todo o mundo — orquídeas no Havaí, oliveiras na Grécia, laranjeiras em Key West, estrelícias na Califórnia e os labirintos reconfortantes de galhos de carvalho verdes perto de sua casa, no bayou —, as fibras ressecadas e murchas, desintegrando-se no sal. Semicerrou os olhos para que os espinhos dos cactos parecessem mais longos, grossos, afiados, e imaginou-os reagindo.

Seus tênis de corrida cobertos de lama fizeram Eureka pensar nas fotos que sua equipe costumava postar depois de participarem de uma corrida cross-country em meio a uma tempestade. Pontos marrons e acinzentados de orgulho. Perguntou-se se um dia alguém voltaria a apreciar uma corrida na chuva. Será que tinha roubado a beleza da chuva?

Chegaram a uma curva da qual era possível avistar a baía azul-cinzento. Lá estava a rocha por onde tinham chegado e o pedregulho alto e triangular atrás do qual estavam Cat e sua família, aquecendo-se na frente da fogueira de Ander, esperando-os. O pedregulho parecia minúsculo. Tinham andado mais do que ela imaginava.

Olhou além do pedregulho, focando no oceano que se esparramava ao redor deles numa luz nebulosa. Lentamente, uma geometria mais regular emergiu. Formas feitas pelo homem sucumbiam no meio do dilúvio. Telhados. O fantasma da cidade que tinha sido levada pela água.

Imaginou pessoas sob aqueles telhados, afogadas no sofrimento dela. Eureka tinha flutuado sob a destruição que causara, no escudo de aerólito, mas agora estava vendo tudo. Não sabia o que fazer. Queria se desintegrar com a chuva. Queria consertar tudo, bem naquele momento.

— Sabe — disse Ander —, você vai fazer tudo melhorar.

Eureka tentou permitir que o consolo dele a fortalecesse como o pilar de uma catedral, mas se perguntou de onde Ander tirava aquela fé que depositava nela. Ele parecia realmente acreditar que ela seria capaz de consertar as coisas, mas era simplesmente porque gostava dela — ou havia algo mais? Ele não parava de repetir que Solon responderia a todas as perguntas... se eles o encontrassem.

O caminho alargou-se, transformando-se em duas trilhas bifurcadas. Um instinto inexplicável lhe disse para escolher a da esquerda.

— Que direção? — perguntou ela a Ander.

Ele se virou para a direita.

— Vamos para o leste. Ou... norte? Precisamos subir até as montanhas para que eu possa ver melhor onde estamos.

Ander parecia tão confiante um instante atrás, quando estava acreditando nela.

— Você tem algum mapa? — perguntou ela.

Ele parou de andar e olhou para Eureka com uma expressão tão triste que ela segurou sua mão. Ficou impressionada em como se encaixavam, como nenhuma outra tinha se encaixado antes. Ele olhou para baixo e acariciou as pontas dos dedos dela.

— Entendi — disse ela. — Nada de mapa.

— O mapa está em minha memória, desenhado com linhas murmuradas pelas minhas tias e tios quando eu era muito novo. Não sei por que decorei as palavras deles, talvez porque a história de um Semeador perdido me parecesse estranha e romântica, e minha vida era tão sem graça.

Eureka soltou a mão dele. Imaginou como Cat reagiria ao descobrir que Ander os levara até o outro lado do mundo com base num mapa imaginário. Não queria culpar Ander. Estavam ali agora. Precisavam apoiar um ao outro. Mas não pôde deixar de pensar na maneira como Brooks, que não sabia usar um mapa nem sob a mira de uma arma, sempre chegava ao lugar certo. Ele aparecera em sua imaginação mais cedo, afastando a água escura com os braços. Em que costa ele teria ido parar depois que ela piscou, fazendo-o desaparecer?

Ander decidiu pelo lado direito e íngreme do caminho.

— Solon fez planos antes de escapar. Ia para uma caverna no oeste da Turquia, que chamava de Nuvem Amarga.

O caminho alargou-se. Eureka começou a correr. O pulso direito latejava toda vez que seus sapatos colidiam contra a terra, mas correr dava um ar familiar àquela paisagem desconhecida. Seu corpo encontrou um ritmo que ela compreendia.

Ander acompanhou-a. Com um olhar, os dois fizeram um acordo e começaram a correr. Eureka encheu as pernas de energia. O vento assobiava em suas costas. O sal da chuva fazia seus olhos arderem, e a dor em seu pulso era insuportável, porém quanto mais corria menos a sentia.

Achava que nunca conseguiria desacelerar. Estavam perdidos, e Eureka percebeu isso ao entrar numa passagem estreita de apenas alguns metros de largura, ladeada por rochas íngremes. Era como se estivesse passando rapidamente por um corredor bem estreito no meio da escuridão. A cada passo, sentiam uma exaustão mais profunda, mas Eureka precisava correr até aquela ardência sair do seu corpo, até aquela febre diminuir. Depois, mais tarde, recobrariam o fôlego e decidiriam o que fazer.

— Eureka!

Ander parou na frente dela. Eureka derrapou e estacou às costas dele. Seu rosto bateu na omoplata do rapaz. Ela sentiu os músculos de Ander se contraírem, como se estivesse tentando protegê-la de algo. Ficou nas pontas dos pés para ver o que havia à frente.

Havia uma garota morta na margem do riacho. Parecia ter uns 12 anos. Tinha folhas presas no cabelo. Estava de lado, sobre um tronco longo e retorcido. Eureka ficou encarando sua blusa branca, a saia rosa-claro pregueada manchada de sangue. A franja cor de ébano estava grudada nas bochechas. Uma fita alegre, amarela, prendia seu rabo de cavalo.

Eureka lembrou-se de como era aos 12 anos — mãos grandes, pés iguais aos de um cachorrinho, cabelo sempre cheio de nós, sorriso banguela. Ainda não conhecia Cat. No verão dos seus 12 anos, deu o primeiro beijo de língua. Estava anoitecendo, e ela e Brooks tinham nadado debaixo do cais da garagem de barcos do menino. Sentir os lábios dele encostarem delicadamente nos seus era a última coisa que esperava quando parou para respirar enquanto nadava no estilo peito. Ficaram boiando depois do beijo, rindo histericamente, pois estavam envergonhados demais para fazer qualquer outra coisa. Ela era tão diferente naquela época.

Sentiu uma ardência na garganta. Queria estar lá, na água quente de Cypremort, bem longe dali. Queria estar em qualquer outro lugar, menos ali parada perto da garota morta.

De repente, não estava mais parada. Estava ajoelhando-se. Sentando-se no riacho ao lado da garota. Tirando seu braço deformado e quebrado de cima do tronco. Segurando sua mão fria.

— Eu machuquei você — disse Eureka, mas o que lhe passou pela cabeça foi Que inveja de você, porque a garota tinha deixado os problemas e o sofrimento daquele mundo para trás.

Começou a rezar para a Virgem Maria, pois era assim que tinha sido criada, mas logo sentiu que era desrespeitoso. A garota muito provavelmente não era católica. Eureka não podia fazer nada para ajudar que a alma chegasse aonde precisava.

— Vou enterrá-la.

— Eureka, não acho... — Ander começou a dizer.

Mas Eureka já havia tirado o corpo da garota da árvore. Deitou-a na margem e ajeitou sua saia. Os dedos de Eureka se enterraram nos seixos, alcançando a lama. Sentiu os grânulos sedimentosos preencherem o espaço debaixo de suas unhas enquanto arremessava-os para o lado. Pensou em Diana, que nunca tinha sido enterrada.

Aquela garota estava morta porque Diana jamais contara a Eureka o que suas lágrimas fariam. Uma raiva que nunca sentira pela mãe tomou conta de Eureka.

— Não temos tempo para cuidar de todas as mortes — disse Ander.

— Precisamos fazer isto. — Eureka continuou cavando.

— Pense no seu pai — disse Ander. — E na minha família, que vai encontrá-la se não encontrarmos a Nuvem Amarga primeiro. Você vai honrar mais esta garota se seguir em frente, encontrar Solon e descobrir o que precisa fazer para se redimir.

Eureka parou de cavar. Os braços tremeram quando tocou a fita amarela da garota. Não entendeu porque desfez o laço. Sentiu-o afrouxar enquanto se soltava do cabelo escuro e molhado da garota. O vento fez a fita se entrelaçar entre os dedos de Eureka, soprando uma leveza repentina para dentro de seu peito.

Ela teve a leve impressão de reconhecer aquela sensação — era uma velha amiga, que voltara após uma longa e pródiga jornada: a esperança.

Aquela garota era uma chama intensa que as lágrimas de Eureka tinham extinguido, mas havia mais delas ardendo por todos os cantos. Precisava haver. Amarrou a fita amarela na corrente de seu aerólito. Quando estivesse se sentindo perdida e desanimada, se lembraria da garota, da primeira morte causada pelas lágrimas que tomara conhecimento, e aquilo a motivaria a acabar com o que ela mesma havia começado, a corrigir seus erros.

Eureka só percebeu que estava com lágrimas nos olhos quando se virou para Ander e viu sua expressão de pânico.

Ele aproximou-se dela imediatamente.

— Não!

Ele agarrou seu pulso quebrado. A dor foi excruciante. Uma lágrima escorreu por seu rosto.

Do nada, ela lembrou-se do candelabro de sua casa, uma relíquia de família, que, num acesso de raiva, quebrara ao bater com força à porta de casa. Seu pai passara horas restaurando-o, e o candelabro pareceu praticamente novo, mas na próxima vez em que Eureka foi fechar a porta, com cuidado, bem delicadamente, o candelabro estremeceu e se despedaçou. Será que ela era como aquele candelabro, agora que já chorara uma vez? A mais leve das forças a despedaçaria de repente?

— Por favor, não derrame outra lágrima — implorou Ander.

Eureka perguntou-se como se interrompia o choro. Como a dor diminuía? Para onde ela ia? Ander fazia parecer algo temporário, como uma nevasca em Lafayette. Ela tocou na fita amarela.

Já havia chorado a lágrima que inundara o mundo. Presumiu que os estragos já tinham sido feitos.

— O que mais minhas lágrimas podem fazer?

— Existe uma rubrica antiga prevendo o poder de cada lágrima derramada...

— Você não me contou isso! — Eureka estava com a respiração fraca. — Quantas lágrimas derramei?

Ela começou a enxugar o rosto, mas Ander agarrou suas mãos. Suas lágrimas eram como granadas.

— Solon vai explicar...

— Conte!

Ander segurou suas mãos.

— Sei que está assustada, mas precisa parar de chorar. — Ele a envolveu com o braço e acariciou sua nuca com a palma da mão. Seu peito inchou-se ao inspirar. — Vou ajudar você. — Olhe para cima.

Uma coluna estreita de ar em redemoinho se formava acima da cabeça de Eureka. Ela começou a girar mais rapidamente, até algumas gotas de chuva esvaecerem e ficarem mais lentas... transformando-se em neve. A coluna engrossou-se com os flocos brilhantes, parecendo penugem, que caíam e cobriam o rosto, ombros e tênis de Eureka. A chuva trovejava contra as pedras, colidindo nas poças que os cercavam, mas acima de sua cabeça a tempestade era uma elegante nevasca. Eureka estremeceu, fascinada.

— Fique parada — sussurrou Ander.

Ela sentiu arrepios enquanto as lágrimas quentes esfriavam e congelavam em sua pele. Estendeu o dedo para tocar numa delas, mas os dedos de Ander cobriram o seu. Por um instante, ficaram de mãos dadas sobre o rosto dela.

Ele tirou um frasco prateado e comprido do bolso. Parecia ser feito do mesmo oricalco que a âncora. Cuidadosamente, pegou as lágrimas congeladas do rosto de Eureka e as colocou no frasco, uma por uma.

— O que é isso?

— Um lacrimatório — disse ele. — Antes da inundação, quando os soldados atlantes iam para a guerra, as namoradas guardavam as lágrimas em frascos como este para presenteá-los. — Ele fechou-o com a pontiaguda tampa prateada e o guardou no bolso.

Eureka sentiu inveja das pessoas que podiam derramar lágrimas sem consequências fatais. Não podia chorar de novo. Iria criar um lacrimatório na própria mente, no qual seu sofrimento congelado moraria.

Os flocos de neve de seus ombros começaram a derreter. Seu pulso começou a doer bem mais intensamente que antes. A chuva tempestuosa voltou. A mão de Ander roçou sua bochecha.

Pronto, ela lembrou-se do que ele disse quando se conheceram, nada de lágrimas.

— Como fez isso... com a neve? — perguntou ela.

— Peguei uma parte do vento emprestada.

— E por que não congelou minhas lágrimas antes que eu chorasse da primeira vez? Por que ninguém me deteve?

Ander parecia tão perturbado quanto Eureka após perder Diana. Tirando o próprio reflexo, jamais vira alguém tão triste. Era algo que aumentava sua atração por ele. Estava desesperada para tocar nele, para ser tocada, mas Ander se retraiu e se virou.

— Consigo mover algumas coisas para ajudar, mas não consigo detê-la. Não existe nada no universo com metade da força de seus sentimentos.

Eureka virou-se para a garota na sepultura inacabada. Seus olhos mortos estavam abertos, azuis. A chuva lhes emprestava lágrimas vicárias.

— Por que não me contou o quanto meus sentimentos eram perigosos?

— Existe uma diferença entre poder e perigo. Seus sentimentos são mais poderosos que qualquer outra coisa no mundo. Mas não é preciso temê-los. O amor é maior que o medo.

Uma risadinha aguda fez os dois darem um salto.

Três mulheres de kaftans cor de ametista saíram de trás do matagal do outro lado do riacho. Suas roupas eram feitas de pétalas de orquídeas. Uma era bastante velha, a outra estava na meia-idade, e uma parecia ser jovem e louca o suficiente para ter perambulado pelos corredores da Evangeline com Cat e Eureka. Os cabelos das três eram longos e lustrosos, variando entre grisalhos e negros. Os olhos acompanhavam Eureka e Ander. Enxames de abelhas zuniam e formavam nuvens no ar acima de suas cabeças.

A mais nova usava um colar prateado com um pingente tão brilhante que Eureka não conseguia distinguir o que era. A garota sorriu e tocou a corrente.

— Ah, Eureka — disse ela. — Estávamos esperando você.

# 6

## INIMIGOS AINDA MAIS PRÓXIMOS

As mulheres eram tão estranhas que pareciam familiares, como um sonho de um futuro déjà vu. Mas Eureka não conseguia imaginar onde teria visto pessoas como elas. Então a voz rouca de Madame Blavatsky surgiu em sua cabeça, e ela lembrou-se de quando estava sentada no bayou nos fundos de casa durante o amanhecer, escutando a velha sábia ler sua tradução de *O livro do amor*.

Os músculos do rosto de Eureka enrijeceram enquanto tentava aceitar que estava experimentando algo que desejara a infância inteira: personagens de um livro tinham ganhado vida — e era terrível. Ela não podia virar as páginas e garantir que o capítulo teria um final feliz. Sabia tanto quanto a heroína de sua história; ela era a heroína, e estava perdida.

Endireitou a postura e ergueu o queixo.

As mulheres arquearam as sobrancelhas pretas.

— Vamos lá — provocou a de meia-idade. — Diga. — Sua língua era bifurcada, como a de uma cobra.

— Bruxas fofoqueiras — disse Eureka num tom mais dramático do que queria.

No *Livro do amor,* as bruxas fofoqueiras eram feiticeiras sem idade que moravam nos penhascos com vista para o oceano Atlântico. Não eram confidentes de ninguém, mas sabiam os segredos de todos. Tinham advertido Selene de que ela e Leandro talvez até escapassem da ilha, mas nunca escapariam da maldição de Delfine.

*A perdição preenche seus corações e assim será para todo o sempre.*

Quando Madame Blavatsky traduziu aquela frase, as palavras "para todo o sempre" fizeram Eureka sentir um aperto no coração. Selene era sua antepassada; Leandro era antepassado de Ander. Será que a antiga maldição das bruxas fofoqueiras afetaria o que Eureka e Ander sentiam um pelo outro? Será que a linhagem de Eureka também tinha mais alguma regra além das lágrimas proibidas? O amor também era impossível?

— Bruxas fofoqueiras! — gritou a mulher mais velha, e Eureka percebeu que as línguas de todas eram bifurcadas. Os olhos pretos da mais velha cintilavam e eram encantadores, fazendo Eureka se lembrar de sua avó Sugar. Era fácil perceber o quanto as bruxas deviam ter sido lindas quando jovens. Eureka perguntou-se há quanto tempo teria sido a juventude de cada uma.

A bruxa velha deu um tapa nas costas de suas duas companheiras, fazendo gotas de chuva saltarem de suas roupas de orquídeas como fogos de artifício.

— Os jovens são tão presos a classificações!

— Já ouvi histórias sobre vocês — disse Ander. — Mas me ensinaram que pertencem ao Mundo Adormecido.

A jovem bruxa inclinou o queixo na direção de Ander, deixando à mostra o amuleto cintilante de cristal na área côncava do pescoço. Tinha forma de lágrima.

— E quem é você que tem professores tão entediantes?

Ander limpou a garganta.

— Sou um Semeador...

— É mesmo? — Ela fingiu estar intrigada, agarrando o corpo de Ander com olhos gananciosos e o cercando com sua visão.

— Bem, eu era — disse Ander.

— E agora, o que é? — A jovem bruxa semicerrou os olhos.

Ele olhou para Eureka.

— Sou um garoto sem passado.

— Como você se chama? — O murmúrio hipnotizante da voz da jovem bruxa deixou Eureka tonta.

— Ander. Em homenagem a Leandro.

— Como vocês se chamam? — perguntou Eureka. Se elas fossem tias e primas de Selene, como dizia *O livro do amor,* então seriam parentes de Eureka, que não precisaria temê-las.

As bruxas fofoqueiras piscaram como se fossem rainhas e Eureka tivesse adivinhado o quanto eram importantes. Então elas começaram a rir de forma exagerada. Apoiaram-se umas nas outras e apoiaram pesadamente os pés pálidos na lama.

A mais jovem se recompôs e enxugou os cantos dos olhos com a manga de pétalas. Aproximou-se do ouvido surdo de Eureka:

— Ninguém é o que parece. Especialmente você, Eureka.

Eureka afastou-se e massageou a orelha. Tinha escutado a voz da garota com extrema clareza, no ouvido que não escutava quase nada. Lembrou-se de quando escutou com o ouvido ruim a música de Polaris, o periquito abissínio de Madame Blavatsky. Aquela música soou como um milagre. O sussurro da bruxa fofoqueira tinha sido como um murro telepático, machucando algo bem dentro do corpo.

— Seu nome significa "encontrei", mas você passou a vida inteira perdida. — A bruxa mais velha lançou a língua na nuvem de abelhas, pegou uma delas, girou-a pelo ferrão e a devolveu ao enxame.

— E agora está mais perdida que nunca. — O olhar da bruxa do meio analisou os arredores e parou em Eureka novamente.

Lentamente, elas viraram as cabeças para encarar a bolsa roxa pendurada no ombro de Eureka. A garota pôs a mão na bolsa molhada para protegê-la.

— É melhor irmos embora.

As bruxas riram.

— Ela acha que vai embora! — exclamou a bruxa mais velha.

— Isso me lembra daquela música: "Ela não vai a lugar algum, só está indo embora." — cantou a bruxa do meio.

— Venha, Eureka — disse a bruxa jovem. — Você está perdida, e nós vamos levá-la aonde precisa.

— Não estamos perdidos — declarou Ander firmemente.

— Claro que estão. — A bruxa mais velha revirou os grandes olhos negros. — Acham que vão conseguir encontrar a Nuvem Amarga sozinhos? — Ela aproximou-se e agarrou o pulso quebrado de Eureka até que esta soltasse um grito.

— Entregue o bálsamo a ela — disse a bruxa mais velha, impaciente.

A bruxa mais nova tirou uma garrafinha de vidro de um bolso fundo feito de pétalas. Uma substância roxa e reluzente rodopiava em seu interior. Ela jogou a garrafa para Eureka, que a agarrou com dificuldade.

— Para sua dor — disse ela. — Agora venha por aqui. — Ela apontou para o outro lado do riacho lamacento, na direção de um cume de montanha que ficava a uns 30 metros de altura.

No monte, havia uma escada íngreme natural que levava até o topo. Mais uma vez, Eureka sentiu um misterioso impulso, dizendo que aquele era o caminho correto. Olhou para Ander, que sutilmente fez que sim com a cabeça.

Ela desenroscou a tampa da garrafinha e cheirou o conteúdo. O aroma floral e doce de junquilhos penetrou em seu nariz — e logo depois surgiu uma sensação latejante de que seu osso estava quebrando mais uma vez.

— Elas vão querer alguma coisa em troca — sussurrou Ander para Eureka.

— Podem deixar que Solon cuida disso. — As bruxas riram.

— Pode usar — disse a bruxa mais nova. — Vai curar seus ossos. Nós esperamos.

Eureka passou um pouco do líquido roxo na palma da mão. Tinha flocos de ouro, como os esmaltes no salão da sua tia Maureen. Ela passou o dedo no bálsamo e o esfregou numa parte do pulso.

Um calor ardente tomou conta dela, e Eureka sentiu-se imensamente burra por ter confiado nas bruxas fofoqueiras. Mas um instante depois o calor diminuiu e uma sensação refrescante e agradável espalhou-se por ela, vencendo sua dor. O inchaço diminuiu; o machucado esvaeceu na área onde tinha colocado o bálsamo e depois desapareceu. Era milagroso. Eureka passou mais do líquido em seu pulso. Aguentou o calor, esperando o alívio refrescante e a dor ser removida como uma camada de roupa. Fechou os olhos e suspirou. Guardou a garrafa na bolsa, querendo muito compartilhar o restante com o pai.

— Tá bom — disse ela para as bruxas fofoqueiras —, vamos segui-las.

— Não. — A bruxa mais jovem balançou a cabeça e apontou para a escada na rocha. — Nós vamos segui-los.

O caminho era íngreme e estava inundado. As nuvens baixas eram tão pretas quanto a fumaça de uma casa pegando fogo. As bruxas guiaram Eureka e Ander pelos cumes delicados como renda, sempre caminhando atrás dos dois e gritando ordens como "esquerda!", quando a rota se dividia inesperadamente, e "subam!", quando era para subirem um trecho íngreme e escorregadio, e "abaixem-se!", quando uma cobra semimorta deslizou por um galho e sibilou para os dois. A bruxa do meio berrava ordens que Eureka não compreendia — "ye!" e "ha!" e "Roscoe Leroy!".

A cada passo que dava, Eureka ficava mais longe da família e da amiga. Imaginou William e Claire olhando para a montanha. Perguntou-se por quanto tempo ficariam olhando antes de desistir.

Entrou numa floresta esparsa de aveleiras agonizantes. As folhas pareciam marrons, e as cascas das avelãs cobertas de sal eram esmagadas pelos sapatos de Eureka. Havia uma teia de aranha pendurada entre dois galhos, balançando ao vento. Pequenas gotas agarravam-se a ela como pérolas que uma jovem ninfa abandonara no bosque.

— Eureka!

Ela olhou para cima e viu William e Claire acomodados nos galhos de uma enorme aveleira. Os gêmeos saltaram para o chão, respingando lama, e correram em sua direção. Ela não acreditava que eles estavam ali, mesmo enquanto os abraçava. Fechou os olhos e sentiu o cheiro dos dois, querendo acreditar: era sabonete de marfim e luz de estrelas.

— Como chegaram aqui?

Cada um dos gêmeos segurou uma das mãos de Eureka. Queriam mostrar uma coisa para ela.

Do outro lado da árvore, um objeto longo e branco reluzia na chuva. Eureka aproximou-se cautelosamente, mas os gêmeos riram e a puxaram com mais força. Tinha o formato de uma rede, mas o tecido fazia com que parecesse mais um grande abrigo de folhagens. Eureka observou-o, impressionada ao ver o que pareciam ser milhões de asas de mariposas entrelaçadas e iridescentes. Os pedaços minúsculos e frágeis formavam um casulo gigante que pairava no ar, flutuando sozinho.

Dentro do casulo, estava o pai de Eureka. Uma fina camada de flexíveis asas marrons protegia seu rosto da chuva. O ombro ferido, que Eureka amarrara com a camisa, tinha sido habilmente revestido com uma gaze sedosa e fúcsia. Um cataplasma do mesmo material envolvia o machucado em sua testa. Ele estava acordado. Estendeu a mão para ela e sorriu.

— Os médicos são ótimos deste lado da cidade.

— Como está a dor? — perguntou Eureka.

— É uma boa distração. — Seus olhos pareciam lúcidos, mas ele falava como se estivesse sonhando.

Ela pegou o frasco do bolso e o colocou na mão dele.

— Isto vai ajudar.

Do outro lado do casulo de asas de mariposas, três novas bruxas fofoqueiras agrupavam-se debaixo de outra árvore triste, murmurando entre si com as mãos na frente das bocas. As bruxas que tinham levado Ander e Eureka até ali seguiram até as outras, beijando suas bochechas e sussurrando como se tivessem anos de novidades para contar.

— Quantas são? — perguntou-se Eureka.

Cat apareceu do seu lado.

— As fadas madrinhas bizarras apareceram alguns minutos depois que vocês saíram. Fiquei tipo, "cadê meus dentes de leite que vocês pegaram"? Obrigada por ter enviado essas fadas para nos ajudar.

— Eu não as enviei — disse Eureka.

— Uma delas lançou a língua dentro de um buraco numa árvore — disse William —, e um zilhão de insetos saíram lá de dentro.

— Os insetos construíram um enorme diamante branco no céu e depois carregaram papai até a chuva! — acrescentou Claire.

— E olha que essas crianças não estão mentindo — disse Cat.

— Papai sabe voar! — disse William.

Cat tocou no aerólito de Eureka, analisando a superfície que repelia chuva.

— Quando elas apareceram na praia, eu sabia que tinha algo a ver com você. É como se, de alguma maneira, você se encaixasse mais aqui do que na Evangeline.

— E eu achando que nunca encontraria minha panelinha — disse Eureka secamente.

— Quero dizer — continuou Cat —, você faz mais sentido onde as coisas impossíveis são possíveis. Você mesma é uma dessas coisas impossíveis. — Cat estendeu a mão aberta para pegar um pouco de chuva. — Seus poderes são reais.

Eureka olhou para trás, em busca das bruxas fofoqueiras, mas elas tinham partido. Só havia sobrado uma única pétala de orquídea reluzindo no chão.

— Queria ter agradecido.

— Não se preocupe — sussurrou uma voz em seu ouvido surdo. Era a bruxa fofoqueira mais jovem, porém Eureka não a via. — Nós temos uma lista de tudo que Solon nos deve.

— Aonde vamos? — gritou Ander no meio da chuva.

A risada das bruxas fez o chão estremecer. Eureka sentiu alguma coisa acontecendo em sua mão e olhou para baixo. Uma tocha havia aparecido entre seus dedos. Tinha o cabo longo e prateado, e ficava larga como um cálice perto do topo. Uma chama brilhava no centro do cálice, e não era apagada pela chuva. Eureka investigou o interior da tocha, procurando algum óleo ou carvão que estivesse mantendo a chama acesa. Em vez disso, viu um pequeno monte de ametistas brilhando.

— De nada — sussurrou a voz da jovem bruxa no ouvido surdo de Eureka.

— Mande nossas piores lembranças a Solon! — gritou a mais velha.

Houve mais risadas, depois silêncio, depois chuva.

Eureka caminhou de um lado para o outro do bosque, procurando pistas que sua nova tocha iluminaria. Após passar pelo tronco de uma das árvores, esbarrou em alguma coisa dura. Massageou a testa. Não havia nada estranho visível à frente — somente mais árvores retorcidas apodrecendo. No entanto, tinha batido em algo tão sólido quanto uma parede. Tentou mais uma vez e colidiu mais uma vez contra ela, sem conseguir dar nenhum passo adiante.

Ander tateou a força invisível com os dedos.

— Está molhado. Parece um cordão. É real, estou sentindo, mas não está aqui.

— Pessoal — Claire acenou a alguns metros de distância —, não é melhor usarmos a porta?

Eureka semicerrou os olhos quando algo branco enevoou o espaço na frente de sua irmã. Claire ficou na ponta dos pés para conseguir enxergar, olhando diversas vezes para o que parecia ser um ponto traiçoeiro. Na extremidade do bosque, debaixo do cotovelo torto de um galho de aveleira, logo após uma rocha plana com uma camada de líquen no formato de Louisiana, uma parede formada por rocha branca incrivelmente começou a se definir diante deles.

Com sua pintura a dedos, Claire tinha feito a parede existir — ou ficar visível, pois a rocha estava ali antes do pintor.

— Aqui está. — As mãos de Claire moveram-se por cima de uma porção preta da rocha, como se estivesse polindo um carro. A rocha ficava cada vez mais parecida com uma porta arredondada.

Eureka queria que Rhoda estivesse ali para aplaudir. Pensou no Paraíso, o que a fez pensar em Diana, e se perguntou se duas almas interessadas nas mesmas pessoas terrenas se juntariam no mesmo lugar celestial para observá-las. Será que Rhoda e Diana estavam juntas em algum lugar, numa nuvem? Será que o Paraíso ainda existia além daquela mancha acinzentada de tristeza?

Olhou para cima em busca de algum sinal. A chuva caía no mesmo ritmo solitário que caíra o dia inteiro.

Ander ajoelhou-se ao lado de Claire.

— Como você fez isto?

— As crianças enxergam mais que os adultos — disse Claire, indo direto ao assunto, e atravessou a porta como um fantasma.

# 7

## PARA UMA CANÇÃO

Eureka virou-se para Ander.

— Acha que isso é mesmo...

— A Nuvem Amarga. — O sorriso de Ander era o oposto do sorriso aberto de William. Era um sorriso próximo do choro, um passaporte apresentado e guardado. Aquilo fascinava Eureka, que tinha medo do que significaria ser namorada de Ander, combinar toda a sua enorme dor com a dele, transformando-os num casal especialista em sofrimento. Eles compreenderiam a aflição um do outro com facilidade, mas quem os alegraria?

— Você está tão triste quanto eu — sussurrou ela. — Por quê?

— Nunca estive tão feliz.

Ao ouvir aquilo, Eureka ficou com vontade de conhecer Ander desde sempre, de ter tantas lembranças dele ao longo dos anos quanto ele tinha dela.

Eureka tocou na rocha branca e brilhante. A Nuvem Amarga. Se aquilo fosse mesmo a caverna de Solon, entendia por que ele comparava o travertino a uma nuvem. Mesmo depois que Claire revelara sua solidez, ainda havia certa leveza na rocha, quase como se fosse possível passar os dedos através dela.

Eureka estendeu a tocha e entrou na caverna. Seu ouvido ruim escutou a suave vibração das asas das mariposas que carregavam seu pai.

William viu a própria sombra se alongando nas paredes da caverna e se aproximou de Eureka.

— Estou com medo.

Eureka precisava servir de exemplo e mostrar que o amor era maior que o medo.

— Estou aqui do seu lado.

As paredes da caverna tinham uma textura estranha, mosqueada. Eureka aproximou a tocha de uma delas. Seus dedos seguraram o cabo prateado da tocha com mais força.

Devia haver milhares de crânios alinhados pelas paredes. Será que eram antigos moradores dali? Invasores como ela? A Eureka de antes teria estremecido ao ver aquilo. A Eureka atual aproximou-se da parede e encarou um rosto sorridente e sem pele. Sentiu que o crânio pertencera a uma mulher. As cavidades oculares eram grandes e baixas, e perfeitamente arredondadas. Seus dentes estavam intactos ao longo da delicada mandíbula. Era lindo. Eureka pensou no quanto já desejara morrer, em como costumava querer ser igual àquela mulher. Perguntou-se para onde a alma daquele adorável crânio teria ido, e que sofrimento ela havia deixado na Terra.

Ela estendeu o braço. As maçãs do rosto do crânio estavam gélidas.

Eureka afastou-se, e o crânio se fundiu ao desenho maior. Era como se afastar de um telescópio numa noite estrelada. Em alguns locais, os crânios estavam separados por outros tipos de ossos: fêmures, costelas, patelas. Graças às escavações arqueológicas que fizera com a mãe, Eureka sabia que aquele local a teria enlouquecido.

Continuaram entrando na caverna, os saltos de Cat estalando na rocha. A tocha iluminava apenas alguns metros à frente de Eureka e alguns metros atrás, então os outros tinham de ficar perto dela. Havia estalactites pingando do teto, como dedos gigantes congelados que agora derretiam. Cat empurrou a cabeça de Eureka para baixo, indicando que a amiga devia se abaixar ao passar por baixo de uma estalactite com formato de lança.

Eureka apontou a tocha na direção de Cat. A luz fez as sardas da amiga se destacarem contra a pele. Ela parecia jovem e inocente — as duas características de que Cat menos gostava —, o que fez Eureka pensar nos pais de Cat, que sempre pensariam na filha daquela maneira, mesmo quando ela tivesse 60 anos. Tinha esperanças de que a família de Cat estivesse em segurança.

— Me-ami. — Eureka falou em voz alta as sílabas da sua metade do colar de coração que dizia "melhores amigas", que as duas haviam ganhado numa competição de line dance de cajuns no Festival da Cana-de-Açúcar no nono ano.

Automaticamente, Cat recitou sua metade do pingente:

— Lhores-gas. — Ela jogou o quadril para a frente, como se ainda estivessem lá, dançando em New Iberia, na frente das vitrines decoradas da Main Street, a noite de outono prometendo um novo ano letivo, futebol americano e garotos fofos vestindo cardigãs grossos e quentinhos nos quais você podia entrar.

Não usavam mais o colar, mas de vez em quando Eureka e Cat pronunciavam aquelas sílabas familiares. Era uma maneira de se tranquilizarem, de dizer Vou amar você para sempre e Você é a única que me entende e Obrigada.

A caverna tinha cheiro de mofo e coisa velha, semelhante ao da garagem de Eureka após o Furacão Rita. O chão era surpreendentemente liso, como se tivesse sido lixado. Era silenciosa, exceto pelo ruído da água que pingava das estalactites em poças da cor de cerveja. Girinos pálidos saltitavam de um lado para o outro.

O mais notável a respeito da caverna era a falta de chuva. Eureka tinha se acostumado a sentir constantemente a tempestade em sua pele. Debaixo da cobertura da caverna, seu corpo se sentia dormente e agitado ao mesmo tempo, sem saber como lidar com a calmaria.

A tocha iluminou um espaço escuro no centro de outra pequena parede de crânios, colocados em espiral na extremidade da passagem. Eureka aproximou-se e viu que era a entrada para uma passagem mais estreita. Enfiou a tocha das bruxas dentro da penumbra.

Mais crânios cobriam aquele caminho menor, que se estreitava numa escuridão infinita. A claustrofobia de Eureka despertou, e sua mão passou a segurar a tocha com mais força.

Seu pai levantou a cabeça do místico casulo de mariposas. Ele acalmava a filha em seus ataques de pânico dentro de elevadores e sótãos desde que ela era criança. Eureka percebeu que o pai entendia a situação, e ficou aliviada por ele ainda estar lúcido o suficiente para compreender por que ela ficou paralisada à porta.

Ele apontou a cabeça na direção da escuridão intimidante. "A pessoa precisa enfrentar uma situação para superá-la." Era o que costumava dizer naqueles dias turvos após a morte de Diana, referindo-se ao luto. Eureka imaginou se ele saberia a que se referia agora. Ninguém sabia o que havia do outro lado da escuridão.

O sotaque do bayou de seu pai ficava mais perceptível longe de casa. Eureka lembrou que a única vez em que ele viajou para fora do país foi na lua de mel, quando ele e Diana foram para Belize. As fotografias ensolaradas estavam gravadas em sua mente. Os pais eram jovens, bronzeados, lindos e nunca sorriam ao mesmo tempo.

— Tá certo, pai. — Eureka deixou as paredes a cercarem.

A temperatura diminuiu. O teto ficou mais baixo. Velas acesas tremeluziam esporadicamente durante o caminho. Sua luz fraca esvaecia e se transformava em um longo trecho de escuridão antes de a próxima vela aparecer. Eureka sentia seus entes queridos atrás de si. Não fazia ideia de para onde os estava levando.

Sons distantes ecoavam pelas paredes. Eureka parou para escutar. Só conseguia ouvi-los com o ouvido bom, o que significava que os sons eram do próprio mundo, não de Atlântida, e eles foram ficando mais altos e próximos.

Eureka ocupou mais espaço com o corpo para proteger os gêmeos. Ficou segurando a tocha com as duas mãos, como uma clava. Golpearia o que quer que aparecesse.

Ela gritou e brandiu a tocha...

Na extremidade da luz, havia uma criança pequena, descalça, de cabelos escuros. Vestia apenas uma bermuda marrom rasgada. As mãos e o rosto estavam encardidos com algo preto e lustroso.

Ele gritou no que parecia turco, mas Eureka não tinha certeza. As palavras soavam como uma língua de um planeta próximo havia milênios.

Lentamente, William saiu de trás da perna de Eureka e acenou para o garotinho. Eram da mesma idade, da mesma altura.

O garoto sorriu. Seus dentes eram pequenos e brancos.

Eureka relaxou por meio segundo — e foi então que o garoto se lançou para a frente, agarrou as mãos de William e Claire, e os puxou para a escuridão.

Eureka gritou e correu atrás deles. Só percebeu que tinha deixado a tocha cair quando estava em meio a uma escuridão total. Seguiu os sons dos gritos dos irmãos até que, de alguma maneira, seus dedos encontraram o cós da bermuda do garoto. Jogou-o no chão. Cat estendeu a tocha para iluminar a briga de Eureka com o garoto.

Ele era surpreendentemente forte. Ferozmente, ela tentou livrar os gêmeos de seu aperto.

— Solte! — gritou ela, sem acreditar que alguém tão pequeno e jovem podia ser tão forte.

Ander ergueu o garoto, mas ele não soltou os gêmeos, tirando-os do chão também. William e Claire debatiam-se e choravam. Eureka queria arrancar os braços do garoto e colocar a cabeça dele no mosaico das paredes.

Nem ela nem Ander conseguiram fazer os dedos minúsculos do garoto soltarem os dois. O braço de Claire estava inchado e vermelho. O garoto conseguira soltar-se de Ander, deslizando entre as mãos exaustas de Eureka. Ele estava arrastando os gêmeos para longe.

— Pare! — gritou Eureka, apesar da total inutilidade da ordem. Precisava fazer alguma coisa. Foi atrás dos três e, sem saber o porquê, começou a cantar:

— To know, know, know him is to love, love, love him.

Era uma música dos anos 1950, do Teddy Bears. Diana lhe ensinara, dançando numa varanda úmida em New Iberia.

O garoto parou, virou-se e passou a encarar Eureka. Ficou boquiaberto, como se nunca tivesse escutado nenhuma música. Quando o refrão acabou, ele já havia relaxado um pouco a mão e os gêmeos conseguiram se soltar.

Eureka não sabia o que fazer além de continuar cantando. Tinha chegado à parte sombria da música, com a nota um tom mais agudo do que sua voz alcançava. Cat juntou-se a ela, harmonizando nervosamente, e depois a voz grave e profunda do pai fez o mesmo.

O garoto sentou-se de perna cruzada na frente deles, sorrindo como quem sonha. Ao ter certeza de que a música tinha acabado, ele levantou-se, olhou para Eureka e desapareceu nos recantos da caverna.

Eureka despencou no chão e puxou os gêmeos para perto. Fechou os olhos, apreciando a sensação da respiração deles contra seu peito.

— Imagino que aquele não era Solon — disse seu pai do casulo, e todos conseguiram rir.

— Como fez aquilo? — perguntou Ander.

Eureka reconheceu o assombro em seus olhos, pois era um olhar que Diana lançara a ela algumas vezes. Era um olhar que só podia ser lançado por alguém que conhecia você muito bem, e só nas ocasiões em que esse alguém ficava surpreso por ainda se surpreender com você.

Eureka não sabia como tinha feito o que tinha feito.

— Eu costumava cantar isso quando os gêmeos eram bebês — disse ela. — Não sei por que deu certo. — Olhou fixamente para a direção em que o garoto correra. Sua pulsação estava disparada em razão da vitória e da simples e surpreendente alegria de cantar.

Era a primeira vez que cantava desde a morte de Diana. Antes, cantava o tempo inteiro, chegando a criar as próprias músicas. No sétimo ano, quando ainda eram amigas, Maya Cayce participara de um concurso de poesia na escola usando letras tiradas do diário de Eureka. Quando a música que roubara de Eureka foi a campeã, nenhuma das duas falou no assunto. Maya ganhou 25 dólares, e seu poema foi lido nos alto-falantes para a escola inteira na manhã de sexta-feira. Aquilo se tornou um motivo de discórdia entre elas, olhares raivosos trocados sobre sacos de dormir nas festas de pijama, e, depois, o olhar passou a ser sobre barris de cerveja nas festas na casa de alguém. Será que ela estava morta? Será que Eureka tinha roubado sua vida assim como Maya lhe roubara as palavras?

— Acho que aquele menino queria ser nosso amigo — disse William.

— Acho que é nosso primeiro fã. — Cat devolveu a tocha para Eureka. — Agora precisamos de um nome para nossa banda. E de um baterista.

Cat sugeriu nomes de bandas enquanto seguiam pela passagem estreita, o que Eureka achou reconfortante, mesmo sem ter energia para assimilar todas as ideias frenéticas que saltavam como gatos da mente da amiga.

Azulejos brancos e azul-escuros passaram a cobrir o chão sob os pés do grupo. Na parede, havia uma placa de mármore com as palavras Memento mori gravadas.

— Valeu por lembrar — disse Cat, sarcasticamente, e Eureka adorou perceber que a amiga sabia que o significado era "lembre-se de que você deve morrer" mesmo sem ter feito o curso de latim em que Eureka aprendera a frase no ano anterior.

— O que significa? — perguntou William.

— Um escravo disse isso para um general romano que saía para a batalha — explicou Eureka, escutando na sua mente o sotaque do seu professor de latim, o Sr. Piscadia. Perguntou-se como ele e sua família teriam enfrentado a enchente. Uma vez, ela o viu junto ao filho num parque, passeando com dois boxers malhados. Na sua imaginação, uma onda gigante levava aquela lembrança para longe. — Significava "você é poderoso hoje, mas não passa de um homem e sua hora vai chegar". Quando aprendemos isso na aula de latim, todos ficaram obcecados com o fato de dizer respeito à vaidade e ao orgulho. — Eureka suspirou. — Lembro que achei as palavras reconfortantes. Tipo, um dia tudo vai acabar.

Olhou para os outros, suas expressões surpresas. O sarcasmo de Cat era apenas um disfarce para a natureza genuinamente alegre. Seu pai não queria pensar que a filha sofria tanto. Os gêmeos eram pequenos demais para compreender. Então sobrava Ander. Ela o encarou e percebeu que ele a compreendia. O garoto sustentou seu olhar e não precisou dizer nada.

Dez passos depois, o caminho não tinha saída. Pararam diante de uma porta de madeira entortada com dobradiças de bronze, uma campainha antiga e uma segunda placa, prateada:

Lasciate ogni speranza, voi ch'entrate.

— Abandonais toda a esperança, vós que entrais — traduziu Ander. Cat aproximou-se da placa.

— Disso eu gostei. Dava uma tatuagem matadora no cóccix.

— O que é uma tatuagem matadora? — perguntou Claire.

Eureka ficou surpresa. Ander havia dito que nunca frequentara nenhum colégio, que tudo que tinha estudado era a própria Eureka. Perguntou-se então como ele sabia italiano. Imaginou-o sentado num quarto escuro, na frente de um computador, usando fone de ouvido e treinando frases românticas num curso on-line.

— É do *Inferno,* de Dante — disse ele.

Eureka queria saber mais. Quando ele tinha lido *Inferno?* O que o fizera escolher aquele livro? Será que havia gostado e feito listas de quem pertencia a cada círculo do inferno, assim como Eureka?

Mas não estavam na lanchonete Neptune's em Lafayette, onde a pessoa se sentava numa cabine de vinil vermelho com o namoradinho e ficava trocando segredos enquanto comiam batatas fritas com queijo e gumbo de frango. Sentia que, assim como os passeios do Sr. Piscadia no parque, aqueles tipos de encontro agora estavam no fundo do mar.

Estendeu o braço e tocou a campainha.

# 8

## JULGAMENTO POR ORQUÍDEA

Um painel da porta se abriu.

O reflexo de Eureka cumprimentou-a. O cabelo ombré estava encharcado e emaranhado. Seu rosto estava inchado, e os lábios, rachados. As íris azuis pareciam fracas de exaustão, mas ela não sabia se o choro tinha transformado seus olhos em algo que não eram antes.

Cat apertou os lábios para seu reflexo. Seus dedos começaram a refazer as tranças.

— Já estive pior. Normalmente num contexto mais... agradável, mas já estive pior.

Eureka observou Ander desviar o olhar para não ver o espelho. Estava agitando a maçaneta, tentando entrar.

— O que um espelho está fazendo numa porta no meio de uma caverna? — perguntou Claire.

William ergueu o dedo para tocar a superfície. Um mágico visitara sua pré-escola havia alguns meses, e Eureka lembrou que William havia aprendido a detectar um espelho falso: um espelho normal tinha um pequeno espaço entre a superfície refletora e a camada de vidro; um espelho falso não tinha. Se a pessoa pressionasse o dedo no vidro e não visse nenhum espaço entre ele e seu reflexo, havia alguém do outro lado, observando.

Eureka olhou para o dedo de William. Não havia nenhum espaço. Ele olhou para o reflexo de Eureka no espelho.

Uma voz fez todos saltarem.

— Quem vocês acham que são?

Eureka segurou os ombros de William enquanto falava para o espelho.

— Meu nome é Eureka Boudreaux. Viemos de...

— Não perguntei seu nome — interrompeu a voz. Era grave e delicada, uma voz jovem com um sotaque alemão bem sutil.

Era estranho olhar para si mesma, falar com uma voz sem corpo e discutir a natureza da identidade.

— Quando quem você é muda o tempo inteiro — disse ela —, a única coisa que se mantém é o nome.

— Bela resposta.

A porta rangeu e se abriu, mas não havia ninguém do outro lado. Ander guiou o grupo e atravessou a porta, chegando a um cômodo grande e circular. O barulho de água corrente ecoava de um teto distante.

Eureka direcionou a tocha para o casulo de asas de mariposa. O pai tinha cochilado, mas sua mandíbula contraída indicava que, mesmo após o bálsamo, ainda sentia muita dor. Esperava que a ajuda estivesse dentro daquela caverna.

Um enorme mosaico de ladrilhos cobria o chão. O desenho retratava a Morte sorrindo, seus dentes pontiagudos ensanguentados. Uma foice reluzia em sua mão esquerda, e, onde sua mão direita acabava, havia um poço de fogo no interior da rocha. A chama emanava dos dedos ossudos da Morte.

Por trás das pilhas de crânios, as paredes eram decoradas com murais escuros. Eureka ficou encarando o que mostrava uma enorme enchente, com vítimas se afogando num mar violento. Um dia atrás, ela teria pensado nos murais de Orozco, que vira com Diana em Guadalajara. Agora, aquilo podia muito bem ser uma janela mostrando o lado de fora.

— Andamos tudo isso para acabar na casa de um solteirão esquisito — sussurrou Cat no ouvido bom de Eureka.

— Pessoas esquisitas podem ser amigos valiosos — disse Eureka. — Olhe só nós duas.

Perto da parede oposta do cômodo, uma escada em espiral, feita de pedra, curvava-se para cima, levando ao andar superior, e para baixo, levando a um andar inferior. No entanto, enquanto entravam no cômodo, Eureka viu que a parede oposta estava se movendo, que era uma cachoeira descendo por uma rocha branca e surgindo de uma fonte invisível. O teto se abria, e o chão declinava gradualmente; havia um vão de vários metros entre o limite do piso e a cachoeira. Aquilo deixou Eureka claustrofóbica, mas não sabia o porquê.

Bem na frente da cachoeira, havia uma poltrona de couro inclinada, verde-escura, sobre um elegante tapete de pele de raposa. Um homem estava sentado nela, de costas para o grupo e de frente para a cachoeira. Ele lia um livro antigo e tomava alguma coisa borbulhante numa taça dourada de champanhe.

— Olá? — chamou Ander.

O homem da poltrona ficou parado.

Eureka aproximou-se um pouco mais.

— Estamos procurando alguém chamado Solon.

A figura virou-se para eles, apoiando os cotovelos no encosto adornado da poltrona. Ergueu o queixo e avaliou os convidados. Parecia ter 15 anos, mas a expressão tinha uma perspicácia que fazia Eureka pensar que era mais velho. Usava mocassins de camurça e um robe de seda castanho amarrado frouxamente na cintura.

— E o encontraram. — Sua voz continha ausência de esperança. — Vamos comemorar.

Cat inclinou a cabeça em direção a Eureka e sussurrou:

— Que gato.

Eureka não tinha percebido que o garoto era bonito, mas, agora que Cat mencionou, ele era. Muito. Seus olhos tinham um tom de azul-claro fascinante. O cabelo era curto e louro, com intrigantes manchas marrons e pretas como as de um leopardo. O roupão colado sugeria que eles tinham entrado em seu boudoir.

O Solon de quem tinha ouvido falar desertara os Semeadores havia 75 anos. Será que aquele garoto estava apenas fingindo? E o verdadeiro Semeador estava escondido em algum lugar?

— Você é Solon? — perguntou Eureka.

— Pode sentar e chorar. — Ele olhou para ela. — Mas não literalmente, por favor.

Um silêncio constrangedor contagiou a todos.

— Por favor, não leve para o lado pessoal — disse Solon —, seja lá o que isso signifique, mas já fui enganado por aquelas bruxas tantas vezes que, antes de dar as boas-vindas, preciso ver alguma prova de sua abre-aspas-fecha-aspas identidade.

Eureka tateou os bolsos vazios. Não tinha como provar quem era, somente com suas lágrimas.

— Vai ter de ficar com minha palavra.

— Não, pode ficar com ela. — Os olhos azuis do rapaz reluziram. — Está vendo aquela flor no topo da cachoeira?

Ele ergueu o indicador. A uns 10 metros acima deles, uma orquídea fúcsia vibrante crescia na rocha. Era belíssima e não se incomodava com a água corrente. Eureka lembrou-se dos kaftans das bruxas fofoqueiras. Havia pelo menos cinquenta pétalas agarradas ao caule da orquídea.

— Sim.

— Se é mesmo quem eles dizem que é — disse Solon —, traga-a para mim.

— "Eles" quem? — perguntou Eureka.

— Uma identidade polêmica de cada vez. Você primeiro. A orquídea...

— Por que devemos acreditar que você é quem está dizendo? — perguntou Cat. — Você parece um novato no colégio viciado em videogame e fracote demais para carregar meus cadernos.

— O que Cat está querendo dizer é que estávamos esperando por alguém mais velho — disse Eureka.

— A idade está nos olhos de quem vê — retrucou Solon, inclinando a cabeça para Ander. — Não concorda?

Ander parecia mais pálido que de costume.

— Ele é Solon.

— Tá bom — disse Cat. — Ele é Solon, Eureka é Eureka, e Cat é Cat, não que você se interesse. Estamos com sede, e queria saber se minha família está empurrando nuvens de um lado para o outro ou algo assim. Imagino que não tenha telefone aqui, certo?

— A orquídea — disse Solon. — Depois conversamos.

— Isso é ridículo — retrucou Cat.

— Não era para ela precisar provar quem é para você — disse Ander. — Estamos aqui porque...

— Sei por que ela está aqui — interrompeu Solon.

— Se eu trouxer a orquídea — disse Eureka —, você nos ajuda?

— Eu disse que vamos conversar — corrigiu Solon. — Você vai ver que sou muito bom de papo. Ninguém jamais reclamou.

— Precisamos de água — afirmou Eureka. — E meu pai está machucado.

— Eu disse que vamos conversar — repetiu Solon. — A não ser que conheça alguma outra pessoa aqui pela vizinhança que possa lhe ajudar com o que quer.

Eureka examinou a cachoeira, tentando determinar a textura da parede rochosa e branca atrás dela. O primeiro passo seria passar pela água e chegar à rocha. Depois, se preocuparia com a subida.

Olhou para o pai, mas ele ainda estava dormindo. Pensou nas centenas de árvores que subira com Brooks na infância. O horário favorito de ambos era o anoitecer, pois quando se aconchegavam nos galhos mais altos, as estrelas estavam começando a surgir. Eureka imaginou-se unindo todos os galhos, formando um tronco gigantesco. Imaginou-o se estendendo até o espaço sideral, passando da lua. Em seguida, imaginou uma casa da árvore na lua, com Brooks a aguardando lá dentro, flutuando dentro de uma roupa espacial, renomeando constelações enquanto aguardava. Orion era a única que ele conhecia.

Ela fixou o olhar na superfície da cachoeira. Ficar imaginando coisas não a ajudaria em nada. Cat tinha razão — aquilo era ridículo. Não conseguiria chegar à orquídea. Por que estava sequer considerando aquela possibilidade?

Encontre uma saída, garota.

Lembranças da voz de Diana encheram o coração de Eureka de saudade. Sua mãe diria que a crença no impossível era o primeiro passo em direção à grandeza. Ela sussurraria no ouvido de Eureka: Vá lá pegar.

Quando Eureka pensou em Diana, levou a mão ao pescoço. Enquanto os dedos percorriam o medalhão, a fita amarela e o aerólito, ela elaborou um plano. Entregou a tocha para Cat. Tirou a bolsa do ombro e entregou-a para Ander.

Ele deu um sorriso que significava: Vai mesmo fazer isso?

Ela parou na frente dele, sentindo o calor dos seus dedos enquanto ele pegava a bolsa. Suor formava-se em sua testa. Era tolice querer um beijo de boa sorte, mas ela queria.

— Vá lá pegar — sussurrou ele.

Eureka agachou-se na posição que assumia no início de uma corrida. Dobrou os joelhos e cerrou os punhos. Iria precisar de uma vantagem inicial.

— Belo estilo. — Solon deu o último gole em sua bebida. — Quem diria que ela era treinada?

— Vamos lá, Boudreaux — repetiu Cat o que dizia quando torcia por ela nas competições. Mas a voz parecia distante, como se não acreditasse que aquilo estava acontecendo.

Eureka tinha praticado salto em altura por uma temporada, assim que começou a correr. Ficou encarando a cachoeira, imaginando uma trave horizontal de água que seu corpo devia ultrapassar no salto. O medo tomou conta, criando uma energia que ela disse a si mesma que devia aproveitar. Do fundo da caverna, começou a correr.

Nos primeiros passos, seus músculos estavam frios e firmes, mas logo sentiu o afrouxamento, a leveza. Inspirou profundamente, puxando o ar estranho e vaporoso para dentro dos pulmões, prendendo a respiração até se sentir imersa na atmosfera. Seus tênis pararam de tocar o chão molhado. Suas costelas ergueram-se. A mente viajou até o galho mais alto da lua. Não olhou para baixo quando o chão largou seus pés. Girou no ar, arqueou as costas, estendeu as mãos para cima e mergulhou para trás na direção da cachoeira.

A água fria rugia ao redor. Gritou quando seu corpo caiu 5 metros e foi consumido pela queda. Então o escudo do aerólito a envolveu, uma prece atendida erguendo-a. Estava sem peso, protegida. Mas a força da cachoeira a arrastava para baixo.

Teria de subir nadando.

Seu corpo endireitou-se. Deu uma braçada, depois outra.

Era difícil. Cada braçada veemente a elevava apenas 1 centímetro. Quando não fazia força, a água empurrava-a para baixo. Após um trecho longo e exaustivo, Eureka sentiu que estava somente no mesmo nível do chão da caverna. Ainda tinha muito a subir.

Seus braços lançaram-se para a frente. Gemia quando os forçava para trás. Batia as pernas com bastante força. Subia pela cachoeira com dificuldade, com cada centímetro virando mais centímetros e depois, inacreditavelmente, metros.

Estava trêmula de exaustão quando avistou a raiz fina da orquídea na lateral da pedra. Atrás da cachoeira, havia folhas verdes e largas balançando, flores fúcsia reluzentes. Estava tão entusiasmada que se lançou na direção da orquídea.

Moveu-se rápido demais. Seu corpo atravessou a cachoeira antes que ela percebesse o erro que cometera: no instante em que o escudo era exposto ao ar, estourava como um balão.

A mão de Eureka havia chegado a meros centímetros da flor, mas agora tinha perdido o impulso. Seus braços se debatiam. Suas pernas pedalavam no ar. Ela gritou, e seu corpo caiu...

E então alguma coisa roçou suas costas. Uma força a golpeava em meio ao ar enquanto subia pela cachoeira. A orquídea ficou ao seu alcance mais uma vez.

O Zéfiro. Sentir o sopro de Ander ao redor do corpo era algo maravilhoso e íntimo. Ele a abraçava e a empurrava para o alto. Estavam a 10 metros de distância, mas, para Eureka, ela parecia estar tão perto dele quanto no momento em que se beijaram.

Estendeu o braço e agarrou a orquídea. Seus dedos cercaram a haste delgada. Arrancou-a da rocha.

Lá embaixo, Ander comemorou. Os gêmeos aplaudiram e pularam. Cat aplaudiu. Quando Eureka virou-se para erguer a flor de forma triunfante, viu Solon franzindo a testa para Ander.

O vento mudou de direção, e a força que a erguia no ar sumiu bruscamente. A gravidade voltou. Eureka despencou cachoeira abaixo, entrando numa escuridão distante.

# 9

## MERGULHADOR ABATIDO

Eureka despencava pela névoa fria. Escutou o grito dos gêmeos. Estendeu o braço na direção dos corpos embaçados dos dois enquanto era lançada, atravessando o vão no chão da caverna e entrando numa tubulação larga e escura.

A escuridão engoliu-a. Cruzou os braços, agarrando a orquídea numa das mãos, e o aerólito na outra. A fita amarela golpeava seu queixo, lembrando-a de que tinha desapontado aquela garota. Preparou-se para a colisão contra o que quer que a aguardasse. Toda cachoeira tinha seu fim.

Estava preocupada com a possibilidade de mergulhar numa água rasa demais para seu escudo. Lembrou-se da noite chuvosa em que sua avó Sugar morreu, das solas de seus pés ficando azuis, e de sua última palavra rouca: "Rezem!" Por algum motivo, aquela lembrança a acalmou. Ela sussurrou:

— Estou chegando, Sugar... Estou chegando, mãe.

Começou a ser levada com mais rapidez. Deu uma cambalhota. Se aqueles fossem seus últimos momentos de vida, não queria passá-los como um manequim.

Pensou num milhão de coisas ao mesmo tempo — num poema que lera na ala psiquiátrica chamado "Falling", de James Dickey, num filme sobre pessoas que cometiam suicídio pulando da Golden Gate Bridge, na primeira vez em que experimentou panqueca com chantilly, na doçura dolorosa e barroca do mundo, no luxo de se permitir sentir-se sozinha e triste.

De repente, o tubo transformou-se numa câmara larga e pouco iluminada, e Eureka avistou água logo abaixo. Por causa do filme sobre os suicídios na Golden Gate Bridge, sabia que devia assumir uma posição sentada antes de atingir a superfície da água.

Seu corpo lançou-se para baixo como se estivesse preso a uma cadeira invisível. O escudo brotou ao seu redor. Ela arfou, comemorou e olhou para baixo. Ele salvara-a de ser espetada por uma densa metrópole de estalagmites. As pontas afiadas chegaram a centímetros de sua pele.

Ela desabou contra a superfície do escudo. Tentou respirar, desacelerar o coração disparado. Tentou se lembrar dos pensamentos que teve durante a queda, mas deviam estar voando com os sonhos, onde quer que eles morassem.

Escutou gritos, alguém chamando seu nome. Um movimento súbito de água arremessou a bolha para trás. Ander estava nadando em sua direção. Ele chegou à frente do escudo e pressionou as mãos contra a superfície. Parecia desesperado para abraçá-la.

Eureka soltou a orquídea. Pressionou as mãos contra a parede que a protegia, encostando as palmas nas de Ander. Então, lentamente, pressionou também a testa e os ombros. Ander ergueu o queixo, extasiado, enquanto ela pressionava os lábios no escudo.

Ela ficou olhando para ele, cujos lábios estavam levemente abertos. Após hesitar por um instante, ele deslizou o dedo delicadamente pelos lábios dela, por cima da parede. Ela podia sentir a pressão sutil do seu toque, mas não a maciez de sua pele.

Um calor espalhou-se por Eureka. Os dois estavam tentadoramente próximos um do outro...

Eles podiam nadar até a superfície, e o escudo desapareceria, mas de repente Eureka sentiu que sempre existiria uma força poderosa entre os dois, torturando-a, provocando-a.

Ander tinha passado muito tempo debaixo d'água sem respirar. Dentro do escudo, Eureka conseguia respirar, mas os pulmões de Ander deviam estar doendo. Ela afastou-se da parede do escudo e apontou para a superfície. Quando Ander fez que sim com a cabeça, ela pegou a orquídea e os dois começaram a fazer impulso com os pés, até a cabeça de Eureka atingir a superfície e a bolha mais uma vez se romper.

Ficaram de frente um para o outro, boiando na água, que estava tão morna quanto um banho de banheira recém-preparado. O braço de Eureka tocou a coxa de Ander. O pé dele bateu no joelho dela. A culpa dela roçou a dele e se perdeu na água negra. Eureka não sabia como manter aquela conexão e não afundar.

— Não se incomodem com minha presença. — Solon abriu um sorriso sarcástico nas margens do lago.

Atrás de Solon, Eureka avistou uma escada curva esculpida na rocha. Cat e os gêmeos saltaram do degrau mais baixo e correram até ela. O casulo alado do pai flutuava na base da escada.

Ela acenou com a orquídea para sinalizar que estava bem. Ainda assimilava a ideia de que não estava prestes a morrer.

A caverna era mais escura ali embaixo, e não havia decoração. Apenas alguns candelabros de estalagmites iluminavam o espaço, mas Eureka teve a impressão de que aquela cisterna subterrânea tinha algo a mais, não era apenas o que ela havia enxergado do lago.

Um borrifo de água irrompeu atrás de Eureka. Ela lançou-se para a frente.

— É só um pequeno orifício de escape — disse Solon. — Não é outro teste. Por que não se acalma e sai da água? Temos muito o que conversar.

Ander saiu do lago e virou-se para ajudar Eureka. Ela estava ensopada; ele, mais seco impossível.

Solon jogou um robe idêntico ao seu para ela. Eureka vestiu-o por cima das roupas molhadas e torceu o rabo de cavalo para tirar a água. Cat e os gêmeos a abraçaram — a amiga na parte superior do seu corpo, seus irmãos mais embaixo.

— Então. Foi aprovada — disse Solon. Ele olhou para Ander. — Só trapaceou um pouquinho.

Ander inflou o peito para Solon.

— Ela quase morreu.

Solon cambaleou para trás, divertindo-se.

— Algumas pessoas diriam que o propósito era justamente esse. Tenho certeza de que você sabe de quem estou falando. — Ele virou-se para Eureka. — Seu amigo está zangado porque, quando percebi que ele usava o Zéfiro para lhe ajudar, usei o meu para acabar com o dele. Foi quando você caiu. — Ele usou dois dedos para imitar as pernas balançando de uma garota caindo e assobiou o barulho de sua queda.

— Você queria que eu caísse? — perguntou Eureka.

— Querer é uma palavra forte. O que não quero de jeito nenhum é um Semeador se exibindo em minha casa.

— Não sou mais um Semeador — disse Ander. — Meu nome é Ander. Assim como você, dei as costas...

Solon franziu a testa e balançou a cabeça de forma impaciente.

— Uma vez Semeador, sempre Semeador. É o aspecto mais infeliz de uma existência especialmente infeliz. E você não tem nada a ver comigo. — Ele parou. — Ander? Em homenagem a Leandro?

— Sim.

— Muito pretensioso, não? — perguntou Solon. — Já teve sua Passagem?

Ander assentiu.

— Fiz 18 anos em fevereiro.

O olhar de Eureka ia de um rapaz para o outro, tentando acompanhá-los. Era tudo novidade para ela. Lembrou-se do aniversário de Ander, meses atrás, em Lafayette. Com quem ele teria comemorado? De que tipo de bolo gostava? E o que era uma Passagem?

— Quem você substituiu? — perguntou Solon para Ander. — Espere, não conte, não quero ser sugado para esse mundo problemático só porque um garoto qualquer entra em minha caverna como uma piada sem graça.

Eureka arremessou a orquídea, que atingiu o rosto de Solon.

— Tome sua flor, babaca.

— Guarde em seu orifício de escape — murmurou Cat.

Solon pegou a orquídea pela haste. Levou-a até o peito e tocou nas pétalas.

— Quanto tempo vou ganhar por sua causa? — perguntou ele para a flor.

Quando ele olhou para Eureka, um sorriso horripilante assombrou seu rosto.

— Bem, agora você está aqui, não é? É melhor eu me acostumar. Privacidade e dignidade são estados temporários.

— Água, água, pessoal? — Solon ofereceu-lhes uma garrafa de cobre após voltarem para o andar de cima e se secarem. Estavam sentados ao redor do fogo. Ele lhes havia distribuído cobertores de alpaca, que todos colocaram nos ombros.

Cat flexionou os pés dentro de um par de mocassins de Solon.

— Estas coisas vão ser a morte para mim — dissera ela para um dos crânios na parede enquanto tirava um dos sapatos vermelhos e prendia os saltos nas cavidades oculares. — Você me entende, não é?

O casulo de asas de mariposa do pai de Eureka tinha começado a murchar durante a aventura com a orquídea. As mariposas estavam morrendo. Quando o casulo desceu até o chão, ele se desenrolou, ficando com uma aparência mágica, semelhante a uma colcha de lã acinzentada. Enquanto Solon e Ander carregavam o pai de Eureka para mais perto do fogo, ela encostou no estranho material do casulo. As asas das mariposas estavam deixando de ser finas camadas calcárias e virando pó.

Ela pegou a garrafa de Solon, louca para beber todo o conteúdo com alguns goles. Encostou-a nos lábios do pai.

Ele bebeu de modo debilitado. A garganta seca fazia barulhos ríspidos enquanto tentava engolir. Quando pareceu ficar cansado demais para continuar bebendo, virou os olhos para Eureka.

— Era para eu cuidar de você.

Ela lhe enxugou o canto da boca.

— Nós dois cuidamos um do outro.

Ele tentou sorrir.

— Você parece tanto com sua mãe, mas...

— Mas o quê?

O pai raramente mencionava Diana. Eureka sabia que ele estava cansado, mas ela queria permanecer naquele momento, queria mantê-lo ao seu lado. Queria aprender o máximo possível sobre o amor que a criara.

— Mas você é mais forte.

Eureka ficou impressionada. Diana era a pessoa mais forte que tinha conhecido.

— Você não tem medo de fracassar — disse seu pai — nem de ficar perto de outros quando eles fracassam. Isso requer uma força que Diana nunca teve.

— Acho que não tenho escolha — declarou Eureka.

O pai tocou sua bochecha.

— Todos têm escolha.

Solon, que desaparecera por trás de um tapete pendurado que devia levar a algum cômodo nos fundos, voltou carregando uma bandeja de madeira com canecas altas de cerâmica.

— Também tenho prosecco, se preferirem. Eu prefiro.

— O que é prospecto? — perguntou William.

— Você tem pipoca? — perguntou Claire.

— Olha só para nós. — Solon jogou uma caneca vazia para Cat, que a segurou pela alça com o dedo mindinho. — Fazendo nossa própria festinha.

— Meu pai precisa de um médico — disse Eureka.

— Sim, sim — respondeu Solon. — Minha assistente já está chegando. Ela faz os mais adoráveis analgésicos.

— O curativo dele também precisa ser trocado — acrescentou Eureka. — Precisamos de gaze, antisséptico...

— Quando Filiz chegar. Ela cuida dos assuntos de que não cuido. — Solon enfiou a mão no bolso do robe e tirou um cigarro enrolado à mão. Colocou-o na boca, aproximou-se do fogo e inspirou. Soltou uma baforada de fumaça que cheirava a cravo. William tossiu. Eureka afastou a fumaça do rosto do irmão. — Antes de tudo — disse Solon —, preciso saber quem de vocês enxergou minha caverna, mesmo com o revestimento das bruxas.

— Eu — disse Claire.

— Eu devia ter imaginado — retrucou Solon. — Ela tem 1 metro de altura e emana a percepção de que os adultos fazem um monte de besteira. A peculiaridade dela ainda é bem forte.

— O que é uma peculiaridade? — perguntou Cat, mas Solon apenas sorriu para Claire.

— Claire é minha irmã — explicou Eureka. — Ela e William são gêmeos.

Solon meneou a cabeça na direção de William e soltou a fumaça pelo canto da boca para ser educado.

— Qual seu tipo de magia?

— Ainda estou decidindo — disse William, e não estava brincando. Para ele, magia era algo real.

O Semeador perdido apoiou o cigarro na estalagmite que usava como cinzeiro.

— Entendi.

Ander pegou o cigarro e cheirou-o como se nunca tivesse visto aquilo antes.

— Como você consegue fumar?

Solon pegou o cigarro dele.

— Abri mão de um milhão de prazeres, mas a este continuo fiel.

— Mas e seu Zéfiro? — perguntou Ander. — Como ainda consegue...

— Meus pulmões estão arruinados. — Solon tragou e exalou uma enorme nuvem de fumaça. — Quando o atrapalhei alguns instantes atrás, foi a primeira vez que usei meu Zéfiro em milênios. Acho que, se fosse uma questão de vida ou morte, eu ainda conseguiria erguer um cordão. — Ele bateu na ponta do cigarro. — Mas gosto mais desta sensação aqui.

Ele virou-se com o cigarro preso entre os lábios e tirou as pétalas de orquídea do caule. Enfiou-as numa garrafa de vidro de refrigerante, contando as pétalas baixinho como se fossem preciosas moedas de ouro.

— O que vai fazer com elas? — perguntou Claire.

Solon sorriu e continuou sua estranha operação. Após encher a garrafa, tirou uma bolsinha preta de veludo do bolso e despejou em seu interior as pétalas cor de ametista que tinham sobrado.

— Estas vou guardar para um dia um pouco menos chuvoso — disse ele.

— Agora que conseguiu sua florzinha — falou Cat —, será que eu poderia usar algum telefone ou o wi-fi de alguém?

— Ele mora debaixo de uma rocha — disse Eureka. — Duvido que aqui tenha banda larga. — Ela olhou para Solon. — Cat foi separada da família. Ela precisa entrar em contato com eles.

— Aqui embaixo estamos incomunicáveis — explicou Solon. — Tinha um cybercafé a alguns quilômetros a oeste daqui, mas agora tudo virou um mundo aquático graças a Eureka. A rede do mundo inteiro foi levada pela enchente.

Cat olhou boquiaberta para Eureka.

— Você matou a internet.

— Talvez as bruxas saibam onde está sua família — prosseguiu Solon —, mas elas não vão dar nenhuma informação de graça. — Ele olhou para a garrafa cheia de pétalas. — Eu pensaria três vezes antes de ficar devendo àquelas megeras.

— Nós as conhecemos — disse Eureka. — Elas nos ajudaram a encontrá-lo. Carregaram papai e...

— Eu sei. — Solon virou-se para o casulo desintegrado e passou a mão delicadamente sobre o pó das asas de mariposa. — Reconheceria os restos de minhas queridas em qualquer lugar.

— As bruxas conseguem mesmo colocar Cat em contato com a família? — perguntou Eureka.

— Elas conseguem fazer muitas coisas. — Solon atirou a bolsinha e pegou um saco de juta atrás de si. Derramou as inúmeras pedras coloridas que estavam dentro dele e começou a remexer nelas. — São urubus em busca de carniça. Sanguessugas indecentes. Vocês conheceram Esme? A mais nova, bem bonita?

— Elas não nos disseram seus nomes — respondeu Eureka.

— E jamais vão dizer. Vocês jamais devem chamá-las pelo nome. Seus nomes são secretos, exceto para as próprias bruxas fofoqueiras. Quem souber algum precisa fingir o contrário.

— Então por que me disse o nome dela? — perguntou Eureka.

— Porque Esme é a mais inteligente e a mais encantadora, portanto a mais terrível.

— E o revestimento das bruxas? — Claire aproximou-se de Solon, que abriu um sorriso assustado como se ninguém chegasse perto dele havia anos.

— Pago aquelas velhas corocas para deixarem um encanto na entrada de minha caverna. O revestimento é uma camuflagem especial para que minha família não consiga me encontrar. É imperceptível aos sentidos, ou pelo menos deveria ser. Vou pedir reembolso. — Ele olhou para Ander. — Como você conseguiu chegar aqui?

— Há muito tempo planejo encontrá-lo...

— É fácil dizer isso agora, mas você nunca teria me encontrado sozinho. — Solon lançou uma expressão assustadora para um dos crânios. Em seguida, levantou-se e mais uma vez desapareceu por trás da tapeçaria pendurada. Eureka escutou o som de armários sendo abertos e fechados com força.

— Não represento uma ameaça para você, Solon — declarou Ander. — Eu os odeio tanto quanto você.

— Impossível — disse Solon, quando voltou um instante depois, com uma garrafa gelada de prosecco na mão e uma taça de champanhe na outra. Ele virou o rosto na direção de Eureka. — Você tem esta garota. Minha Byblis está morta.

Eureka tateou a própria bolsa para ter certeza de que ainda estava com *O livro do amor*. Byblis tinha sido uma das antigas donas do livro e uma garota da Linhagem da Lágrima. Ander contara a Eureka que os Semeadores a tinham matado.

Solon ficou observando Eureka.

— Você se parece com ela.

— Com Byblis?

— Com sua mãe.

Seu pai ergueu o queixo.

— E como conheceu Diana?

— Ela veio aqui me visitar há anos. — Solon abriu a garrafa com um estouro. — Opa! — gritou enquanto a rolha rebatia na testa de um crânio e se acomodava na cavidade ocular de outro. Não eram poucos os crânios com olhos de rolha.

— Minha mãe... — disse Eureka.

— Uma mulher maravilhosa. — Solon ergueu a taça, brindando à Diana. Deu um gole. — Como ela está?

— Ela... — Eureka não sabia como completar a frase.

— Malditos — sussurrou Solon, e Eureka percebeu que ele sabia do plano dos Semeadores. — Sabia que ela havia feito um pacto com eles?

— O quê?

— Ela jurou que impediria você de chorar — disse Solon —, e que não lhe contaria a verdade sobre sua linhagem. Em troca, eles deixariam você viver.

Diana jamais mencionara um pacto com os Semeadores nem uma viagem à Nuvem Amarga. Eram tantas as coisas que não tinha mencionado. Diana sabia o que Eureka enfrentaria, mas não carregara o fardo da filha. Ela não tinha sido uma garota da Linhagem da Lágrima — não havia nascido num dia que não existia, nem sido uma filha sem mãe ou uma mãe sem filha, e não tinha sido criada para reprimir seus sentimentos até eles terminarem explodindo. Diana havia sido a maior aliada de Eureka, mas nunca compreendera de verdade como era ser Eureka.

Ainda assim, a mãe tinha o dom de deixar o caos rodopiar até seu significado se revelar. Eureka tocou no colar e se permitiu sentir a penetrante saudade da mãe.

— Diana sabia que nos daríamos bem — disse Solon.

Eureka semicerrou os olhos.

— Sabia? E nos damos bem?

— Creio que as palavras dela foram: se vocês sobreviverem um ao outro, vão se tornar grandes amigos — falou Solon. — Vou logo avisando que sou bem difícil de matar.

— Idem — disse Eureka. — Pode acreditar em mim, eu até já tentei.

— Foi mesmo? — Solon olhou para Eureka com admiração. — Agora sei que vamos ficar amigos.

— Não estou me sentindo suicida agora. — Eureka não entendeu por que disse aquilo — talvez por causa dos gêmeos, talvez por causa de si mesma. De qualquer forma, era verdade.

— E o que faz você querer viver? — perguntou Solon. — Deixe eu adivinhar. — Ele estalou os dedos. — Você quer salvar o mundo.

— Acha que isso é uma piada? — perguntou ela.

— Claro que é. — Solon virou o dedo polegar na direção de Ander. — À custa dele, principalmente. Ele está apaixonado por você.

— Você não nos conhece — disse Ander. — Viemos aqui atrás de ajuda para derrotar Atlas, não para conhecer sua visão distorcida do amor. Diana deve ter feito você prometer que ajudaria Eureka. Vai ajudar ou não?

— Você fala como se fosse especial — declarou Solon, como se soubesse que suas palavras eram dolorosas, e apreciava isso. — E o restante de vocês. Vocês são os efeitos colaterais de uma paixão adolescente fatal, que esses dois não conseguiram impedir por serem egocêntricos demais.

— Ei — disse Cat. — Sou duas vezes mais egocêntrica que Eureka.

— Mas ela é dez vezes mais fatal, no mínimo — afirmou Solon.

Atrás dele, a água branca como neve corria pela cachoeira. Eureka observou o local onde pegara a orquídea. Não sabia o que estava esperando de Solon, mas com certeza não era aquilo.

— Por que minha mãe achou que você poderia me ajudar?

— Porque posso — disse Solon. — E devo ajudar. Espero que aprenda rápido. Só temos até a lua cheia antes que este mundo ridículo chegue ao seu ridículo fim.

# 10

## A RELAÇÃO COM O AMOR

— O que vai acontecer na lua cheia? — perguntou Eureka horas depois, quando ela, Solon e Ander estavam sozinhos na frente do poço de fogo.

À tarde, os assistentes de Solon chegaram, e ele ficou mais calado. Não dava mais detalhes sobre a Linhagem da Lágrima de Eureka quando Filiz, a garota ruiva, entrava e saía das alcovas, recolhendo as louças e acendendo as lareiras. Ela parecia inquieta, como se estivesse perdida dos amigos numa festa longe de casa.

Antes de ir embora, Filiz trocara o curativo do ombro do pai de Eureka e preparara um forte chá de poejo, que o fizera pegar no sono no quarto de hóspedes atrás da tapeçaria laranja e avermelhada. Os gêmeos dormiam em catres ao seu lado. Cat se recusou a comer ou a descansar antes de falar com a família, então o outro assistente de Solon, um garoto que lhes foi apresentado como "o Poeta", acompanhou-a até a varanda, onde havia uma remota chance de seu celular conseguir sinal.

O Poeta era alto e sexy, e tinha os dedos manchados de tinta de um grafiteiro. Ele e Cat tinham gostado muito um do outro. Enquanto subiam pela escada em espiral, Cat tirara uma lata de tinta spray do bolso da calça cargo dele.

— Então você é um *artiste*...

Eureka presumiu que passariam horas longe.

Finalmente, Solon levou Eureka e Ander a uma mesa de pedra no centro de seu salão. A névoa da cachoeira chegava à pele de Eureka, umedecendo os robes de seda marrom que ela e Ander usavam enquanto suas roupas secavam sobre as pedras ao redor do poço de fogo.

— A Linhagem da Lágrima está relacionada com o ciclo lunar — disse Solon. — Quando você chorou ontem de manhã, deve ter percebido a lua baixa e crescente no céu, não? Foi quando o Despertar começou. Ele precisa estar completo antes da lua cheia, daqui a nove dias.

— E se não estiver? — perguntou Ander.

Solon ergueu uma sobrancelha e desapareceu dentro da cozinha. Voltou um instante depois com uma bandeja e várias tigelas de cerâmicas lascadas e diferentes umas das outras, mas cheias de espinafre cremoso, noodles de ovo nadando num molho de cogumelos, nozes e damascos com mel, grão de bico crocante e um enorme pedaço de baklava açucarado e compacto.

— Se Atlântida não ressurgir antes da próxima lua cheia, o Mundo Desperto vai se tornar um pântano de mortos desperdiçados. Atlas vai voltar para o Mundo Adormecido, onde vai ter de esperar a próxima geração da Linhagem da Lágrima, se houver uma.

— Como assim mortos desperdiçados? — perguntou Ander.

Solon ergueu uma travessa e a ofereceu para Eureka.

— Schnitzel?

Eureka recusou com a mão.

— Imaginei que o despertar já estivesse completo.

— Ele depende de quantas lágrimas suas atingem o chão — disse Solon. — Acredito que só tenha derramado duas, mas precisa esclarecer isso para mim. A quantidade vai definir nosso papel nesta catástrofe.

— Não tenho certeza — disse ela. — Não sabia que devia prestar atenção nisso.

Solon virou-se para Ander e passou um pedaço de carne para o prato dele.

— E sua desculpa, qual é?

— Sei que cada lágrima tem um peso diferente — disse Ander —, mas nunca soube a fórmula. Também não sabia sobre o ciclo lunar. Os Semeadores são cheios de segredos, mesmo com as pessoas da própria família. Depois que você foi embora, precisaram tomar cuidado ao escolher em quem confiar.

— Eles mantêm segredos por terem medo. — Solon engoliu um pedaço de carne e fechou os olhos. Sua voz ficou melodiosa e baixa enquanto começava a cantar.

*"Uma lágrima para a pele do Mundo Desperto se estilhaçar.*
*Uma segunda para as raízes da Terra infiltrar.*
*Uma terceira para o Mundo Adormecido despertar e cada reino*
*antigo recomeçar."*

Seus olhos reabriram.

— A Rubrica das Lágrimas foi a última canção cantada antes da Enchente. É uma metáfora para a vida, para a morte ou...

— Para o amor — percebeu Eureka.

Solon inclinou a cabeça.

— Prossiga.

Eureka não sabia de onde a ideia tinha surgido. Não era nenhuma especialista em amor. Mas "A Rubrica das Lágrimas" a fazia lembrar do que sentiu quando conheceu Ander.

— Talvez a primeira lágrima — disse ela —, estilhaçando a pele do nosso mundo, represente a atração. Quando Cat gosta de um garoto, jamais diz que tem uma queda por ele. Ela diz que ele é capaz de estilhaçar seu mundo.

— Entendo o que ela quer dizer — comentou Ander.

— Mas amor à primeira vista não leva a lugar algum — disse Eureka — se as coisas não ficarem mais intensas à segunda vista.

— Então a segunda lágrima — continuou Ander —, a que se infiltra nas raízes...

Eureka concordou com a cabeça.

— Isso é conhecer alguém melhor. Seus medos, sonhos e paixões. Seus defeitos. — Pensou nas palavras que o pai tinha dito mais cedo. — É não ter medo de tocar nas raízes da outra pessoa. São os próximos mil quilômetros da paixão. — Ela parou. — Mas ainda não é amor. É paixão cega, até...

— A terceira lágrima — disse Solon.

— A terceira lágrima atinge o Mundo Adormecido — completou Ander —, despertando-o. — Suas bochechas coraram. — Como isso seria o amor?

— Reciprocidade — respondeu Eureka. — Quando a pessoa que você ama também ama você. Quando a ligação entre o casal se torna indestrutível. É quando não tem mais volta.

Ela só percebeu que estava se aproximando de Ander e que ele estava se aproximando dela quando Solon enfiou a mão entre os rostos dos dois.

— Estou vendo que você não contou a ela sobre nós — disse Solon para Ander.

— O que tem vocês? — perguntou Eureka.

— Ele está falando... — Ander virou-se para o prato, cortou um pedaço de schnitzel, mas não comeu. — Do papel que os Semeadores têm em impedir suas lágrimas.

Solon riu de Ander.

— Eu sei disso — disse Eureka. Ander pode ter dado as costas para a família, mas ainda se importava com o destino das lágrimas de Eureka. Ela pensou no Zéfiro gélido em seu rosto congelado. — Ander está com ela.

— O quê? — perguntou Solon.

— Com a terceira lágrima. Chorei de novo no caminho até aqui, mas o sopro dele congelou minhas lágrimas. Elas não atingiram a terra. Estão seguras, dentro do lacrimatório.

— As lágrimas da Linhagem das Lágrimas nunca estão seguras — disse Solon.

— Comigo elas estão seguras. — Ander mostrou a Solon o pequeno frasco prateado.

Solon massageou a mandíbula.

— Você está andando por aí com uma bomba nas mãos.

— Bombas podem ser desarmadas — disse Eureka. — Não podemos nos livrar de minhas lágrimas sem...

— Não — disseram Ander e Solon juntos.

— Fico com isto. — Solon pegou o lacrimatório e lançou um olhar furioso do outro lado da mesa. — Não providenciei toda esta comida para vocês desperdiçarem. Comam! Precisam ver o que meus vizinhos costumam ter para o jantar. Gravetos! Eles próprios!

Eureka colocou um pouco de macarrão no prato. Deu uma olhada na carne, que tinha cheiro da cozinha do Bon Creole Lunch Shack cujas embalagens para viagem manchadas de gordura dançavam ao vento nas malas da maioria das picapes de New Iberia. O cheiro lhe despertou uma nostalgia, e ela queria estar em um dos bancos grudentos do Victor's, onde seu pai costumava fritar ostras, pequenas como moedas de 25 centavos e leves como o ar.

Ander engoliu com rapidez garfadas da comida, sem sentir o gosto, como se o vazio dentro dele fosse se encher.

Eureka ficou impressionada com a própria fome. Tinha até ganhado forma dentro dela, com pontas afiadas como cacos de vidro. Mas, após ouvir as palavras de Solon, era difícil mastigar. Pensou nos olhos dourados e penetrantes de Filiz.

— Foi por isso que mandou Filiz e o Poeta irem embora antes de trazer a comida.

— Acham mesmo que um dilúvio de água salgada cairia do céu sem destruir toda a cadeia alimentar? — perguntou Solon. — Meus assistentes acham que estou passando fome como eles. E precisam continuar achando. Não seria nada bom ter os vizinhos engatinhando por aí, batendo a cabeça na minha caverna revestida. Entenderam?

— Por que não divide a comida com eles?

Solon ergueu a jarra, segurou-a por cima do copo vazio de Eureka e deixou jorrar um longo jato de água até enchê-lo.

— Por que não volta no tempo e deixa de inundar o mundo?

Ander puxou a jarra das mãos de Solon e a bateu contra a mesa. A água espirrou nas coxas de Eureka.

— Quanto desperdício — disse Solon.

— Ela está fazendo tudo que pode.

— Ela precisa fazer mais — insistiu Solon. — A terceira lágrima está no mundo. Logo Atlas vai pegá-la.

— Não — disse Eureka. — Viemos até aqui para que nos ajude a detê-lo.

Solon passou o dedo no prato e lambeu a gordura.

— Isto aqui não é eleição de grêmio estudantil. Atlas é a força mais sombria que o Mundo Desperto já conheceu.

— Como? Ele passou milhares de anos preso debaixo do oceano — disse Eureka.

Solon ficou encarando a cachoeira por um bom tempo. Quando finalmente voltou a falar, a voz estava fraca.

— Quando Byblis era criança, em Munique, tinha um garoto que morava a duas quadras dela. Os dois tinham aula de pintura juntos. Eram... amigos. E então Atlas o possuiu. Possuiu a mente de um menino comum, deixando um demônio à solta. Num certo momento, Byblis morreu, mas não é essa a questão. Atlas passou anos no corpo do hospedeiro. — Ele fez um gesto triste com a mão. — O resto, infelizmente, é passado. E se Atlântida ascender, o futuro será ainda pior. Você não faz ideia do que está enfrentando. Só vai entender quando estiver face a face com ele no Marais.

Eureka tocou no medalhão de Diana. Dentro dele, sua mãe tinha escrito aquela mesma palavra. Eureka tirou-o do pescoço para mostrar a corrente a Solon.

— O que vai acontecer no Marais?

— O tempo vai dizer — disse Solon. — O que você sabe sobre o Marais?

— É a palavra cajun para pântano. — Eureka imaginou a cidade mítica e seu rei monstro ascendendo do bayou atrás de sua casa. Não parecia certo.

— Mas um pântano pode ser em qualquer canto — disse Ander.

— Ou em todo canto — acrescentou Solon.

— Você sabe onde é — disse Eureka. — Como chego lá?

— O Marais não está em nenhum mapa — disse Solon. — Lugares verdadeiros nunca estão. O homem já desperdiçou milênios especulando a localização de Atlântida. Será que afundou e está debaixo dos marlins da Flórida? Ou entre as gélidas sereias suecas? Estará balançando embaixo dos iates das Bahamas, transbordando embaixo de garrafas de ouzo em Santorini, boiando como folhas de palmeiras no litoral da Palestina?

No quarto atrás da tapeçaria, William soltou um gemido enquanto dormia. Eureka levantou-se para ver o irmão, que precisava ser acalmado quando tinha seus frequentes pesadelos, mas o garoto ficou em silêncio novamente.

Solon abaixou a voz.

— Ou talvez o continente inteiro tenha simplesmente saído boiando, sem querer se fixar em nenhum local. Ninguém sabe.

— Em outras palavras — disse Ander —, Atlântida pode ressurgir em qualquer lugar.

— Não mesmo. — Solon encheu novamente a taça de prosecco. — Ao longo dos anos, a latitude e a longitude do Marais mudaram no Mundo Desperto, mas lá é, e sempre será, o lugar onde Atlântida deve ascender. O fundo do oceano debaixo do Marais tem exatamente o mesmo formato do continente perdido. De lá, Atlas pode erguer Atlântida inteira. Uma exumação de sucesso.

— Então o lugar onde a terceira lágrima atinge a terra é importante — disse Ander.

— *Se* a terceira lágrima atingir a terra — acrescentou Eureka.

— Atlântida vai ascender de todo jeito, não importa o lugar — disse Solon. — Mas, a não ser que a lágrima caia no Marais, a ascensão será fragmentada, aos cacos pontiagudos, como dentes nascendo em pessoas já decompostas. Atlas teria um trabalho imenso para reunir seu império. — Ele fez uma careta. — E ele prefere se concentrar em... outras coisas.

— Na União — disse Ander, baixinho.

— O que é a União? — perguntou Eureka.

— Você não está nada pronta para entender o que é — disse Solon. — O Marais é o lugar onde Eureka precisa enfrentar o Maligno. É lá que ele estará aguardando.

Eureka lembrou-se da visão que teve de Brooks nadando em sua direção, perto do litoral turco. Não tinha sido uma visão. E não tinha sido Brooks a seguindo. Fora Atlas.

— Não — disse ela. — Acho que ele está aqui.

Solon olhou ao redor da caverna e franziu a testa para Eureka.

— Ela está confusa — disse Ander. — No nosso caminho para cá, achou que tinha visto o garoto que Atlas possuiu. Eu falei que não podia ser ele...

— E falou errado. — Solon ficou examinando o lacrimatório em sua mão. Guardou-o no bolso do robe. — Vindo atrás da garota da Linhagem da Lágrima. Escondendo-se em algum lugar nestas montanhas. É preciso admirar a determinação de Atlas. É essencial, Eureka, que fique longe dele até estar preparada.

— Claro — disse Eureka, mas olhou o prato de comida para que ninguém visse seus olhos. Se Atlas estava ali, Brooks também estava. E se ele estava ali, ela ainda podia salvá-lo.

— Se ele está aqui — continuou Ander —, precisamos matá-lo.

— Ninguém vai encostar em Brooks — disse Eureka.

— *Brooks* não existe mais — afirmou Ander, e olhou para Solon. — Explique a ela.

— Por enquanto, o rapaz que você conhecia ainda existe dentro do próprio corpo — disse Solon. — Mas, uma vez que alguém é possuído por Atlas, não há saída. Você sentia alguma coisa por esse mortal?

— Ele é meu melhor amigo.

— Eureka. — Ander estendeu a mão para segurar a dela. — Quando derramou as duas primeiras lágrimas no seu quintal, por que estava chorando?

— É complicado. Não foi por um só motivo.

Mas não tinha sido nada complicado. Foi a coisa mais simples do mundo. Ela estava pensando numa nogueira-pecã no quintal de Sugar. Sua mente subira pelos galhos, procurando Brooks. Ele sempre estava em suas lembranças mais felizes da infância, sempre rindo, sempre a fazendo rir.

Eureka percebeu que Ander já sabia o que ela estava prestes a dizer.

— Chorei porque achei que o tinha perdido.

— E você estava certa. — Solon ergueu a taça. — Então vamos em frente.

— Foi antes de eu o ver nadando em minha direção hoje de manhã — disse Eureka. — Enquanto o corpo de Brooks continuar existindo, enquanto os pulmões dele ainda respirarem e seu coração ainda bater, não vou desistir de meu amigo.

— Seu amigo não passa de uma ferramenta agora — explicou Solon. — Atlas vai usar as lembranças do rapaz para manipular você. E, quando acabar, vai levar a alma do rapaz.

Não. Tinha de existir uma maneira de deter o pior inimigo do mundo sem acabar com seu melhor amigo.

— E se eu me recusar a ir até o Marais? Fico aqui até a lua cheia passar, e Atlas vai precisar voltar ao Mundo Adormecido. Ele vai deixar o corpo de Brooks e voltar para casa.

— Essa ideia é tão absurda quanto a ideia de Ander de matar Brooks. A mente de Atlas voltaria para Atlântida. No caminho, ele jogaria fora o corpo de seu amigo e roubaria sua alma — disse Solon. — Nos dois casos, você estaria evitando a única coisa que precisa fazer. Precisa enfrentar Atlas. Precisa destruir o Maligno.

— Mas Eureka tem razão — falou Ander. — Sob o revestimento de sua caverna, ela estaria protegida dos Semeadores e Atlas. Por que não podemos simplesmente esperar a tempestade passar até ele afundar mais uma vez?

— E simplesmente deixar o problema para a próxima garota da Linhagem da Lágrima? — perguntou Solon. — E aproveitar para deixar este mundo apodrecendo com mortos desperdiçados?

Eureka foi tomada pela vergonha. Ela começara aquele Despertar. Resolveria tudo de uma vez por todas.

— Solon tem razão. Isso chega ao fim comigo.

— Essa sim é a garota de quem Diana falou. — Os olhos de Solon encheram-se de um entusiasmo pueril.

Eureka ficou observando a maciez de sua pele, a juventude de seu cabelo com manchas de leopardo, o brilho vívido nos olhos azul-claros.

Mas Solon tinha se exilado dos Semeadores havia 75 anos. Nada fazia sentido.

— Por que você não é velho? — A pergunta escapou antes que Eureka percebesse que dissera algo rude.

Solon deixou a caneca na cama e lançou um olhar arregalado para Ander.

— Quer assumir a explicação?

— É para discutirmos a preparação de Eureka para ir até o Marais, não...

— Não o quê? — perguntou Solon, começando a empilhar os pratos. — Seu segredo?

— Que segredo? — perguntou Eureka.

— Não faça isso — disse Ander.

— Não vai demorar nem um minuto. Minha história já está bem ensaiada. — Solon sorriu, pegando os talheres da mesa. — Quer mesmo saber como mantenho toda esta juventude?

— Sim — respondeu Eureka.

— Glândulas de macaco. Injetadas bem no...

Eureka soltou um gemido.

— Não estou brincando, Solon...

— Eu! Não! Sinto! Nada! — Solon abriu os braços para o lado e gritou para a cachoeira. — Nem alegria. Nem desejo. Nem empatia. Muito menos... — Ele encarou-a de maneira hipnotizante. — Amor. — Solon deu um tapinha na bolsa onde Eureka carregava *O livro do amor*. — Não conhece a história de Leandro e Delfine?

— Você quer dizer Leandro e Selene? — perguntou Eureka.

Selene era sua ancestral; Leandro era ancestral de Ander. Muito tempo atrás, os dois eram bastante apaixonados um pelo outro e escaparam de Atlântida para poderem se amar livremente, mas sofreram um acidente de barco e foram separados por uma tempestade.

Solon balançou a cabeça.

— Antes de Selene, existia Delfine.

Eureka lembrou-se.

— Sim, mas Leandro deixou Delfine porque queria ficar com Selene.

— Parecia fofoca de vestiário.

Solon tinha ido até um armário atrás da mesa. Serviu-se de um pouco de vinho do Porto cor de rubi.

— Conhece a expressão "o inferno não conhece fúria maior que a de uma mulher desprezada"?

Eureka fez que sim.

— Ander, do que ele está falando?

— Imagine uma feiticeira desprezada — disse Solon. — Imagine o coração mais sombrio de todos partindo-se, ficando bem mais sombrio. Multiplique por quatro. Essa é Delfine desprezada.

— Não é assim que Eureka deveria... — protestou Ander.

— Agora que estou chegando à parte boa — disse Solon. — Delfine não conseguiu impedir Leandro de se apaixonar por outra mulher, mas podia garantir que aquele amor só causaria sofrimento. Ela lhe lançou um feitiço, que seria herdado por todos os seus descendentes. Seu namorado e eu estamos sob esse feitiço: o amor suga a vida de nós dois. O amor nos faz envelhecer rapidamente, décadas em um único instante.

Eureka olhou de Ander para Solon, depois para Ander novamente.

— Não estou entendendo. Você disse que se apaixonou uma vez...

— Ah, sim, me apaixonei — disse Solon, com firmeza. Ele engoliu a última gota do vinho. — Não tínhamos como impedir nosso amor. É o destino: rapazes Semeadores sempre se apaixonam por moças da Linhagem da Lágrima. Somos loucos pela Linhagem.

Eureka olhou para Ander.

— Então isso aconteceu outras vezes?

— Não — respondeu Solon, sarcasticamente. — Tudo isso só aconteceu quando você começou a prestar atenção. Meu Deus, como as garotas são burras.

— Com nós dois é diferente — disse Ander. — Não somos como...

— Como eu? — sugeriu Solon. — Você não é como um assassino?

Foi então que Eureka entendeu o que tinha acontecido com Byblis. Ela estremeceu e começou a suar.

— Você a matou.

Os Semeadores deviam matar as garotas da Linhagem da Lágrima. Era para Ander ter matado Eureka. Mas Solon havia mesmo levado aquilo adiante. Assassinara seu verdadeiro amor.

Ander estendeu a mão para Eureka.

— O que sentimos um pelo outro é real.

— O que aconteceu com Byblis? — perguntou Eureka.

— Após um incrível mês juntos, repleto de amor... — Solon recostou-se na cadeira, unindo as mãos sobre o peito. — Nós estávamos num café na beira do rio, de frente um para o outro, assim como vocês estão agora. — Solon gesticulou na direção dos joelhos de Eureka e Ander, que se encostavam debaixo da mesa. — Estendi minhas frágeis mãos por cima da mesa para acariciar seu cabelo esvoaçante — disse Solon. — Fiquei encarando seus olhos sedutores. Juntei toda a força que me restava e disse que a amava. — Ele estendeu a mão e engoliu em seco, cerrando o punho. — Depois quebrei o pescoço dela, como tinha sido criado para fazer. — Ele ficou encarando o nada, o punho erguido. — Eu era um velho naquela época, decrépito por causa do amor.

— Que terrível — disse Eureka.

— Mas tem um final feliz — acrescentou Solon. — Assim que ela morreu, minha artrite desapareceu. Minha catarata derreteu. Consegui andar com a postura ereta. Consegui correr. — Ele abriu um sorriso irônico para Ander. — Mas tenho certeza de que minha história é completamente diferente da de vocês. — Ele passou os dedos ao redor dos olhos de Ander. — E que estes pés de galinha nada têm a ver com isso.

Ander afastou a mão de Solon com um tapa.

— É verdade? — perguntou Eureka.

Ander evitou o olhar dela.

— É.

— Você não ia me contar. — Eureka o encarou, percebendo rugas que nunca tinha visto. Imaginou-o mancando e enrugado, caminhando de bengala, com dificuldade.

Solon disse alguma coisa, mas Eureka estava com o ouvido ruim virado para ele e não conseguiu escutar. Ela virou-se.

— O que foi que disse?

— Eu disse que, enquanto Ander amar você, ele vai envelhecer. Quanto mais intenso for esse amor, mais rápido isso vai acontecer. E, se por um acaso você *não* for uma dessas garotas totalmente superficiais, a idade vai afetar mais que o corpo dele. A mente dele vai ser atingida com a mesma rapidez. Ele vai ficar incrivelmente, terrivelmente velho; e vai ficar desse jeito. Diferente do envelhecimento dos mortais, o dos Semeadores não leva à doce liberdade da morte.

— E se ele parasse... de me amar?

— Então, minha cara — disse Solon —, ele permaneceria para sempre este rapaz forte e carrancudo que está vendo agora. Que dilema interessante, não?

# 11

## FIQUE, ILUSÃO

— Preciso de ar — disse Eureka. A caverna parecia estar encolhendo, como um punho sendo cerrado. — Como saio daqui?

*Não tem saída*, dissera Solon sobre Brooks. Eureka sentiu que o mesmo era verdade em relação a ela. Estava aprisionada na Nuvem Amarga, aprisionada a um amor por um garoto que não devia amar.

— Eureka... — chamou Ander.

— Não. — Ela deixou os dois à mesa e desceu a escada até o andar inferior. O rugido da cachoeira aumentou, ficando ensurdecedor. Não queria escutar os próprios pensamentos. Queria mergulhar na lagoa e deixar a queda d'água golpeá-la até parar de se sentir irritada ou perdida ou traída.

À direita da cachoeira, na parte de trás da escada curva, havia uma tapeçaria pesada, preta e cinza. Ela foi até lá. No canto oposto do lago, apoiou-se na parede e ergueu a ponta do tapete.

Um canal de água corria debaixo dele, indo do lago até um infinito estreito e escuro. Ao erguer mais o tapete, avistou uma canoa de alumínio amarrada a uma coluna a alguns metros, no interior do túnel de água.

A canoa estava bastante amassada, e no casco havia o desenho do perfil de um indígena. Debaixo do banco embutido, havia um remo de madeira, e na proa, uma tocha acesa com uma base ametista brilhante inserida num encaixe. A corrente estava preguiçosa, ondulando suavemente.

Eureka queria remar até o bayou marrom e não inundado atrás de sua casa, deslizar debaixo dos braços dos salgueiros-chorões, passar pelos junquilhos brotando nas margens. Queria voltar completamente no tempo até chegar à época em que o mundo ainda estava vivo.

Subiu na canoa, desamarrou a corrente e ergueu o remo. Estava empolgada com a própria imprudência. Não sabia aonde o túnel ia dar. Imaginou os Semeadores sentindo seu gosto no vento. E Atlas dentro de Brooks, rastreando-a nas montanhas. Nada disso a impediu. Quando o barulho do remo na água passou a ser o único ruído que Eureka escutava, ela observou o show de sombras que a tocha lançava nas paredes ao seu redor. Sua silhueta era uma abstração mal-assombrada, os braços grotescamente longos. Formas peculiares passavam pela sua sombra como fantasmas.

Pensou no corpo de Ander, nas formas injustas que o amor esculpiria nele. E se Ander se tornasse idoso antes de Eureka completar 18 anos?

O túnel estreito alargou-se, e Eureka entrou num lago cercado por paredes. A chuva caía em sua pele. O sal das gotas parecia um sutil beijo envenenado. Estava rodeada por picos rochosos brancos que beliscavam um céu noturno de nuvens roxas. Estrelas brilhavam por entre as nuvens.

Uma vez, alguns meses após os pais de Eureka se divorciarem, Diana levou-a para andar de canoa no Red River. Passaram três dias sozinhas, bronzeando os ombros, remando no ritmo de música *soul*, acampando nas margens do rio, comendo apenas os peixes que pescavam. Tinham pegado emprestada a barraca do tio Beau, mas acabaram dormindo a céu aberto, no fundo de um oceano de estrelas. Eureka nunca vira estrelas tão brilhantes. Diana pediu que ela escolhesse uma e disse que escolheria outra. Deram os próprios nomes às estrelas para que, quando estivessem separadas, pudessem olhar o céu e — mesmo se não pudessem ver a Estrela-Diana nem a Estrela-Eureka, mesmo se o pai se casasse com outra mulher e fizesse a menina se mudar para uma cidade em que ninguém jamais se apaixonara — o brilho da estrela faria Eureka se lembrar da mãe.

Olhou para cima e tentou sentir Diana entre os espaços da chuva. Era difícil. Enxugou os olhos e abaixou a cabeça, então se lembrou de algo que preferia nunca ter escutado Diana dizer...

*Hoje eu vi o rapaz que vai partir o coração de Eureka.*

Seu pai mencionara aquela frase quando Eureka o apresentou a Ander. Diana chegou a fazer o desenho de um garoto parecido com Ander.

Eureka não deu importância ao que o pai tinha dito. Ele não sabia a história toda.

Mas quanto da história ela mesma sabia? Ander era um Semeador, mas não era como a família. Ela achava que havia entendido aquilo. Agora estava envergonhada por ter duvidado de seus pais. Diana sabia que um dia, de alguma maneira, Eureka e Ander gostariam um do outro. Sabia que aquele afeto sugaria a vida dele. Sabia que aquela situação difícil arrasaria o coração de Eureka. Por que ela não a alertara? Por que dissera para Eureka nunca chorar, mas não para ela nunca amar?

— Mãe... — gemeu ela na escuridão chuvosa.

Um grupo de coiotes uivou em resposta. Queria nunca ter saído da caverna. O lago solitário parecia agourento quando não imaginava Diana no céu.

Velas iluminavam partes da rocha que ficavam de frente para a Nuvem Amarga. Outras cavernas, percebeu Eureka. Outras pessoas acordadas e vivas. Será que era ali que os assistentes de Solon moravam? Percebeu que aquele lago era novo. Devia ter surgido com seu choro. Sua chuva enchera o que costumava ser um vale que ligava Solon aos vizinhos. Era um lago da Linhagem da Lágrima. Eureka perguntou-se como Filiz e o Poeta chegavam à caverna após ela ter inundado o caminho que faziam.

Deixou a canoa ser levada e tirou a tocha da proa. Segurou-a na direção das outras cavernas. A luz revelou sinais de desespero: restos de fogueiras, linhas de pesca abandonadas, carcaças de animais, ossos completamente sem carne.

Ela entrou numa espiral descendente, sendo levada pela força sedutora da depressão. O garoto em que confiara não podia ajudá-la sem amá-la, e não podia amá-la sem se entregar à senilidade. Ela teria de abrir mão dele. Teria de enfrentar Atlas sozinha.

— Oi, Lulinha.

Eureka olhou para as pedras. Seu coração disparou enquanto tentava encontrar de onde o som tinha vindo. Uma sombra atravessou uma rocha no lado oposto do lago. Ela devolveu a tocha ao seu lugar e deixou as estrelas iluminarem a silhueta de um adolescente. O cabelo escuro estava colado na testa. A mão erguia-se na direção de Eureka. Sombras cobriam seu rosto, e ele usava uma capa de chuva que ela não conhecia, mas Eureka sabia que era Brooks.

E dentro de Brooks estava Atlas.

Foi tomada por um calafrio e ficou com medo. Pegou o remo. Estava fora de si quando saiu da Nuvem Amarga. Por que abandonara a segurança daquele envoltório? Empurrou com dificuldade o remo na água, indo na direção oposta à de Atlas. De Brooks.

Até ele rir. Foi uma risada rouca e profunda, animada com os segredos compartilhados dos dois, da mesma maneira como Brooks sempre ria dos muitos milhares de piadas internas que tinham.

— Tentando fugir de mim?

Não podia deixar Brooks. Seus braços inverteram o sentido, remando para trás. Se fosse embora naquele momento, se arrependeria para sempre. Perderia a oportunidade de descobrir se Brooks estava vivo ou se era um fantasma.

— Agora sim. — Um sorriso iluminou sua voz. Eureka desejava imensamente vê-lo no rosto de Brooks.

Ela se aproximou. A luz acinzentada das estrelas tocava o rosto de Brooks e o branco de seus dentes. Ela se lembrou do último momento que tiveram antes de o melhor amigo ser possuído. Queria voltar e ficar ali, mesmo deprimida e temerosa. Aqueles últimos momentos com o jovem intacto reluziam em sua memória como ouro. Estavam deitados na praia, debaixo de uma névoa de protetor solar de coco. Brooks tomava uma lata de Coca-Cola. Estavam com areia na pele, sal nos lábios. Eureka escutou sua roupa de banho balançar quando ele se levantou para nadar até as arrebentações. E então ele se foi.

Agora ele estava com a mesma aparência. Sardas salpicavam suas bochechas. A testa lançava sombras por cima dos olhos escuros. Havia atravessado o mundo atrás dela. Eureka sabia que aquele era Atlas, mas que também era Brooks.

— Você está aí? — perguntou ela.

— Estou aqui.

Atlas lhe controlava a voz, mas Brooks a escutava mesmo assim, não escutava?

— Sei o que aconteceu com você — disse ela.

— E eu sei o que vai acontecer com você. — Ele agachou-se na beirada para que seus rostos ficassem mais próximos. Estendeu a mão. — Estou com meu barco. Sei de um lugar seguro. Podemos levar os gêmeos, seu pai e Cat. Vou cuidar de você.

Aquilo era um truque, claro, mas a voz parecia sincera. Ela olhou nos seus olhos, ficando dividida ao ver tudo que havia neles — um inimigo, um amigo, fracasso, redenção. Se Eureka não podia separar Brooks de Atlas, devia tirar proveito do fato de estar tão próxima do Maligno.

— Me explique o que é a União.

O sorriso dele pegou-a de surpresa. Ela desviou o olhar.

— Quem anda enchendo sua cabeça com histórias de fantasmas? — perguntou ele.

— Eureka — chamou a voz de Ander a uma distância escura.

Ela virou-se. Não conseguia enxergá-lo do outro lado do lago. Graças ao revestimento das bruxas, não conseguia enxergar nem a caverna de onde tinha saído. Ele devia ter avistado a luz da tocha, mas será que conseguia enxergar a própria Eureka? Será que conseguia enxergar Brooks?

Brooks semicerrou os olhos, também sem conseguir enxergar o que havia debaixo do escudo das bruxas.

— Onde ele está?

— Fique aqui — disse Eureka a Brooks. — Ele está armado. Vai matá-lo. — Ela não sabia se Ander ainda tinha aquela arma, nem se as sinistras balas verdes de artemísia machucavam alguém além dos Semeadores. Mas não podia fazer nada para manter os dois... três... rapazes longe um do outro.

Brooks levantou-se.

107

— Isso seria interessante.

— Estou falando sério — sussurrou ela. — Se eu der um pio, você morre. — Ela semicerrou os olhos, falando com Atlas. — Você seria enviado de volta ao Mundo Adormecido, e só Deus sabe quanto tempo passaria lá. Sei que não deseja isso.

Eureka escutou o clique de uma arma sendo engatilhada. Brooks estava com uma pistola preta apontada para a própria têmpora.

— Será que devo poupá-lo de todo esse trabalho?

— Não! — Eureka ficou em pé na canoa e estendeu os braços para Brooks, queria tirar aquela arma da cabeça dele. Pensou que ele estivesse entendendo o braço para ela. Na verdade, ele entregou-lhe a arma. O peso dela surpreendeu-a. Estava quente com o calor da mão do garoto. Ela lançou um olhar na direção de Ander. Esperava que ele não a tivesse escutado. — O que está fazendo?

— Você disse que sabia o que tinha acontecido comigo — disse ele, sorrindo. — E deve achar que sou perigoso, não? Sua oportunidade é agora. Agora pode me deter.

Ela encarou a arma.

— Eureka! — chamou Ander novamente.

— Não é isso o que eu quero — sussurrou ela.

— Agora estamos chegando ao centro das questões. — Brooks tocou no ombro dela, equilibrando-a na canoa. — Você quer alguma coisa. Deixe-me ajudá-la.

O barulho das rochas atrás dela fez Eureka se virar. Ander estava mais perto, fora do revestimento. Vê-lo repentinamente mexeu com ela, e sentiu uma vontade inevitável de ficar mais perto dele. Ander estava descendo por um caminho que terminava numa pequena elevação, a uns 6 metros acima do lago.

— Preciso ir. — Eureka usou o remo contra a rocha de Brooks para ganhar impulso.

— Fique comigo — disse ele.

— Encontro você quando puder — prometeu Eureka. — Agora vá embora. — Ela sentou-se novamente na canoa e remou para longe da orla, na direção do centro do lago. — Ander. — Ela acenou. — Aqui.

Os olhos de Ander a encontraram na água. Ele ergueu os braços, dobrou os joelhos e mergulhou. Ela observou-o deslizar para baixo, o cabelo louro agitando-se, e os dedos dos pés apontados para o céu. Quando seu corpo atingiu a superfície, a água permaneceu intacta. Eureka prendeu a respiração enquanto ele desaparecia dentro de suas lágrimas.

Olhou para a rocha onde Brooks estava, mas o rapaz tinha desaparecido. Será que aquela conversa havia sido real? Parecia um pesadelo em que nada acontece, com um clima mortal pairando no ar. Soltou a arma no lago. Enquanto ela afundava, Eureka imaginou-a chegando ao fundo do vale inundado, na mão de um turco afogado.

A água do lago começou a subir. Eureka se abaixou — e depois viu Ander se elevando com o líquido. Ele estava sobre uma enorme tromba d'água, iluminada pelas estrelas, como se fosse uma lua magnetizante.

Ele atraíra para debaixo de si boa parte da água do lago. Enquanto sua canoa arranhava o fundo, Eureka viu os rastros lamacentos do caminho que costumava ligar a caverna de Solon às dos vizinhos. Era daquele jeito antes das lágrimas de Eureka. Ela tentou decorar todos os detalhes do terreno não inundado embaixo de si, imaginando o Poeta e Filiz no passado, atravessando aquele lugar enquanto iam para o trabalho, o Poeta pegando um botão de uma oliveira afogada. Ela não viu a arma.

A tromba d'água de Ander foi diminuindo aos poucos, enchendo mais uma vez o vale de lágrimas até ele ficar no mesmo nível da água. Depois ele ficou flutuando numa pequena onda, ao lado da canoa de Eureka.

— Estava falando com alguém?

— Com minha mãe. Hábito antigo. — Ela ofereceu a mão, e ele subiu na canoa.

— Não queria que você descobrisse daquele jeito — disse ele.

— A verdade é que você não queria que eu descobrisse.

— Enquanto você não soubesse, eu podia fingir que não estava acontecendo.

Eureka estremeceu e olhou ao redor. As nuvens tinham coberto as estrelas, e Brooks desaparecera.

— Tudo está acontecendo.

Ela procurou sinais de envelhecimento no rosto de Ander. Não se incomodaria se ele ficasse com rugas ou com o cabelo grisalho, mas se recusava a ser o motivo de seu envelhecimento. Ficar mais tempo sugaria a vida de Ander. Não deviam nem mesmo ter deixado as coisas chegarem àquele ponto.

— Confiei em você — disse ela.

— E deve confiar.

— Mas por que não confia em mim? Você sabe meus segredos há mais tempo que eu. Não sei nenhum dos seus. Não sei se já se apaixonou alguma vez. Não sei nem sua música preferida, nem o que quer ser quando crescer, nem quem é seu melhor amigo.

Ander olhou para seu reflexo na água, embaçado de chuva. Ficou pensando por um bom tempo antes de responder.

— Eu tinha um cachorro. Shiloh era meu melhor amigo. — Ele esmurrou o próprio reflexo. — Tive de esquecê-lo.

— Por quê?

— Era parte de minha Passagem. Até recentemente, eu envelhecia como qualquer outro garoto, dia a dia, estação a estação, acrescentando centímetros e cicatrizes ao meu corpo. Mas, no meu aniversário de 18 anos, participei de uma cerimônia familiar. — Ele olhou para cima, recordando. — Era para eu repudiar tudo aquilo com que me importasse. Disseram que eu viveria para sempre. Quando os Semeadores fazem alguma crueldade, nossos corpos ficam mais jovens, como se estivéssemos voltando no tempo. Abri mão de Shiloh, mas não consegui abrir mão de você porque meu amor por você é tudo que sou.

— Eu achava que o amor deixava a pessoa *mais* viva — disse Eureka. — Seu amor é... como eu costumava ser: suicida.

— O amor é um trajeto infinito numa estrada sinuosa. Não é possível enxergar tudo sobre a outra pessoa de uma vez só. — Ander inclinou-se para a frente na canoa que balançava, e inspirou. Ao expirar, Eureka sentiu algo quente enroscar-se no seu corpo. Ele tinha gerado um Zéfiro suave que a puxava para perto dele. As mãos dela subiram por seus braços e se uniram atrás do seu pescoço. Não podia negar o quanto era bom ficar grudada a ele. Absorveu a tensão em seus músculos, o calor em seu corpo e, antes que percebesse, seus lábios.

Mas então uma sensação percorreu o corpo de Eureka como hera. Em algum lugar na escuridão, Brooks e Atlas os estavam observando.

— Espere — disse ela.

Mas Ander não esperou. Abraçou-a e beijou-a intensamente. O corpo dela estava úmido, e o de Ander, seco. Nem a chuva parecia saber o que fazer ao tocar nos locais onde os dois corpos se uniam. Ela entregou-se por um momento, sentindo a língua dele na sua. Seu coração ficou preenchido. Seus lábios formigavam.

Ela obrigou-se a se afastar. Não se importava com o que Atlas estava espiando, mas não queria que Brooks a visse beijar um garoto como se ela não tivesse inundado o mundo, como se seu melhor amigo não estivesse possuído. Pressionou a mão no peito de Ander, sentindo o coração do garoto. O dela estava disparado — de medo, culpa e desejo.

— O que foi? — perguntou Ander.

Ela queria confiar nele, mas tudo estava confuso. Em Brooks, Ander via apenas Atlas, o inimigo. Ele não entendia que Eureka amava parte do inimigo, que precisava de parte dele para sobreviver. Seu encontro com Brooks precisava ser um segredo, pelo menos até descobrir como salvar o amigo.

— Você não pode me amar sem envelhecer — disse ela, finalmente.

— E eu não posso ter consciência disso sem ficar com vontade de chorar. E minhas lágrimas são o fim do mundo.

Ander tocou os cantos dos olhos dela com os lábios, para se assegurar de que estavam secos.

— Por favor, não tema o meu amor.

Ele pegou o remo, movendo-o duas vezes para girar a canoa. Seu sopro suave fez os dois deslizarem na direção da entrada do túnel, de volta para a Nuvem Amarga. Logo antes de a rocha os engolir, Eureka olhou para trás, na direção de onde tinha visto Brooks. Atlas. A rocha onde ele estava agora parecia invisível. Nuvens baixas tinham retomado o céu e ocupavam-se cobrindo o mundo de escuridão.

# 12

## OCUPAR ATLÂNTIDA

Naquela noite, o Poeta alcançou Filiz em seu novo e mais árduo caminho do trabalho até sua casa, que agora dava a volta completa no novo lago. O fato de Filiz não pensar mais no Poeta pelo seu nome *celã* — Basil — indicava o quanto Solon influenciava a maneira de Filiz pensar.

O Poeta escutava um *discman* enquanto caminhava — que coisa mais pré-histórica —, e uma música country antiga saía aguda dos fones quando ele os tirou para chamá-la. Seus lábios estavam inchados, e ela então concluiu que ele tinha beijado a amiga da garota da Linhagem da Lágrima. Aquilo deixou Filiz com ciúmes, não porque queria beijar o Poeta, mas porque nunca tinha beijado ninguém.

Ele atirou para ela um pacote envolto em pergaminho. Era do tamanho das fatias de pão que sua mãe costumava assar quando ela era pequena e a fome era um prazer voraz, dissipado por uma boa refeição. O Poeta tinha outro pacote debaixo do braço.

— Isto é o que Solon oferece aos convidados especiais — disse ele em sua língua nativa.

Eram as primeiras palavras compreensíveis que escutava ele dizer em meses. Ela desembrulhou o pacote.

Era *comida* — quente, carne frita, ao lado de nozes cobertas com mel e frutas secas da cor de joias. Alguma coisa melequenta tinha o perfume do paraíso. Baklava.

Seria difícil não devorar tudo que havia no pacote durante o caminho pela chuva. Mas pensou no rosto ossudo da mãe.

— Há meses que ele está construindo um estoque secreto — disse o Poeta. — Isto foi o que consegui pegar escondido hoje. Mas amanhã...

Ele não terminou a frase, e Filiz percebeu que tudo estava prestes a mudar. Assim que dividisse aquela comida com a família e o Poeta fizesse o mesmo, a comunidade inteira saberia. A caverna de Solon não seria mais um refúgio para Filiz. Nem para ninguém.

— Eles vão matá-lo — sussurrou Filiz. Sentia vontade de proteger Solon ou, pelo menos, o prazer que sentia trabalhando na caverna dele. Sabia que era egoísmo, mas não queria perder o único toque de glamour que existia em sua vida.

Mas seu povo estava faminto, então Filiz desviou o olhar do Poeta e disse:

— Nos vemos na Assembleia.

Ao chegar à caverna onde morava com a mãe e a avó, Filiz tirou vários galhos do casaco e os largou no meio do chão. Estalou os dedos, fazendo uma chama se acender nas pontas de suas unhas azuis descascadas.

Pouco tempo atrás, havia madeira suficiente para manter uma fogueira sempre acesa. Agora, quando chegava em casa, já estava frio e escuro, e ela sabia que tinha sido daquele jeito o dia inteiro.

Os galhos crepitaram, sibilaram, fumegaram. Queimar madeira molhada era como forçar o amor, mas, como a garota da Linhagem da Lágrima tinha chorado, não havia nada seco. O mundo inteiro estava escuro, frio, molhado. A luz trêmula aquecia a mente de Filiz e iluminava a mãe adormecida. As pessoas diziam que Filiz parecia com ela, apesar de Filiz ter pintado o cabelo e usar muita maquiagem que roubara de uma farmácia em Kusadasi. Não via nada de si mesma no rosto cansado da mãe.

Sua mãe abriu os olhos. Eram do mesmo tom castanho suave que os de Filiz.

— Como foi o trabalho? — A mãe falava na língua *celã*, que era melódica e ressonante, uma mistura de grego, turco e, segundo algumas pessoas, atlante. Era falada apenas naquele terreno de 5 quilômetros quadrados.

A mãe de Filiz procurou feridas na pele da filha, algo que fazia todas as noites. Fazia o mesmo exame noturno no pai de Filiz quando ele estava vivo.

— Tudo bem. — Quando Filiz era criança, amava sentir o olhar atento e calmante da mãe na pele.

Quando os olhos da mulher deixavam o corpo de Filiz, todos os arranhões estavam cicatrizados. Era a peculiaridade de sua mãe, o dom único de magia com que todo ser humano nascia. Enquanto crescia, Filiz ouvira histórias sobre pessoas fora de sua comunidade que perdiam as peculiaridades ao envelhecerem. Só passou a acreditar nessas histórias no último verão, quando conseguiu um trabalho de guia turística de cruzeiro em Kusadasi. Os turistas pálidos que guiava normalmente eram simpáticos, mas sempre distantes, eram um pouco mais que zumbis educados que enxergavam o mundo pelas lentes das câmeras. Suas peculiaridades tinham sido esquecidas havia tanto tempo que Filiz começou a imaginar quais teriam sido seus dons — talvez aquele banqueiro viajasse no tempo, ou aquele corretor se comunicasse com cavalos. Apenas as peculiaridades dos filhos dos turistas eram reconhecíveis e desapareciam gradualmente. Filiz ficava arrasada ao ver que eles estavam sendo criados para que aquilo fosse perdido.

Para os *celãs*, a peculiaridade era a última coisa a desaparecer, depois que o coração parava de bater. Os idosos perdiam todo o resto — audição, visão, memória —, mas as peculiaridades permaneciam até um pouco depois do último suspiro. Filiz nunca perderia a sua. Se seus dedos não pudessem fazer fogo, deixaria de ser Filiz.

Afastou-se do olhar da mãe, que parecia tratá-la como uma criança, oprimindo-a. Às vezes, era bom deixar um pequeno arranhão em paz. Além disso, nenhuma de suas feridas mais profundas ficava na superfície. Pôs a bolsa pesada no chão, mas ainda não estava pronta para falar sobre o que havia dentro dela. Planejava jogar Gülle Oyunu, o jogo de bolas de gude que seu pai ensinara a ela.

Mas não conseguia tirar os olhos da bolsa, da maneira como a luz da fogueira tremulava sobre o tecido. Devorou um terço do conteúdo antes de chegar em casa. Queria dar o resto para a mãe e a avó, mas tinha medo do que aquilo suscitaria entre seu povo, que já desconfiava de Filiz havia bastante tempo. É claro que o Poeta alimentaria sua família na própria caverna, então na verdade não havia como evitar o inevitável.

Sua mãe a observava, cheia de perguntas. Ultimamente, havia rumores de que Solon receberia um visitante na caverna, alguém que todos os *celãs* sabiam que existia, mas que ninguém conseguia enxergar. Filiz sabia que sua mãe queria lhe perguntar sobre isso.

— Ela chegou. — Filiz evitou o olhar espantado da mãe. Tirou o moletom e endireitou a camiseta azul justa. As roupas que roubara em Kusadasi faziam com que atraísse olhares estranhos da comunidade, mas Filiz odiava os mantos rústicos e trançados tradicionais. Kusadasi lhe fizera enxergar o quanto seu lar era rural. Agora as lojas modernas e os hotéis luxuosos de Kusadasi estavam a 2 quilômetros embaixo d'água.

O povo de Filiz morava naquelas cavernas havia milhares de anos, desde antes de Atlântida afundar. Toda geração rezava para que Atlântida não ressurgisse durante suas vidas, nem durante as vidas dos filhos de seus filhos. Agora a garota que a traria de volta estava a 100 metros de distância.

— Coma. — Sua mãe colocou um caldeirão no fogo. — Coma e depois fale. A Assembleia está começando aqui do lado.

Era para ter sido fácil entregar a comida roubada para a mãe esfomeada, mas a fome da família era tão grande que Filiz temia que uma quantidade limitada de comida só os deixasse mais infelizes.

Ela olhou para o caldeirão.

— O que é?

— Sopa — respondeu a mãe. — Sua avó quem fez.

— Você está mentindo — disse Filiz. — Está esquentando a água do céu.

— Eu não disse que tipo de sopa era. Tem um gosto bom. É salgada, parece um caldo.

— Você já tomou isso? — Ela ficou encarando a mãe, percebendo os olhos fundos. — Não pode tomar isso!

— Precisamos comer alguma coisa.

Filiz agarrou a alça do caldeirão, que a queimou como jamais a queimava o fogo que ela mesma acendia. Soltou um palavrão e largou o recipiente, derramando o líquido no chão.

Sua mãe ajoelhou-se, juntou a água na mão e a levou até os lábios.

— Pare! — Filiz caiu em cima da mãe, puxando as mãos de sua boca. Ela agarrou a bolsa e tirou uma fatia de baklava e outra gordurosa de vitela. Pressionou a comida nas mãos da mãe, que ficou boquiaberta, como se suas mãos estivessem pegando fogo. E depois começou a comer.

Filiz observou a mãe devorar metade da vitela.

— Tem mais? — sussurrou ela.

Filiz fez que não com a cabeça.

— Estamos morrendo.

A Assembleia era realizada na caverna de Yusuf, tio-avô de Filiz. Tirando a caverna de Solon, que nenhum dos outros tinha permissão de ver, muito menos de visitar, aquela era a mais espaçosa para uma reunião. O fogo estava morrendo, algo que sempre incomodava Filiz. Na parede dos fundos, havia um enorme olho turco pintado os observando. Filiz se perguntou se aquele olho não seria cego; ele não protegia aquele povo havia muito tempo.

Não participava de uma Assembleia fazia anos, desde antes da morte do pai. Estava ali naquela noite porque sabia que o Poeta deduraria Solon e sua comida. Queria fazer o que pudesse para amenizar as reações dos *celãs*.

— Está acontecendo. — Yusuf franziu as sobrancelhas brancas e crespas enquanto Filiz entrava no local. Sua pele fazia Filiz se lembrar de uma codorna frita, marrom, firme e encarquilhada do sol. — Os animais que caçamos por tanto tempo agora estão nos caçando. Nossos lares se tornaram traiçoeiros enquanto tudo morre de fome ao redor.

Naquela noite, o grupo estava pequeno, havia menos de vinte de seus vizinhos. Pareciam cansados e selvagens. Ela sabia que aqueles eram os mais saudáveis, que os que não tinham vindo estavam deitados em alguma caverna próxima, malnutridos demais para se moverem.

O Poeta estava ali, sentado entre dois garotos da mesma idade. A pele escura dos meninos tinha um estranho tom branco. Filiz levou um instante para perceber que era uma camada de sal. Deviam ter passado o dia inteiro na chuva, construindo as arcas. Era um antigo projeto dos *celãs*, que se preparavam para a temida enchente havia gerações. Existiam muitas histórias antigas de heróis enfrentando enchentes em arcas resistentes. Poucos levavam a construção a sério, e até roubaram a comida que os construtores tinham começado a armazenar quando a fome atingiu a comunidade no ano passado. Mas, agora que a chuva de lágrimas caía do céu, tudo era diferente. Filiz não sabia para onde os *celãs* navegariam, ou como sobreviveriam ao mar, mas muitos estavam convencidos de que as arcas eram a salvação.

Filiz crescera com o Poeta e os outros garotos, mas, desde que fora a Kusadasi, sentia-se uma alienígena o tempo inteiro — era rural demais para a cidade, e cosmopolita demais para seu lar. Antes da inundação, chegara à conclusão de que, para ser feliz, precisaria cortar os laços com as montanhas, de que uma pessoa não deve se prender às situações apenas por culpa.

Sua avó Seyma estava sentada numa almofada ao lado de Yusuf. O cabelo branco passava da altura dos joelhos. Seyma alegava que sua peculiaridade só funcionava quando estava dormindo — ela visitava os sonhos de outras pessoas —, mas Filiz sabia que ela conseguia se infiltrar nas mentes dos outros a qualquer momento.

Seus vizinhos abriram espaço enquanto Filiz ia em direção ao centro da Assembleia. Ela ajoelhou-se diante do fogo, estalou os dedos e fez a chama voltar a rugir. Só considerava sua peculiaridade importante em momentos como aquele, quando seu valor se tornava tão óbvio. Tudo que o Poeta sabia fazer era cantar e assobiar como um pássaro, um dom inútil. Pássaros nunca tinham nada compreensível a dizer.

Filiz sentou-se ao lado de uma criança chamada Pergamon. Ele era como uma sombra silenciosa, sempre a seguindo. A peculiaridade dele era a força sobrenatural de suas mãos. Filiz escutava com frequência os pais dele gritando quando Pergamon segurava nas mãos deles. Agora ele estava cochilando, com a bochecha macia apoiada no braço.

Todos ali tinham um talento especial, mas ninguém era capaz de fazer comida ou água potável aparecer do nada. Uma pessoa com uma peculiaridade assim poderia dominar o mundo.

Quando a tempestade começou, não chovia havia meses. Alguns *celãs* choraram lágrimas de alegria, lágrimas tolas. Alguns caíram de joelhos, agradecendo a Deus, bebendo a chuva. Apesar de a maioria ter sido sensata e cuspido ao sentir o gosto do sal, um garoto estava com tanta sede que só parou de beber quando o corpo começou a ter convulsões. Mesmo aqueles com peculiaridade de cura, como a mãe de Filiz, não conseguiram conter a desidratação. E o sal na chuva tinha contaminado o pouco que ainda possuíam de água potável.

O garoto morreu. Filiz foi para a pequena cerimônia que fizeram para ele naquela tarde, logo antes de sair para o trabalho. Depois entrou na caverna de Solon e conheceu a garota responsável pela morte dele. Solon ficou observando sua reação, mas devia saber que ela não diria nem faria nada. Agora que a chuva de lágrimas estava caindo, a garota era a única esperança caso Atlântida ressurgisse.

Pelo menos era o que Solon dissera. A grande dúvida era como a garota da Linhagem da Lágrima conseguiria resolver a situação. Talvez seu povo estivesse certo; era melhor construírem arcas e se prepararem para o pior.

Filiz sentiu os olhares dos vizinhos e se perguntou se o Poeta já havia contado para eles. Em seguida, viu um prato de comida sendo passado de mão em mão. Homens e mulheres davam tapinhas nas costas do Poeta, rindo. O Poeta, o herói. Filiz observou-o aproveitar o momento. Que bem faria àquelas pessoas esfomeadas uma única porção de comida? Talvez estivessem com fome demais para perguntar agora, mas assim que a comida acabasse, não perguntariam de onde ela viera e como conseguir mais?

Ela percebeu que não estava com raiva do Poeta. Estava com raiva de Eureka. Observou Pergamon colocar um pedaço de espinafre na boca de um jeito sonolento. O garoto ao lado pegou o prato e lambeu os restos.

O Poeta observava Filiz com a mesma suspeita que ela reservava ao rapaz. Ele costumava perguntar por que ela evitava as Assembleias. Agora claramente desejava que Filiz não estivesse ali.

— Você conheceu a visitante de Solon hoje à tarde? — perguntou Yusuf. Todos os olhares focaram-se em Filiz.

— Ela chegou com duas crianças, o pai e dois amigos — respondeu o Poeta. — São pessoas generosas, estão cansadas da viagem. Uma garota se chama Cat e ela é muito...

— Já basta dos outros — disse alguém mais ao fundo. — E *ela*?

— Ela é uma pentelha egoísta — declarou Filiz, e perguntou-se o porquê. Talvez fosse porque o Poeta tivesse trazido a comida e ela também quisesse dar ao povo algo pelo qual ansiavam. Eles desejavam um inimigo, uma causa comum; alguém para culpar. — Ela se importou com as pessoas inocentes que morreriam por causa dela? — Filiz balançou a cabeça. — Ela considerava seu sofrimento mais importante que as vidas de vocês. Agora Atlântida vai ressurgir e nos destruir. Somos inúteis. — Sua voz foi ficando mais alta à medida que prosseguia. — Nós ficamos sentados, esperando, passando fome.

— Sempre quis visitar Atlântida — disse alguém mais ao fundo.

— Silêncio, garoto — falou a avó de Filiz. — Não temos comida nem água. Minha filha está morrendo. E minha neta... — Ela desviou o olhar enquanto os outros completavam a frase em suas mentes.

— Tem mais comida — disse Filiz, pois ficou ressentida ao ver a desconfiança no rosto da avó. Estava cansada de se sentir uma intrusa no meio do próprio povo.

A caverna ficou silenciosa. Os olhos observavam Filiz como discos voadores. O Poeta não se ofereceu para ajudá-la. Ela desejou não ter dito aquilo. Estava abdicando do único prazer que restava na sua vida, do tempo que passava com Solon em sua caverna, porque agora não tinha escolha, precisava explicar.

— Solon tem comida. Ele estava se preparando para a tempestade, fazendo um estoque. A garota da Linhagem da Lágrima comeu um banquete enquanto vocês passavam fome.

— E água? — perguntou um garoto-do-sal ao lado do Poeta.

— Ele também tem água. — Filiz olhou para o Poeta. — Nós só descobrimos isso agora à noite.

— Amanhã você nos leva até lá — ordenou a avó de Filiz.

— Não é tão fácil — disse o Poeta. — Vocês sabem que a casa dele é protegida.

As bruxas fofoqueiras não tinham nenhum interesse nos *celãs*, então boa parte da comunidade de Filiz jamais conhecera pessoalmente as estranhas mulheres vestidas de orquídeas, mas tinham escutado o zunido das abelhas e sentido a presença de magia nas rochas das proximidades. Uma vez, Pergamon encontrou um favo de mel de uma bruxa fofoqueira, mas não contou a ninguém onde o achou. A maioria dos *celãs* não admitia, mas Filiz sabia que eles tinham medo de tudo que não sabiam a respeito das bruxas fofoqueiras.

— Amanhã traremos mais comida — prometeu o Poeta.

— Não. Você vai nos ajudar a entrar naquela caverna — disse a avó de Filiz. — E nós veremos o que essa garota da Linhagem da Lágrima tem de tão especial.

# 13

## OLHO DA TEMPESTADE

— Aproveitando a vista?

Na manhã seguinte, Eureka deu um salto ao ouvir a voz de Solon atrás de si. Acreditava estar sozinha na laje da Nuvem Amarga.

Subira a escada até a varanda durante o amanhecer, curiosa com a paisagem que Ander vira na noite anterior enquanto a procurava. À luz das nuvens da manhã, tudo estava prateado. O nível do lago da Linhagem da Lágrima tinha subido, e Eureka achava que a rocha de Brooks não estava mais acima da superfície. Ela reviveu os instantes em que soltou a arma na água, em que beijou Ander na canoa, confrontando o monstro que devia temer. Realmente o temia e o odiava, e o amava.

Ele estava — os dois estavam — em algum lugar lá fora, escondidos ao longo das margens. Ela conseguia senti-los, assim como sentia o pesadelo do qual acabara de acordar.

Sonhara que escalava uma montanha na chuva. Perto do cume, a terra moveu-se debaixo dela. Segurou-se em algo escorregadio e esponjoso, que se desintegrou em seus dedos. Então a montanha inteira desmoronou, e as pedras deslizaram perigosamente aos seus pés. Enquanto Eureka sucumbia à avalanche, percebeu que não estava subindo uma montanha, e sim uma enorme pilha de braços apodrecendo, pernas mofadas e cabeças em decomposição.

Estava escalando os mortos desperdiçados.

— Tenho de admitir — disse Solon, olhando para o lago. — Suas lágrimas melhoraram a paisagem. É como o pôr do sol, que fica mais bonito quando o ar está poluído.

Eureka não conseguia mais sentir a chuva. Pingos aglomeravam-se a 5 metros acima dela, mas jamais atingiam a varanda de rocha branca. Solon deve ter lançado um cordão sobre eles, apesar de ter dito que atualmente era raro usar o Zéfiro. Ele tossiu, chiou ao respirar e, com um isqueiro prateado, acendeu um cigarro de cravo.

— Dormiu bem? — Ele olhou para ela como se tivesse feito uma pergunta mais íntima.

— Na verdade, não. — Ela sentiu que Atlas estava escutando aquela conversa, observando todas as nuanças de sua linguagem corporal. Sua pele arrepiou-se.

Solon queria saber sobre o encontro de Eureka na noite anterior, mas ela jamais poderia contar ali, pois talvez Atlas estivesse escutando. E não contaria em lugar algum que planejava ver Brooks novamente. Aquilo precisava ser um segredo só seu.

— O pessoal está levantando — disse Solon enquanto os gêmeos entravam saltitantes na varanda.

— O que tem para o café da manhã? — William balançava-se num galho sem folhas no centro da varanda.

— Tive um sonho tão maluco. — Cat apareceu no topo da escada. — Meu irmão e eu estávamos atravessando o oceano no antigo Trans-Am do papai e passávamos por cardumes gigantes de peixes. — Ela apoiou a cabeça no ombro de Eureka com uma letargia bem atípica de Cat. Ainda não tinha conseguido falar com a família.

Um instante depois, o pai de Eureka subiu a escada apoiando-se em Ander. Eureka tocou no curativo em seu ombro. Estava firme e limpo.

— Estou melhor hoje — disse ele, antes que ela pudesse perguntar. O machucado da têmpora estava verde.

— Devia estar descansando — aconselhou ela.

— Ele estava preocupado com você — disse Ander. — Não sabíamos onde estava.

— Estou bem...

— Claire! — gritou seu pai. — Desça daí!

Claire tinha subido no parapeito de pedra da varanda. Ela inclinou-se para alcançar um galho de buganvília rosa, com pétalas de bordas marrons.

— Quero pegar a flor como Eureka.

Ela inclinou-se demais. Seu pé deslizou pela pedra úmida, e ela cambaleou para a frente, por cima do parapeito. Todos se moveram na direção dela, mas William, que sempre estava perto de Claire, foi o primeiro.

Ele lançou o braço por cima do parapeito. Sua mão aberta estendeu-se. Quando Eureka os alcançou, William já estava segurando Claire.

Mas na verdade ele não a estava segurando. As mãos dos dois nem se encostavam. Um metro e meio de ar separava os gêmeos. Claire pendia sobre uma queda íngreme, e uma força invisível a segurava. Enquanto William se estendia para baixo e Claire se estendia para cima, alguma espécie de energia naquele espaço criou uma ligação entre os dois e a impediu de cair. Ela olhou para o vazio que havia debaixo de seus pés. Começou a chorar.

— Eu pego você. — A testa de William pingava de suor. O corpo dele estava imóvel, exceto pelos dedos se contorcendo. Claire começou a subir.

O restante do grupo observou Claire flutuar lentamente em direção à mão de William. Logo, as pontas dos dedos dos dois se tocaram e cada um segurou o pulso do outro. Em seguida, Ander e Solon puxaram Claire até a varanda.

— Obrigada. — Ela deu de ombros para William depois que estava segura.

— De nada. — Ele deu de ombros enquanto Claire corria até o pai para que ele enxugasse suas lágrimas.

Eureka ajoelhou-se diante de William.

— Como fez isso?

— Eu só queria trazê-la para o lugar a que pertence — explicou William. — Para nosso lado.

— Tente de novo — disse Solon.

— Acho melhor não — disse seu pai.

— Jogue alguma coisa no ar — disse Solon para Claire. — Qualquer coisa. Mas deixe William pegar.

Claire olhou ao redor. Seu olhar parou na bolsa roxa que Eureka tinha colocado no topo da escada. Um pedaço do *Livro do amor* estava aparecendo.

— Não! — alertou Eureka, mas Claire já estava segurando o livro nas mãos.

Ela lançou-o ao céu. Houve uma pequena explosão acinzentada quando o cordão se tornou visível no ponto onde o livro o perfurou. Vento e chuva atravessavam o buraco criado. Eureka escutou um forte zunido, como uma multidão de abelhas, e então uma minúscula nuvem de cogumelo roxa floresceu no céu. O livro voava por cima do lago da Linhagem da Lágrima abaixo da varanda. Movia-se pela chuva como se nunca fosse parar, como se as respostas da linhagem de Eureka fossem ficar cada vez mais distantes. Depois do que pareceu meia eternidade, *O livro do amor* atingiu um pico elevado de pedra branca e caiu aberto na superfície de uma rocha.

— Meu livro — murmurou Eureka.

— Vou buscá-lo — disse Ander.

— Essa coisinha aí perfurou meu cordão *e* comprometeu o revestimento das bruxas. — Solon coçou o queixo, horrorizado. Seu olhar percorreu o lago da Linhagem da Lágrima, como se de repente ele também estivesse sentindo a presença de Atlas. — Corram todos!

— Espere. — William inclinou-se para a frente e apoiou os cotovelos no parapeito da varanda. Concentrou-se no livro do outro lado do lago. Após um instante, o objeto subiu da rocha, fechou-se ruidosamente e voltou pelo ar. Um brilho roxo piscou no céu enquanto o livro passava pelo revestimento. Então a explosão cinza no limite do cordão foi vista. Todos se abaixaram enquanto *O livro do amor* voltava flutuando para a varanda. Ele aterrissou bem nos braços de William, derrubando-o.

— Incrível. — Solon ajudou William a se levantar, subiu no parapeito da varanda e examinou seu cordão, que não estava mais deixando a chuva passar. — Deve ser uma contrapeculiaridade.

— Uma o quê? — Eureka guardou o livro na bolsa e a pôs no ombro.

— Ontem Claire invadiu a fronteira do revestimento das bruxas para entrar na Nuvem Amarga. Hoje, William fez o oposto. Ele explicou perfeitamente: ele traz as coisas de volta ao lugar a que pertencem. As peculiaridades dos gêmeos são contrapontos. Contrapeculiaridades.

— O que é uma peculiaridade? — perguntou Eureka.

— A peculiaridade é... — Solon olhou para os outros. — Ninguém sabe? Sério?

— Eureka matou o Google — explicou Cat.

— Uma peculiaridade é o indício de um encanto — disse Solon —, um fragmento de magia que toda alma mortal tem ao nascer. A maioria das pessoas não aprende a utilizá-las, e morre com as peculiaridades ainda dormentes. As peculiaridades são tão frágeis quanto a noção que a pessoa faz de si mesma. A não ser que a peculiaridade seja protegida para sobreviver aos efeitos assustadores do envelhecimento, ela desaparece. É a maior pena, pois até mesmo as peculiaridades mais absurdas se tornam essenciais no contexto apropriado.

— E cada pessoa só tem uma? — perguntou William.

— Menino ambicioso — disse Solon. — Bem, por que existiria um limite? Uma peculiaridade já é um milagre, mas não quero impedir ninguém. Pode liberar suas peculiaridades o quanto quiser.

— Você tem uma? — perguntou Claire para Solon.

— Sim — respondeu Cat por ele. — Ser um babaca.

— Tenho a peculiaridade global dos Semeadores — cortou Solon —, o Zéfiro. Ander também tem. Os grupos costumam ter peculiaridades globais e, às vezes, contrapeculiaridades, como os gêmeos. Meus vizinhos, os *celãs*, conseguem visitar os mortos enquanto sonham. Mas as peculiaridades não precisam depender da linhagem ou de quem eram os pais da pessoa. Todos temos magia dentro de nós. Pegamos nossas peculiaridades da loja universal. — Ele fez uma pausa. — William e Claire já despertaram as deles. Talvez tenha chegado a hora de o resto de vocês fazer o mesmo.

Eureka aproximou-se de Solon.

— Você devia me preparar para o Marais — disse ela. — Temos oito dias antes da lua cheia.

— Diz a garota que desapareceu ontem à noite quando podíamos estar nos preparando.

— Ela sumiu porque você soltou uma bomba em cima dela — argumentou Ander.

— Uma bomba que eu não precisaria ter soltado se você tivesse sido honesto — disse Solon.

— Soltaram uma bomba ontem? — perguntou William.

— Tudo que é legal acontece quando a gente está dormindo — observou Claire, e cruzou os braços.

— Eureka tem razão — disse Ander. — Agora não é hora para truques de mágica. Nosso inimigo está lá fora. Ensine como nós podemos enfrentá-lo.

— Nós, não. Eu. Essa luta é minha — disse Eureka para Solon, para Ander e para Atlas, onde quer que ele estivesse.

— Se eu fosse enfrentar a força mais sombria do universo — disse Solon —, ia querer toda a ajuda possível.

— Pois é, mas algumas pessoas têm menos a perder que outras — retrucou Eureka.

— Como assim? — perguntou Solon.

— Você não ama ninguém, então não se importa com quem vai se machucar — respondeu Eureka. — Quando eu for ao Marais, vou sozinha.

Solon bufou.

— O dia em que você estiver pronta para o Marais sozinha é o dia em que vou ter um colapso e morrer!

— Você finalmente me deu um objetivo! — gritou Eureka.

Um ponto verde no canto da visão de Eureka chamou sua atenção. Cat estava sentada, encostada no tronco de uma árvore, que não estava mais sem vida. Folhas verdes e delicadas brotavam de seus galhos e viravam milhares de flores de cerejeira rosadas. Pétalas flutuavam até o chão, cobrindo as tranças de Cat, enquanto cerejas vermelhas e maduras inchavam-se nos botões de flor dos galhos. Os gêmeos começaram a rir, saltando para colher as frutas da árvore. Os galhos curvavam-se para a frente, cercando Cat no que quase parecia um suave abraço de gratidão.

— Como fez isso? — perguntou Eureka.

— Diana disse que era para você e Solon se tornarem grandes amigos — disse Cat. — Não queria que vocês brigassem. Então sentei e me concentrei no amor que Diana sentia por vocês dois. Minha esperança era de que vocês fossem senti-lo um pelo outro.

— Cat. — Eureka ajoelhou-se. — Por que gosta tanto de consertar os outros?

Cat passou as mãos no tapete de flores de cerejeira ao redor dos pés.

— Quero que todo mundo se apaixone.

— Mas por quê?

— O amor faz as pessoas se tornarem a melhor versão de si mesmas. Eureka pegou uma cereja e a entregou à amiga.

— Acho que você descobriu sua peculiaridade.

— Coma uma, Reka — disse William, largando um punhado de cerejas no colo dela.

Eureka pôs uma cereja na boca. Enquanto mastigava, era difícil continuar zangada com Solon. Havia amor dentro da fruta. O amor era maior que o medo.

— Desculpe — pediu ela a Solon. — Só estou preocupada de meu tempo estar se esgotando.

— Agora você também precisa se desculpar. — Claire ofereceu uma cereja para Solon.

— Não me arrependo de nada — disse Solon, depois virou-se. — Trenton, você é o próximo.

— Espere — pediu Cat. — Eu podia fazer mais disso. Se voltarmos para aquelas aveleiras, eu podia ressuscitá-las. Meu avô cultivava pecã. Uma árvore produz 300 quilos de nozes por ano. Digamos que haja umas cinquenta árvores naquele bosque. São 150 mil quilos de comida. O Poeta disse que a família dele está passando fome. Eu poderia ajudar.

— Nenhum de vocês vai sair da proteção do revestimento — afirmou Solon.

— Minha família pode estar passando fome neste momento — disse Cat. — Se tivesse alguma coisa que alguém pudesse fazer para ajudá-los...

— Você não conseguiria enfrentar o que tem lá fora. — Solon lançou um olhar fulminante para Eureka, fazendo-a imaginar se ele sabia onde ela estivera ontem à noite.

Seu pai aproximou-se de Solon.

— Posso tentar. O que devo fazer?

— Não precisa, pai — disse Eureka. — Você não está bem.

Solon lançou um olhar sério para o pai de Eureka.

— É provável que sua peculiaridade esteja bem escondida dentro de você. Mas ela está aí. Sempre está na pessoa. Talvez uma ferramenta ajude. Ander, o oricalco?

Ander abriu o zíper da mochila e tirou três objetos prateados. O primeiro era a delicada âncora que tinham usado no dia anterior para chegar à terra firme. Reluzia como se tivesse sido recentemente polida, assim como todos aqueles objetos. Também havia uma bainha de 15 centímetros, feita de prata finamente martelada. De dentro dela, Solon tirou uma lança futurista que, incrivelmente, era bem mais longa que a bainha. Tinha mais de 1 metro de comprimento, e uma lâmina fina e serrilhada.

O último objeto era uma pequena caixa retangular do tamanho de uma caixa de joias. Continha a artemísia atlante, uma substância mortal para os Semeadores. Ander mostrara aquela caixa para a família quando eles tentaram fazer Eureka se acidentar na estrada de terra em Breaux Bridge. O brilho verde fez com que fugissem assustados. Solon ficou encarando a caixa cobiçosamente.

— Os objetos na sua frente são feitos de oricalco — explicou ele para o pai de Eureka. — Antes de Ander trazê-los até aqui, havia 75 anos que eu não os contemplava. Estava começando a achar que eram aspectos místicos de minha imaginação. O oricalco é um metal antigo. E também um metal que fica a serviço da pessoa, ou seja, ele trabalha para o dono. Você pode escolher um. Ou seja, um deles pode escolhê-lo como talismã para ajudá-lo a descobrir sua peculiaridade.

Seu pai ficou encarando os objetos.

— Não estou entendendo.

— Será que não podemos parar de tentar entender as coisas? — Perguntou Solon. — É para ser algo natural, como foi para seus filhos. Por exemplo, este aqui me diz alguma coisa. — Ele ergueu a tampa da caixa, aspirando forte e sensualmente.

Ander bateu a tampa da caixa.

— Está querendo se suicidar?

— Claro que sim — disse Solon. — Que tipo de lunático insano não quer se suicidar?

— Se você morrer, eu morro — murmurou Ander. — Não vou abandonar Eureka só porque você é covarde demais para viver.

Solon ergueu a sobrancelha.

— Isso nós veremos.

— Pai, pegue a caixa — disse Eureka.

— Sim, gostei deste aqui. — O pai pegou com delicadeza a caixa das mãos de Solon e Ander. Abriu a tampa e recuou por causa do forte cheiro. Solon inclinou-se para a frente, inspirando, encantado. Eureka percebeu que Ander também se inclinou para a frente. Os Semeadores não resistiam à artemísia.

Enquanto Solon se curvava com mais um forte ataque de tosse, seu pai o observava com uma preocupação que Eureka reconhecia. Era a mesma expressão com que sempre olhava para ela.

— Você tem câncer — disse ele.

Solon ergueu o corpo e ficou encarando o pai de Eureka.

— O quê?

— Seus pulmões. Estou vendo bem claramente. Tem uma escuridão aqui dentro. — Ele gesticulou na direção do coração de Solon. — E aqui, e aqui. — Ele apontou para mais dois lugares perto das costelas inferiores de Solon. — A artemísia pode ajudar. A erva atenua a inflamação.

— Está escutando isto, Ander? — Solon riu.

— A artemísia vem de Atlântida — disse Ander. — É bem mais potente que qualquer erva conhecida.

— Pai — tentou explicar Eureka —, Solon não pode inspirar artemísia sem morrer, e sem matar Ander também.

— Existem outros remédios homeopáticos — disse seu pai, andando de um lado para o outro, entusiasmado. — Se conseguirmos um pouco de extrato de dioneia, posso fazer um chá.

— Tem uma loja de comidas saudáveis a uns 2 quilômetros embaixo d'água — disse Solon.

— Você sempre teve sua peculiaridade — declarou Eureka para o pai. — É por isso que tenta curar todos nós com comida. Você consegue ver o que tem de errado dentro de nós.

— E quer que a gente melhore — acrescentou William.

— Sua mãe sempre disse que eu conseguia enxergar o melhor lado das pessoas — comentou seu pai.

— Qual? — perguntou Eureka. — Rhoda ou Diana?

— As duas.

— Agora é a vez de Eureka — disse Claire.

— Acho que minha peculiaridade é minha tristeza — disse Eureka. — E já a usei demais.

Solon franziu a testa.

— Sua mente é bem mais limitada que a de Diana — disse Solon.

— Como assim?

— O espectro das emoções *é* mais amplo que a desolação e o sofrimento. Já pensou no que aconteceria se você se permitisse sentir... — Os olhos de Solon arregalaram-se. — Alegria?

Eureka olhou para William e Claire, que aguardavam sua resposta. Lembrou-se de uma frase que vira tatuada no pescoço de um garoto que brigava com outro em Wade's Hole.

## LÍDER É AQUELE QUE DÁ ESPERANÇA

Em algum momento, Eureka tinha se tornado a líder do pai, de Cat e dos gêmeos. Ela queria dar esperança a eles. Mas como?

Pensou numa frase bem comum nas salas de bate-papo em que entrava depois da morte de Diana: "As coisas melhoram." Eureka sabia que a frase era usada originalmente para consolar jovens gays, mas se tinha aprendido uma coisa desde a morte de Diana era que as emoções não percorriam uma linha reta. Às vezes as coisas melhoravam, às vezes pioravam. Claro que Eureka sentira alegria — nos topos dos carvalhos verdes, atravessando o bayou em barcos dilapidados, durante longas corridas no meio dos bosques sombreados e nas crises de riso com Brooks e Cat —, mas a sensação costumava ser tão passageira, um comercial no meio do drama da vida, que ela nunca pusera muita fé naquilo.

— Como a alegria me ajudaria a derrotar Atlas? — perguntou-se Eureka em voz alta.

— Solon! — chamou uma voz atrás deles. O Poeta apareceu no topo da escada. Parecia apavorado. — Tentei detê-los... mas quem mendiga deve escolher.

— Do que está falando? — perguntou Solon.

De trás do Poeta, uma voz furiosa gritou algo que Eureka não compreendeu. Um jovem de barba rala juntou-se ao Poeta. Todos os músculos do corpo dele estavam tensos como se estivesse em choque. Seu peito ofegava, e seus olhos estavam descontrolados. Ele apontou um dedo trêmulo para Eureka.

— Sim — disse o Poeta, lamentando profundamente. — É dela que os mortos falam em nossos sonhos.

# 14

## ENFRENTANDO UMA TEMPESTADE

— Fique aí! — gritou Solon para Eureka. Seu robe de seda arrastava-se às suas costas enquanto passava apressadamente pelo Poeta e descia a escada. Sem a proteção do cordão, voltou a chover na varanda.

— O que está acontecendo? — perguntou Cat ao Poeta.

O outro garoto caminhava rapidamente pela varanda, pisando em poças e esmagando espirais de flores de cerejeira, indo na direção de Eureka.

Um súbito brilho prateado chamou a atenção de Eureka quando a corrente de oricalco da âncora de Ander cercou firmemente a magra caixa torácica do garoto. Ele gemeu, respirando com dificuldade.

Ander apoiou a haste da âncora no ombro e enrolou a corrente no pulso. Empurrou o garoto barbado e o Poeta contra o parapeito da varanda. Ele pressionou os pescoços dos dois acima da paisagem. Uma camada de névoa veio na direção deles, e os garotos entraram e saíram de uma obscuridade nebulosa e branca.

— Quem está aí embaixo? — Ander passou a segurar os pescoços dos dois com mais força. — Quantos?

— Não o machuque! — disse Cat.

— Solte a gente, por favor — gemeu o Poeta. — Viemos em paz.

— Mentiroso — disse Ander. Um relâmpago cortou o céu, iluminando os músculos do ombro dele por baixo da camiseta. — Eles estão atrás dela.

— Eles estão atrás de comida. — O Poeta ficou ofegante e tentou se soltar.

O companheiro do Poeta começou a jogar a cabeça para trás em sacudidas violentas, tentando atingir o rosto de Ander.

Claire puxou a manga da jaqueta jeans do pai.

— Será que devo golpear aquele garoto com a lança?

Eureka e o pai trocaram olhares. Os dois tinham percebido a bainha de oricalco na mão de Claire. O pai pegou-a de uma filha e a entregou para a outra. Eureka guardou-a no passador da calça jeans enquanto o pai colocava a caixa de oricalco dentro do casaco.

Uma série de pancadas atraiu a atenção de Eureka na direção de Ander e dos garotos. A parte pontuda do cotovelo de Ander bateu várias vezes no dorso da cabeça do garoto barbado, até ele gemer e seu corpo finalmente desfalecer.

O pai de Eureka tentou proteger os gêmeos para que não vissem a violência, e Eureka ficou surpresa por não ter pensado naquilo. Não ficara tão chocada quanto teria ficado em outros tempos. Agora a violência era algo comum, como a dor da fome e a lâmina cega do arrependimento.

Seu pai levou os gêmeos até a escada. Algo relaxou dentro de Eureka quando eles foram embora. A sensação surgiu e desapareceu rapidamente, e ela não conseguia descrevê-la, mas foi algo que a fez se perguntar se não acharia melhor estar na situação de Cat, que não sabia nada sobre a família e não tinha nenhum dever de protegê-los.

Um estrondo no andar inferior fez seu pai saltar para longe do topo da escada. Não tinham nenhum lugar seguro para onde ir.

— Fiquem aqui em cima! — exclamou Eureka.

Atrás dela, o Poeta estava ajoelhado, dando leves tapas nas bochechas do garoto inconsciente e murmurando algo na língua deles.

— Leve isto para sua família — disse Cat, com os braços cruzados cheios de cerejas. O Poeta fez um gesto de agradecimento e deu um sorriso tímido que pertencia às cercanias de um jogo de futebol de colégio, não a alguém do lado de um corpo inconsciente em algum lugar perto do fim do mundo.

— Temos mais comida. — Eureka escutou-se dizer.

Ander aproximou-se dela. Eureka sentiu o calor do garoto pulsar perto de seu corpo. Ele estava sangrando acima da sobrancelha, onde a cabeça do garoto o atingira.

— Se os alimentarmos, promete que eles a deixam em paz? — perguntou Ander ao Poeta.

Mais um estrondo soou lá embaixo. Eureka escutou Solon dizer ofegante:

— Eu disse *batam* em mim, seus fracotes ridículos!

— Solon, seu idiota — murmurou ela, enquanto corria até a escada.

O braço de seu pai lançou-se em sua direção para bloqueá-la.

— Essa briga não é sua, Reka.

— Essa briga é só minha — discordou ela. — Não desçam.

Seu pai começou a argumentar, mas percebeu que não conseguiria detê-la, nem fazê-la mudar de ideia, nem mudar a pessoa que ela se tornara. Beijou sua testa delicadamente, entre seus olhos, como costumava fazer quando a filha tinha pesadelos. *Agora você está acordada*, dizia sua voz suave para tranquilizá-la. *Nada vai pegar você.*

Agora ela estava acordada, dentro de um pesadelo que não poderia ser mais real nem mais perigoso. Ela trovejou escada abaixo.

— Solon!

A caverna estava irreconhecível. Uma rachadura gigante dividia a mesa de jantar já virada. O poço de fogo tinha sido esmagado, e o mosaico de ladrilhos do chão fora derretido por um tronco em chamas. Eureka se escondeu atrás de uma rústica estante de livros de pinho e ficou observando uma dúzia de homens esqueléticos e selvagens revirar as coisas de Solon. Sentiu o cabo da lança contra o quadril. Podia até ser uma arma preciosa e mágica, mas também era mortal. Ela a usaria se precisasse.

Um garoto de cabelo escuro, da mesma idade que ela, tateava as paredes de Solon pintadas com murais. Seus olhos estavam fechados. Ele parou numa parte do mural que mostrava uma cobra arrotando uma bola de fogo. Encostou-se na parede e cheirou. Em seguida, ergueu um pé de cabra e golpeou o mural. Pedaços de rocha voaram para os lados, deixando à mostra um armário cheio de comida enlatada.

A peculiaridade dele devia ser o olfato aguçado. Eureka olhou ao redor para ver como os outros invasores estavam usando seus dons.

Um homem correu até o armário exposto e, em vez de pegar as latas com as mãos, ergueu um saco de juta. Todo o conteúdo da despensa foi rapidamente colocado ali dentro. Após ficar cheio, o garotinho que tentara fugir com William e Claire segurou o saco firmemente entre as mãos. Eureka sabia que não existia nenhuma maneira de tirar aqueles dedinhos dali.

Se ela cantasse para ele novamente, será que soltaria a comida? Será que ela queria que ele fizesse isso? Não queria que ele passasse fome. Pensou no pai com William e Claire no topo da escada. Também não queria que eles passassem fome.

No centro do cômodo, um homem alto brandindo uma pequena cimitarra andava ao redor de Solon. O Semeador brandia algo longo e branco — um fêmur que tinha arrancado de uma parede. Ele ofegava enquanto balançava o osso. Estava tentando usar o Zéfiro para se defender do agressor, mas tudo que conseguia era roçar o cabelo deste. O cordão que fizera mais cedo devia ter exaurido seus poderes. Ele tossiu e cuspiu no rosto do oponente.

— Existem outras maneiras de se pedir um aumento! — gritou Solon para Filiz, olhando para trás.

— Desculpe, Solon — disse a voz trêmula de Filiz. — Eu não...

A tosse seca de Solon interrompeu sua assistente. Ele se lançou para a frente e brandiu o fêmur na direção do invasor. Golpeou a lateral da cabeça do homem lento e malnutrido. Quando ele caiu de joelhos, Solon ficou parado ao seu lado, perplexo e triunfante.

Eureka escutou um grito atrás de si e, ao se virar, viu William, Claire e o pai na base da escada. Sentiu um grande aperto no coração.

— Eu disse para ficarem na varanda!

Um dos homens agarrou o braço de Claire. Os punhos de seu pai estavam brancos e bem cerrados, prontos para a luta. Eureka estendeu o braço para pegar o cabo da lança. Então ouviu um estalo e viu uma explosão de fogo surgir atrás do agressor de Claire.

O homem soltou Claire e deu tapas na própria cabeça fumegante.

— Não toque nas crianças — ordenou Filiz.

A assistente de Solon tinha acendido uma bola de fogo estalando os dedos. Sua peculiaridade.

— Obrigada — disse Eureka.

Mas Filiz estava cuidando das queimaduras do homem e não olhou nos olhos de Eureka.

Alguém tinha descoberto as bebidas de Solon. Homens arrancavam as gavetas de uma cômoda disfarçada de rocha. Rolhas estouravam como se fosse ano-novo. Um homem ergueu uma garrafa com um líquido verde-escuro.

— Meu absinto suíço, não! — gritou Solon. — Essa garrafa tem 154 anos. Foi presente de Gauguin.

O maior dos invasores arremessou uma garrafa vazia de prosecco na cabeça de Solon, que se abaixou. O homem alto com a faca lentamente pôs-se de joelhos e disse algo para Filiz.

— Eles dizem que estão morrendo de fome — traduziu Filiz. — Querem saber por que você está alimentando a garota que causou tudo isso.

— Eu planejava dividir tudo com eles assim que a garota fosse embora — explicou Solon. Ele pegou uma garrafa de um dos invasores e deu um longo gole. Quando o homem brandiu a arma em sua direção, Solon esmagou casualmente a garrafa na cabeça do oponente. — Mas precisa dizer para eles que, se a garota morrer de fome antes de consertar as coisas, ninguém jamais voltará a comer!

Eureka imaginou cada um daqueles invasores com a barriga cheia e tomando bastante água. A ferocidade em seus olhos seria amenizada. Suas vozes ficariam mais calmas. Eram pessoas boas, levadas à violência por causa da fome e da sede. Por causa dela. Eureka queria compartilhar a comida.

— Filiz — disse ela —, pode traduzir para mim?

Os invasores aglomeraram-se ao redor de Eureka. Olhavam para ela, observando seu rosto. O hálito deles era amargo, quente. Um deles estendeu a mão na direção dos olhos dela e grunhiu quando ela o golpeou para que se afastasse. Todos começaram a falar de uma vez só.

— Eles querem saber se você é ela! — disse Filiz por cima da cacofonia de vozes.

*A pessoa de quem os mortos falam em nossos sonhos*, dissera o Poeta.

Eureka estava sendo julgada, não apenas por suas lágrimas, mas por todos os erros que cometera, por todas as escolhas que a levaram àquele momento.

Um zunido intenso invadiu seu ouvido bom. Contraiu-se quando um enxame de insetos invadiu o salão. Um milhão de borboletas, abelhas, mariposas e beija-flores bebês rodopiavam em círculos descontrolados.

— Eles invadiram meu borboletário — disse Solon. — O que virá em seguida? — Ele pensou em algo e ficou paralisado. Um olhar de pânico espalhou-se por seu rosto. — Ovídio. — Ele empurrou um invasor para o lado e correu pela escada em espiral até o andar inferior de sua caverna.

— Quem é Ovídio? — perguntou Eureka, abaixando-se sob uma nuvem de assas.

— Não seja tolo! — exclamou Filiz para Solon. — Ninguém se importa com aquilo.

No canto oposto do cômodo, enquanto beija-flores zumbiam e borboletas esbarravam no teto, o pai de Eureka arrancou uma estalactite afiada do teto e seguiu um homem que carregava as últimas jarras de água de Solon na direção da entrada da caverna.

Alguém gritou para alertá-lo, e, quando o homem com a água virou-se, derrubou a estalactite da mão do pai de Eureka. A garota viu outra invasora pegá-la.

Ela era velha, tinha sobrancelhas brancas e grossas, e usava um avental sujo. Segurou a estalactite como um dardo e ficou de frente para o pai de Eureka. Então afastou uma mariposa do rosto com um golpe e deixou à mostra a boca cheia de dentes pequenos e tortos.

O que veio em seguida aconteceu rapidamente. A mulher enfiou a pedra afiada na barriga do pai de Eureka. Ele cuspiu em choque e se curvou.

Eureka gritou enquanto a mulher chutava seu pai, fazendo-o cair deitado, puxou a estalactite e a ergueu acima do peito dele. Eureka correu na direção dos dois, batendo nas asas para que saíssem do caminho. Eles podiam até ficar com a comida e a água, mas não podiam mexer com seu pai.

Era tarde demais. A estalactite já tinha mergulhado bem fundo no peito do pai. O sangue espalhou-se por sua caixa torácica. Seu pai ergueu a mão na direção de Eureka, mas ficou parada no ar, num aceno interrompido. Ela lançou-se para perto do pai.

— Não — sussurrou, enquanto o sangue ensopava seus dedos e sua camisa. — Não, não.

— Reka — disse o pai, com dificuldade.

— Pai.

Ele ficou em silêncio. Ela encostou o ouvido bom em seu peito. O tumulto da invasão ficou distante. Imaginou os gêmeos aos prantos, a cacofonia das asas batendo, mais vidro se estilhaçando, mas não conseguia escutar nada.

Seus olhos focaram na bainha do avental sujo da mulher que golpeara seu pai. Ela olhou para cima e viu seu rosto. A mulher murmurou algo para Eureka e depois gritou algo para Filiz, que se aproximou. Após um momento, ela repetiu suas palavras para Filiz.

— Minha avó está dizendo que você é o pior pesadelo do mundo — sussurrou Filiz.

Eureka levantou-se do peito ensanguentado do pai. Algo estalou em seu interior. Ela lançou-se para cima da velha. Seus dedos agarraram o cabelo grisalho e lhe deram um puxão. Os punhos caíram na mulher. Eureka manteve os dedões por fora dos punhos cerrados, como seu pai a ensinara, para não dar murros como uma garota.

Filiz gritou e tentou tirá-la de cima da avó, mas Eureka chutou-a para que se afastasse. Não sabia o que ia fazer, mas nada a impediria de fazer o que quisesse. Sentiu a idosa dobrar os joelhos debaixo de si. Asas embaçavam sua visão. A imagem da mão parada do pai se despedindo inundou sua mente. Ela havia parado de pensar; parado de sentir. Havia se tornado sua própria fúria.

Sangue jorrou de algum lugar no rosto da mulher, atingindo o peito de Eureka e entrando em sua boca. Ela cuspiu e golpeou-a com mais força, quebrando o frágil osso que formava a têmpora da mulher. Ela sentiu a cavidade ocular sendo esmagada para dentro.

— Ela está implorando por misericórdia! — gritou Filiz atrás dela, mas Eureka não sabia como parar. Não sabia como chegara àquele ponto. Seu joelho estava contra a traqueia da mulher. Seu punho cerrado e ensanguentado estava no ar. Ela sequer tinha pensado em usar a lança.

— Eureka, pare! — A voz de Cat parecia horrorizada.

Eureka parou. Estava ofegante. Olhou para as próprias mãos ensanguentadas e para o corpo embaixo dela. O que havia feito?

Uma multidão de invasores aproximou-se, alguns horrorizados, alguns com expressões assassinas nos rostos. Gritaram palavras que ela não entendia.

Ander aproximou-se. A surpresa em seus olhos azuis a fez querer fugir e nunca mais ser vista por ninguém que amasse. Obrigou-se a ver as próprias mãos ensanguentadas e a maçã do rosto da mulher, afundada, os olhos inexpressivos e cheios de sangue.

Quando um dos invasores tentou agarrar Eureka, a caverna foi preenchida por um estranho assobio do vento. Todos se abaixaram e protegeram os olhos. Ander estava exalando um grande sopro, que percorria a caverna como se um helicóptero estivesse pousando. Fez todas as criaturas aladas entrarem em seu domínio, como uma lanterna num céu escuro. Os pássaros e insetos continuavam voando, mas voavam no mesmo lugar, manipulados pelo sopro de Ander.

O Zéfiro de Ander tinha construído uma parede transparente de vento e asas que dividiu a caverna em duas. De um lado, perto da entrada da caverna, os intrusos perplexos. Do outro lado, perto da cachoeira, nos fundos do salão, Cat, os gêmeos, Ander e, curvada por cima do corpo da idosa, Eureka.

O sopro de Ander a protegia da vingança dos *celãs*. Eles não conseguiam alcançá-la do outro lado da parede alada e pulsante. Não podiam fazer com Eureka o que ela fizera com a avó de Filiz, o que a avó de Filiz havia feito com seu pai. O sopro de Ander tinha criado uma trégua temporária. Talvez fosse ele quem desse esperança.

Mas quanto tempo levaria para que o que tinha feito fosse assimilado por Ander e pelos corações e mentes de todos que a amavam? Quanto tempo antes que todos lhe dessem as costas?

Eureka não tivera escolha. Viu o pai morrer e reagiu sem pensar. Foi algo instintivo. Mas o que aconteceria agora? Será que ainda existiam leis naquele mundo que se afogava?

— Levem a comida. — Eureka escutou-se dizer para Filiz. Ela gesticulou para as latas e embalagens espalhadas do outro lado da caverna.

Aquele assassinato era uma fissura na identidade de Eureka. Não pertencia mais ao mundo que estava tentando consertar. Não reconhecia mais a garota que tinha vindo de lá. Nunca mais poderia voltar para casa. O melhor que podia esperar era que outras pessoas pudessem fazê-lo.

Uma sombra cobriu seu corpo. Se fossem os gêmeos ou Cat, Eureka perderia a cabeça. Eles precisavam de consolo, e como poderia consolar alguém depois do que tinha feito?

— Eureka. — Era Solon.

— Se quiser que eu vá embora, eu entendo.

— Claro que quero que vá embora.

Eureka assentiu. Tinha arruinado tudo mais uma vez.

— Quero que vá para o Marais — sussurrou Solon em seu ouvido bom. — De repente, passei a achar que você pode dar conta do recado.

# 15

## LUTO INTERROMPIDO

*Assassina.*

Naquela noite, a voz interior de Eureka estava cheia de ódio. Provocara-a o dia inteiro enquanto preparava o pai para um enterro que ele não teria.

Não havia terra dentro da Nuvem Amarga, e Solon não deixaria que se aventurassem além do revestimento das bruxas. Em vez disso, ele sugeriu que seu pai tivesse um funeral viking, em que o corpo era enviado para o mar numa pira acesa.

— Mas como... — começou a perguntar Eureka.

Solon apontou para o túnel de água em que Eureka remara na noite anterior. A canoa de alumínio balançava dentro dele.

— O canal tem várias ramificações — explicou ele, e abriu os dedos da mão. — Esta aqui leva direto ao oceano. — Ele sacudiu o dedo anelar. — É realmente muito digno.

— Você só quer que tudo seja o mais mórbido possível, o tempo inteiro — dissera Cat, ajudando Ander a cobrir a canoa com a madeira dos engradados de prosecco. Ela havia sido criada para ser supersticiosa em relação a ritos de passagem, cuidadosa com o destino dos espíritos, precavida contra fantasmas abandonados.

*Assassina.*

Ander tentou olhar nos olhos dela.

— Eureka...

— Pare — disse ela. — Não seja mais carinhoso.

— Você estava se vingando da morte de seu pai — declarou ele. — E perdeu o controle.

Ela tirou os olhos de Ander e anteviu a iminente conflagração do pai. Gostava do fato de que não haveria nenhum caixão claustrofóbico envolvido, nem o desonesto embalsamamento com formaldeído. Talvez lá no oceano as cinzas do pai encontrassem um pedaço de Diana e eles rodopiassem juntos por um momento antes de continuarem sendo levados pela corrente.

Se seu pai soubesse que estava prestes a morrer, teria elaborado um menu e começado a fazer *roux*. Não ia querer uma cerimônia sem uma bela refeição para acompanhar. Mas agora só tinham duas garrafas d'água, uma pequena bolsa com maçãs machucadas, um tubo de molho de salada, uma caixa de Weetabix e algumas garrafas de prosecco que Solon escondera num balde de gelo em seu quarto. Comer por causa de uma cerimônia era impossível nesse momento que Eureka tinha conhecido seus vizinhos esfomeados.

Pelo menos poderia limpar o corpo do pai. Começou pelos pés, tirando suas botas e meias, esfregando a pele com água da fonte salgada. Os gêmeos sentaram ao seu lado e ficaram observando, as lágrimas silenciosas nas bochechas sujas, Eureka limpar cuidadosamente a parte de baixo das unhas do pai com uma faca. Pegou emprestada com Solon uma gilete vitoriana ornamentada e raspou a barba rala. Esticou as rugas ao redor da boca. Limpou as feridas, sendo cuidadosa perto do machucado na têmpora.

Achava mais fácil lidar com o pai do que com William e Claire ou Cat e Ander. Com os mortos, a pessoa podia ajudar da maneira como quisesse.

Após deixar o pai com a aparência mais pacífica possível, Eureka virou-se para a mulher que matara. Sabia que os *celãs* voltariam atrás do corpo e queria demonstrar respeito. Tirou o avental imundo dela.

Sangue escorreu em um longo fluxo vermelho ao longo dos ladrilhos do chão. Formou um rio delicado, misturando-se com o sangue de seu pai. Eureka limpou o sangue, com um cuidado tão intenso quanto sua selvageria no instante em que aquele sangue foi derramado. Ajeitou o cabelo da mulher, odiando-a por ter matado seu pai, odiando-a por ser bonita, odiando-a por estar morta.

Uma forte luz surgiu perto de Eureka. Ela abaixou-se para a esquerda para evitar ser chamuscada por uma esfera de fogo do tamanho de uma bola de baseball que passou pelo seu rosto e atingiu um crânio na parede logo atrás.

— Não toque em Seyma — disse Filiz. Uma segunda esfera de fogo ardendo nas pontas dos dedos.

— Eu estava apenas...

— Ela era minha avó.

Eureka levantou-se para dar espaço para Filiz ficar com a mulher morta. Após um instante, perguntou:

— Você acredita no Paraíso?

— Acredito que está bem lotado por sua causa.

O Poeta apareceu e passou uma das mãos por baixo das costas de Seyma, e a outra por baixo de seus joelhos robustos. Ele ergueu a idosa, e Filiz o seguiu, saindo da caverna destruída.

Cat parou ao lado do corpo do pai de Eureka.

— Não temos um rosário.

— Qualquer colar serve — disse Solon.

— Não, não serve. — A testa de Cat estava úmida. — Trenton era católico. Alguém devia rezar o Pai-Nosso, mas meus dentes não param de bater. E não temos água benta para abençoá-lo. Se não fizermos essas coisas, ele vai...

— Meu pai era um homem bom, Cat. Ele vai para lá independentemente do que fizermos.

Ela sabia que Cat não estava realmente chateada por causa do rosário. A morte de seu pai representava todas as outras perdas que não tiveram tempo de lamentar. A morte dele havia se tornado todas as mortes, e Cat queria consertar aquilo.

— Papai vai para o Céu? — William inclinou a cabeça enquanto olhava para o pai.

— Sim.

— Com mamãe? — perguntou ele.

— Sim.

— Ele vai voltar? — perguntou Claire.

— Não — disse Eureka.

— Tem espaço pra ele lá em cima? — perguntou William.

— Lá em cima é como as estradas de terra entre New Iberia e Lafayette — explicou Claire. — Bem largo e cheio de espaço para todo mundo.

Eureka sabia que a realidade da morte do pai teria efeitos lentos e dolorosos durante toda a vida dos gêmeos. Os corpos dos dois desmoronaram como sempre acontecia logo antes de chorarem, então ela os abraçou...

*Assassina.*

Cantarolou um hino antigo para silenciar a voz. Ficou encarando a expressão tranquila do pai e rezou para ter força para cuidar dos gêmeos com a mesma coragem que seus pais tiveram.

— Sim, ainda que eu ande pelo vale da sombra da morte, não temerei mal algum — disse Solon. — Não é assim?

Aquele salmo costumava deixar Eureka animada. Uma coisa era andar pelo vale da morte, mas andar pela sombra da morte significava que a pessoa não sabia onde a morte estava, ou que luz atrás dela formava sua sombra. O salmo fazia a morte parecer uma segunda lua secreta no céu, orbitando tudo, transformando todos os minutos em noite.

Em muitas noites, não muito tempo atrás, Eureka barganhava com Deus para que ele tirasse sua vida e devolvesse a de Diana. Não queria mais aquilo. Não olhou para o corpo do pai desejando estar no lugar dele. De certa maneira, já estava no lugar dele, e no lugar de todos que tinha matado, independentemente de saber ou não seus nomes. Parte de Eureka havia morrido, e outra estava sempre morrendo, tornando-se parte de sua força. Sentia que se aproveitaria disso quando chegasse a hora de derrotar Atlas e se redimir.

— Porque Tu estás comigo. — Ela concluiu o salmo. — Tua vara e teu cajado me consolam.

— Você também não podia chorar no funeral de Diana. — Solon sentou-se numa poltrona estilo rebuscado que era uma antiguidade, tomando prosecco cuidadosamente num copo com a alça quebrada. — O que a faz seguir em frente? Deus?

Eureka encarou o copo quebrado de Solon e lembrou-se da janela quebrando acima de sua cabeça na noite em que Diana deixou sua família. Lembrou-se do aquecedor de água estourando no corredor, da tempestade entrando em sua sala de estar. Lembrou-se de que não conseguia distinguir o que era granizo e o que era vidro batendo em sua pele. Lembrou-se dos pés no carpete ensopado e desgrenhado da escada. Depois, o choro. E, depois, o tapa de Diana no seu rosto.

*Nunca, jamais chore.*

Solon observava-a como se soubesse de tudo aquilo.

— Ela queria protegê-la — disse ele.

— Não dá para controlar os sentimentos de outra pessoa — argumentou Eureka.

— Não, não dá — disse Solon, amarrando a fita de cetim do robe com um nó de marinheiro. — Pelo menos não por muito tempo.

Eureka olhou para o seu pai na canoa. Antes da morte, eles tinham se afastado. Primeiro foi Rhoda, depois o colégio, e depois o fato de ela ter se afastado de todo mundo após a morte de Diana. Ela sempre presumira que teria tempo para se reaproximar do pai.

— Depois da morte de Diana, o amanhecer começou a me impressionar — disse ela.

— Você costumava ver o nascer do sol com ela? — perguntou Ander.

Eureka fez que não com a cabeça.

— Nós costumávamos dormir até o meio-dia. Mas eu não acreditava que o sol tinha a audácia de nascer mesmo depois da morte dela. Lembro que no funeral eu falei com meu tio sobre isso. Ele me olhou como se eu fosse louca. Mas, então, alguns dias depois, encontrei papai na cozinha, fritando ovos. Ele achava que não tinha ninguém em casa, mas havia fritado uma caixa inteira de ovos. Observei-o quebrar um sobre a frigideira, encará-lo enquanto cozinhava, e depois virá-lo em cima de um prato. Eles formavam uma pilha, como se fossem panquecas. E depois ele jogou o prato inteiro no lixo.

— Por que ele não comeu? — perguntou William.

— *Ainda funciona*, disse ele, como se não estivesse acreditando — contou Eureka. — E depois saiu da cozinha.

Era para Eureka continuar, dizer que seu pai a ensinara a contar uma piada, a assobiar através da casca da cana-de-açúcar e a não dar murros como uma garota. Ele a ensinara a dobrar um guardanapo de tecido formando um cisne de origami, a ver se um lagostim estava fresco, a dançar *pasodoble*, a tocar a nota sol no violão. Ele cozinhava refeições especiais antes das corridas dela, pesquisando a proporção correta de proteína e carboidrato que a deixasse com mais energia. Mostrara a ela que o amor incondicional era algo possível, pois tinha amado duas mulheres que não facilitaram o amor dele por elas, que não davam valor ao fato de o amor dele estar sempre presente. Ele ensinara a Eureka algo que Diana nunca teria sido capaz de ensinar: a não fugir quando parecia impossível ficar. Ele a ensinara a perseverar.

Mas Eureka guardou tudo aquilo para si mesma. Reuniu as memórias ao seu redor, como um escudo secreto, a sombra de uma sombra em um vale da morte inundado.

Solon serviu mais vinho no copo quebrado e levantou-se da poltrona. Um cigarro balançava entre seus lábios.

— Quando um ente querido morre de forma prematura — disse ele —, a pessoa fica achando que o universo está devendo alguma coisa a ela. Sorte, invencibilidade, uma linha de crédito com o cara lá de cima.

— Você é tão cínico — disse Cat. — E se for o oposto, e se o tempo que teve com seu ente querido na verdade tiver sido uma bênção do universo?

— Ah, mas se eu não tivesse amado Byblis, eu não sentiria saudade dela.

— Mas você a *amou* — disse Ander para Solon. — Por que não dá valor ao tempo que tiveram juntos, mesmo se não pôde ser algo eterno?

— Está vendo, esse é o problema de conversar — disse Solon, suspirando, e olhou para Ander. — Tudo o que fazemos é conversar sobre nós mesmos. Vamos parar logo antes que, bem, choremos de tédio. — Ele virou-se para Eureka. — Está pronta para se despedir?

— Era pra papai ficar com a gente — disse William. — Não posso usar minha peculiaridade para ele voltar?

— Queria que você pudesse fazer isso — disse Eureka.

Solon desancorou a canoa e apontou a embarcação para uma abertura no meio da escuridão.

— Ele vai flutuar por ali e ser levado delicadamente até o mar.

— Quero ir com ele. — Claire estendeu o braço para a canoa.

— Eu também — disse Solon. — Mas ainda temos trabalho a fazer.

— Espere! — Eureka puxou para perto dela a canoa com o pai uma última vez. Tirou a caixa fina do bolso interno da jaqueta jeans dele. Eureka a ergueu à luz das velas. O brilho verde em seu interior pulsava.

— Aí está — murmurou Solon.

Ander já tinha guardado a lança e a âncora na mochila. Eureka pegou para si a relíquia que seu pai sempre quis que ficasse com ela. Pôs a caixa debaixo do braço. Solon inclinou-se para perto dela, respirando intensamente. Quando Ander fez o mesmo, Eureka sentiu que devia guardá-la dentro de sua bolsa, com *O livro do amor.*

Ela pressionou os lábios na bochecha do pai. Sempre odiara despedidas. Eureka acenou com a cabeça para Ander, que derramou uma garrafa verde-escura com um forte cheiro de álcool nos engradados de madeira que havia embaixo do corpo do pai. Eureka estendeu a mão para pegar a tocha das bruxas fofoqueiras, ainda acesa no meio das estalagmites. Encostou a chama no álcool. O fogo se acendeu.

Claire ficou olhando para a frente, entorpecida. William virou-se aos prantos. Eureka deu um leve empurrão na canoa, e seu pai entrou na escuridão úmida, unindo-se ao ritmo da corrente. Ela desejou-lhe paz e luz num céu sem lágrimas.

# 16

## A UNIÃO

Mais tarde naquela noite, Eureka acordou na penumbra silenciosa do cômodo de hóspedes da caverna, com a mente assombrada pelo fantasma de um pesadelo que se esvaía. Estava de volta à avalanche de mortos desperdiçados. Em vez de subir com dificuldade pelos corpos em decomposição, daquela vez Eureka se afogava no meio deles. Lutava para se desenterrar, mas estava afundada demais no meio de ossos, sangue e líquidos viscosos. Eles escorriam sobre ela, quentes e malcheirosos, até que ela não conseguia mais enxergar nem mesmo a chuva. Até perceber que os mortos a enterrariam viva.

— Você *acha* que tem tudo de que precisa! — retumbou a voz de Solon por cima da cachoeira.

Ela esfregou os olhos e sentiu o cheiro de morte nas mãos. Após o funeral do pai, as lavara na fonte salgada da caverna e lixara as unhas com uma pedra porosa até não haver mais espaço para que o sangue que derramara se alojasse. No entanto, ainda sentia o cheiro de Seyma nas mãos. Sabia que o sentiria para sempre.

— Você está errado — disse Solon.

Eureka inclinou o ouvido bom na direção do som e esperou uma resposta.

Mas Filiz e o Poeta haviam ido para casa, e todos estavam dormindo: William e Claire dividiam um cobertor na extremidade da cama de Eureka. Cat dormia de lado perto de Eureka, cantando durante o sono como sempre fazia, desde as primeiras vezes em que dormiram uma na casa da outra. Aquele dia, ela cantava baixinho a ponte de "Don't It Make My Brown Eyes Blue", de Crystal Gayle.

Do outro lado de Eureka, Ander dormia de bruços, o rosto enterrado num travesseiro. Ele desaparecia até enquanto sonhava. Ela encostou a cabeça na dele por um instante. Inspirou seu cheiro e sentiu a força quente de sua respiração. A luz fraca deixava à mostra as discretas rugas ao redor dos olhos e os fios do cabelo louro-grisalho na têmpora. Será que de manhã aquilo já existia? Eureka não sabia. Quando a pessoa passava tanto tempo olhando para alguém, era difícil perceber as mudanças.

Na véspera, a ideia de que seu amor fazia Ander envelhecer deixou Eureka horrorizada. Mas agora não importava; era impossível Ander amá-la. Era impossível qualquer pessoa amá-la. Ela não permitiria. Ficar livre do amor significaria ficar livre para se concentrar no Marais, conter sua inundação, derrotar Atlas... e libertar Brooks.

O que Brooks pensaria do que Eureka tinha feito com Seyma? Pela primeira vez, ela ficou contente por ele não estar ao seu lado.

— Eu sei — insistia a voz de Solon. — Vou entregar a última peça, mas é complicado. Delicado.

Eureka levantou-se do cobertor e foi até o tapete pendurado que separava o quarto de hóspedes do salão. A tocha das bruxas fofoqueiras estava com pouca luz, equilibrada entre duas estalagmites. As pedras de ametista eram um combustível inexaurível e inteligente: a chama ajustava-se durante o dia, ficando mais forte antes da hora de dormir e fraca como uma vela depois que todos iam se deitar.

Uma voz respondeu a Solon:

— Dei as costas para você.

Um calafrio percorreu as costas de Eureka. Era a voz do pai.

Eureka saiu correndo para o salão, esperando encontrar o pai sentado à mesa rachada, quebrando um ovo numa tigela e sorrindo, louco para explicar a pegadinha que tinha armado.

O cômodo estava vazio. A cachoeira rugia.

— Solon? — chamou Eureka.

Uma luz fraca brilhava na escada que levava ao andar inferior da caverna. A oficina isolada de Solon ficava ali embaixo.

— Dei as costas para você — repetiu a voz, chegando ao andar superior. Parecia tanto com a voz do pai que Eureka tropeçou enquanto corria em sua direção.

Na base da escada, Solon estava sentado num tapete de seda, debaixo de uma lanterna de vidro pendurada. Havia alguém sentado à sua frente, mas não era possível ver seu rosto. Era difícil enxergar claramente naquela luz sombria, mas Eureka sabia que não era seu pai. Ele parecia tão jovem quanto Solon, tinha a cabeça raspada, os ombros largos e a cintura fina. Ele estava nu.

Quando Eureka chegou à base da escada, a cabeça do garoto virou-se em sua direção e ela ficou sem ar. Alguma coisa naquele garoto desconhecido a lembrava de seu...

— Pai?

Lágrimas reluziam nos cantos dos olhos de Solon.

— Ele consertou Ovídio. Até agora, eu não sabia se ia funcionar. Tinha escutado fofocas, claro, mas não se pode confiar em uma bruxa. E todo mundo que lembraria ou está morto ou no Mundo Adormecido. — Ele enxugou os olhos. — Seu pai consertou. Venha ver.

Solon segurou a mão de Eureka. Ela sentou-se ao lado dele no tapete, na frente do garoto nu. Quando conseguiu enxergar melhor, percebeu que não era um humano. Era uma máquina reluzente com o formato de um garoto em excelente forma.

— Incrível, não? — perguntou Solon.

Os olhos de Eureka percorreram o corpo anatomicamente impressionante da máquina, mas quando olhou para o rosto, teve dificuldade para respirar. Era jovem, como uma antiga estátua grega, mas as feições eram inconfundivelmente as de seu pai.

Olhos de pálpebras pesadas a encaravam com um amor paterno. A barba rala insinuava-se ao longo do queixo. O robô sorriu, e a marca de expressão no nariz era aquela que Eureka e os gêmeos tinham herdado do pai.

— Eureka, conheça Ovídio, robô de oricalco de Atlântida, edição limitada — disse Solon. — Ovídio, conheça Eureka, que é quem vai levá-lo para casa.

Sem reação, Eureka piscou para Solon e depois para o robô, que estendeu a mão. Ela apertou-a e ficou chocada ao perceber que era tão flexível quanto se fosse humana, com um aperto firme e confiante.

— Por que ele parece com meu pai? — sussurrou Eureka.

— Porque o fantasma de seu pai está dentro dele — disse Solon. — Ovídio é um robô fantasma, um dos nove irmãos de oricalco criados antes de Atlântida afundar. Oito ainda estão desacordados no Mundo Adormecido, mas Ovídio fugiu. Selene roubou-o antes de escapar do palácio, e desde então ele mora nesta caverna. Se Atlas descobrisse que seu precioso robô está aqui, faria de tudo para pegá-lo de volta.

Pela segunda vez, Eureka pensou em contar para Solon sobre seu encontro com Atlas no lago da Linhagem da Lágrima. Mas seria trair Brooks. Se Solon soubesse que Eureka tinha se encontrado secretamente com Atlas, não a perderia mais de vista. E ela prometera que encontraria Brooks novamente. Era um triângulo delicado: Atlas queria as lágrimas de Eureka, Eureka queria Brooks de volta, Brooks com certeza queria sua liberdade. Por ora, era melhor manter tudo entre os três.

— Dei as costas para você — disse o robô com a voz de seu pai.

Eureka puxou a mão, horrorizada. Então, lentamente, tocou na bochecha do robô — macia como carne humana — e viu seu rosto se alegrar com o sorriso do pai.

— Tem anos que cuido de Ovídio — disse Solon. — Sempre soube seu valor inestimável, mas nunca soube o que o fazia funcionar.

Eureka circundou o robô e não viu nada familiar em seu corpo. De costas, parecia uma escultura em uma loja de antiguidades do French Quarter. Apenas o rosto de Ovídio parecia estar possuído por seu pai. Sentou-se de frente para Ovídio.

— Como funciona?

— A maioria dos robôs modernos tem um circuito que funciona em sistema binário — disse Solon. — Uns e zeros. Mas Ovídio é um ser trinário, o que significa que ele opera com grupos de três. É algo muito atlante. Lá, o número três estava em tudo. Três estações. Três lados de uma história. Sabia que eles inventaram o triângulo amoroso?

Eureka não conseguia tirar os olhos da expressão do pai no rosto do robô.

— Ovídio é um soldado — prosseguiu Solon. — Assim como todas as coisas de oricalco, ele deve servir a um único dono. Você vai achá-lo muito útil.

Eureka olhou para Solon.

— Ele sabe onde é o Marais?

— Sim, sabe.

— E vai me levar até lá? E me ajudar a derrotar Atlas?

— Esse é o plano há muito tempo.

— Quando?

— Em breve.

Ela levantou-se.

— Esta noite?

Solon a fez sentar-se novamente.

— A hora está quase chegando, mas Ovídio não irá antes do tempo. Ele é... especial. O oricalco é apenas um receptáculo para o que, ou melhor, quem, se unir a ele com um propósito. Hoje, seu pai se tornou o primeiro fantasma a se unir a ele.

— A União — disse Eureka. Solon a mencionara ontem à noite. Sentiu que era algo terrível. Por que o pai estava envolvido?

— A União é o grande plano de Atlas. É o que os Semeadores temem. E o resto do mundo também devia temê-la.

— Me explique.

Solon foi até a parede onde havia uma garrafa de prosecco dentro de um balde de gelo enfiado numa reentrância da rocha. Ele serviu-se uma taça, tomou-a e serviu mais uma. Em seguida, acendeu um cigarro e deu uma longa tragada.

— O mundo em que Atlântida vai ressurgir será uma poça lamacenta e irreconhecível. Depois da enchente, tudo vai precisar ser reconstruído. E uma reconstrução requer trabalhadores. Mas trabalhadores costumam se revoltar. Para evitar isso, Atlas planeja usar os mortos para construir seu império, abrigando fantasmas do Mundo Desperto em corpos invencíveis que ele controlará como armas. Imagine as esperanças e os sonhos e as energias e as visões de um bilhão de almas, e toda essa inteligência e experiência juntas. É assim que Atlas conquistará o mundo.

Eureka ficou encarando a cachoeira.

— Se Atlas quer um mundo de fantasmas, não precisa matar todo mundo antes?

Solon encarou Eureka com tristeza.

— Atlas não vai precisar.

— Porque estou fazendo isso por ele — disse Eureka. — Então minha tempestade vai envenenar todo o Mundo Desperto? Daqui a quanto tempo?

— A maioria vai morrer antes da lua cheia.

— Então quem estou tentando salvar?

— Todo mundo. Mas você precisa tirar a vida deles antes de poder salvá-los.

— Não entendo.

— Eureka — disse Ovídio, com o sotaque familiar do bayou de seu pai.

— Você vai ter perguntas — disse Solon. — Primeiro, vamos escutar o que seu pai tem a dizer.

— Ele não é meu pai. É um monstro que Atlas criou.

— Todo fantasma tem uma mensagem de morte — disse Solon. — Até eles se acostumarem a viver no robô, essa carta de morte forma toda a linguagem do fantasma. Pense no seu pai como um pequeno fantasma bebê que precisa de tempo e cuidados para crescer e atingir seu pleno potencial. Agora escute.

Uma lágrima metálica reluzia no canto do olho de Ovídio quando ele começou a falar.

— Quando você nasceu, fiquei com medo do quanto eu te amava. Você sempre pareceu tão livre. Sua mãe era do mesmo jeito, não tinha medo de nada, nunca precisava de ajuda.

— Preciso de você — sussurrou Eureka.

— Foi difícil quando sua mãe morreu. — O robô parou, o lábio inferior projetando-se para a frente como seu pai fazia quando refletia. — Também foi difícil antes disso. Sabia que você estava zangada comigo, apesar de não saber. Estava com medo de você também me abandonar. Então me protegi e incluí pessoas em minha vida como uma armadura contra a solidão. Eu me casei com Rhoda; tivemos os gêmeos. Não sei como aconteceu, mas dei as costas para você. Às vezes, quando a pessoa tenta não cometer os mesmos erros, acaba se esquecendo de que as consequências dos erros originais ainda estão se revelando. Nunca planejei viver para sempre, e, mesmo se tivesse planejado, isso não importaria. O homem faz planos, Deus os desfaz. Quero que saiba que amo você. Acredito em você. — Seus olhos de oricalco encaravam os de Eureka. — Ander faz você feliz. Queria poder desdizer o que Diana disse sobre ele.

*Hoje eu vi o rapaz que vai partir o coração de Eureka.*

— Não acredito mais naquilo — declarou seu pai. — Então diga a ele para cuidar de você. Não cometa os mesmos erros que eu. Aprenda com meus erros, cometa seus próprios erros e conte aos seus filhos o que fez de errado para que eles sejam ainda melhores que você. Não dê as costas para o que ama por medo. Espero que possamos nos reencontrar no Paraíso. — O robô fez o sinal da cruz. — Conserte as coisas, Eureka. Olhe bem nos olhos de seus erros. Se tem alguém que pode fazer isso, esse alguém é você.

Eureka lançou-se nos braços de Ovídio e o abraçou. Seu corpo não parecia nada com o do pai, e aquilo a deixou com a maior saudade que sentiu do pai desde sua morte. Ficou com nojo de si mesma por permitir que uma das máquinas de Atlas a fizesse sentir alguma coisa.

Ao se afastar, o rosto do robô estava diferente. Não via mais nenhum traço do pai. As feições de oricalco pareciam se rearranjar num emaranhado profundo de movimentos. Era uma imagem apavorante. Olhos estendiam-se. Bochechas amoleciam. O nariz arqueava-se na ponte.

— O que está acontecendo? — perguntou Eureka para Solon.

— Outro fantasma está emergindo — disse Solon. — Agora que seu pai abriu Ovídio, ele vai atrair para si todos os que morreram recentemente a uma certa distância. É como um vórtice para fantasmas locais.

— Meu pai está preso aí dentro com outros mortos? — Eureka pensou no seu pesadelo e abraçou o próprio corpo.

— Mortos, não — respondeu Solon. — Fantasmas. Almas. Existe uma grande diferença. A maior diferença de todas.

— E o Paraíso? — Eureka acreditava no Paraíso, e que era onde seus pais estavam agora.

— Desde que suas lágrimas iniciaram o Despertar, todas as almas que falecem aqui ficam presas em um novo limbo. Antes de você chorar, elas iam para onde estivessem destinadas a ir, assim como todas as almas que morreram antes.

— Mas e agora? — perguntou Eureka.

— Eles estão sendo contidos pela União. E não podem fluir para os outros robôs de Atlas antes de esses robôs ascenderem com o resto de Atlântida. Se Atlântida não ascender antes da lua cheia, a deterioração dos mortos vai ser grande demais. As almas não vão entrar nas máquinas ou no Paraíso, se é que ele existe, ou a lugar algum, aliás.

— Foi isso que quis dizer com mortos desperdiçados — disse Eureka.

— Suas lágrimas já mataram muitos. Para que as almas deles não apodreçam e sejam desperdiçadas, Atlântida precisa ressurgir nos próximos sete dias. Todos os fantasmas precisam fluir para dentro das máquinas. Sua missão é encontrar algum método de libertação.

— Libertação para o quê? — perguntou Eureka.

— Para um destino melhor do que a eterna escravidão nas mãos do Maligno.

Enquanto as feições do robô se fixavam, Eureka começou a suar. Solon não precisava dizer quem era o outro fantasma dentro de Ovídio. Reconheceu Seyma, a mulher que assassinara, enrugando a pele do robô.

— Filiz! — O fantasma de Seyma começou a dizer sua mensagem da morte numa língua que Eureka ficou surpresa por compreender. — Não deixe a garota da Linhagem da Lágrima enganá-la. Ela é o pior pesadelo do mundo inteiro. — A voz da idosa acalmou-se. — Até um cego veria o quanto eu a amo, Filiz. Por que você nunca enxergou isso, eu não sei.

Então o robô fechou seus olhos de oricalco. Seyma tinha ido embora.

— Ovídio foi programado com uma espécie de dispositivo de tradução — disse Solon. — Ele sabe o que o ouvinte vai entender.

— O fantasma do meu pai e o fantasma da mulher que o matou estão juntos dentro desta máquina? Como isso funciona?

— É difícil entender — disse Solon. — Uma quantidade imensurável de fantasmas pode ocupar o corpo de Ovídio, agitando seus pensamentos e ações como os átomos de uma onda. Eles vão tornar Ovídio brilhante e imortal; e confuso, imagino. Guerras mundiais poderiam se alastrar dentro de um único corpo de oricalco... se algum fantasma esperto organizasse uma resistência. — Solon parou e tamborilou os dedos no queixo. — Na verdade, isso até pode ser divertido.

— Quantos fantasmas estão dentro dele agora? — Eureka tocou na sua fita amarela. — Vimos uma garota quando estávamos a caminho da Nuvem Amarga. Eu queria enterrá-la...

— Até agora, parece que só dois fantasmas se implantaram. O alcance da aquisição de Ovídio é bem pequeno no começo, mas a cada fantasma que entra na máquina, ele aumenta. Vai ser um rito de passagem significativo quando Ovídio adquirir seu terceiro fantasma. O robô trinário milagroso vai passar a funcionar plenamente, pronto para o mundo ou o que restou dele.

— E é quando eu vou para o Marais — concluiu Eureka.

— Isso vai acontecer quando chegar a hora. Lembre-se de que outra pessoa precisa morrer antes de Ovídio estar pronto para guiá-la. Antes desse acontecimento terrível, sugiro que suba e descanse um pouco. — Solon sorriu para a cachoeira. — Quem será o sortudo da vez?

# 17

## ENCONTROS AMOROSOS

Cat não estava mais lá.

Eureka voltou ao andar de cima e encontrou o catre, onde tinha visto a amiga pela última vez, com os cobertores vazios. Procurou na cozinha, em todas as seis alcovas iluminadas por velas do salão de Solon e no minúsculo banheiro perto da escada. Cat fugira da Nuvem Amarga.

Eureka conhecia Cat fazia tempo suficiente para imaginar aonde ela havia ido. Na noite em que chegaram, quando estavam na varanda de Solon, o Poeta apontara para o telhado da própria casa. Ficava logo após o lago da Linhagem da Lágrima. Pela primeira vez, Eureka arrependeu-se de não ter contado para os outros que tinha visto Atlas na noite anterior. Agora Cat havia atravessado o revestimento das bruxas sem saber que ele estava por perto. Se Atlas a encontrasse, para ela, ele pareceria Brooks. Cat não fazia ideia do quanto devia temê-lo.

Eureka pegou a bolsa roxa. Considerou levar a tocha das bruxas, mas assim ficaria visível demais no escuro. Na entrada do quarto de hóspedes, parou para observar os gêmeos e Ander dormindo. William gemeu, aconchegando-se em Claire, que o empurrou, mas depois mudou de ideia no meio do sonho, abraçando-o.

Parte de Eureka se sentiria mais segura se Ander fosse com ela. No entanto, após a morte de Seyma, Eureka não conseguia mais ficar perto dele. E não queria que os gêmeos acordassem sozinhos. Além disso, se realmente encontrasse Brooks e Atlas naquela noite, não poderia correr o risco de Ander tentar matá-los.

Pretendia voltar antes do amanhecer, quando todos ainda estivessem dormindo.

Silenciosamente, subiu a escada até a varanda. A chuva rebatia em seu aerólito enquanto olhava do parapeito. Procurou Cat pelas rochas. E Brooks.

A água tinha subido uns 3 ou 6 metros desde aquela manhã. Do outro lado do lago, aberturas pretas parecidas com bocas demarcavam as cavernas *celãs*. Uma daquelas cavernas engolira Cat. A não ser que Atlas a tivesse engolido primeiro.

Após dar uma volta no perímetro da varanda, Eureka descobriu um lugar de onde poderia saltar em segurança até as pedras mais abaixo. Estava passando pelo parapeito quando alguém agarrou seu ombro e a puxou de volta.

— Aonde está indo? — perguntou Ander.

Os ombros dos dois encostaram-se. Queria abraçá-lo e ser abraçada.

— Cat sumiu — disse ela. — Acho que está com o Poeta.

— Precisamos contar para Solon.

— Não. Vou atrás dela. Volte lá pra baixo.

— Está maluca? Não vou deixar você sair por aí, muito menos sozinha.

— Cat pode morrer — disse ela. — Se...

— Diga — pediu Ander. — Diga o que acha que pode acontecer com ela. Sei que ele está por aqui, Eureka. Nós dois sabemos. O que não sei é por que você quer tanto cair na armadilha dele.

Ander queria que ela negasse, que tocasse o suave contorno de sua maçã do rosto que angulava em direção à mandíbula, e que implorasse para que ele fosse com ela. Ela também queria tudo aquilo; mas não podia querer.

— Não posso perder você — disse ele.

— Hoje você me viu matar uma pessoa. Sabe o que minhas lágrimas são capazes de fazer com o mundo. Você age como se o Cupido tivesse nos lançado flechas e devêssemos esquecer que tudo está desmoronando. Estamos no inferno, e, se eu não fizer nada, isso só vai piorar.

— Se você conseguisse se amar da maneira como a amo, você seria invencível.

Ele estava errado. Não seria o amor que derrotaria Atlas. Seriam a fúria e a crueldade.

— Se você pudesse desligar o que sente por mim da maneira como desliguei o que sinto por você, não envelheceria nem um dia.

Eureka subiu na grade e saltou para as pedras abaixo. Os tornozelos doeram com a queda.

Ander inspirou. Quando expirou na chuva, as gotas lançaram-se pelo lago e geraram uma única e furiosa onda.

— Você pode até deixar de gostar de mim. — Ele começou a se erguer por cima da grade. — Mas não pode fazer com que eu pare de gostar de você.

— Eureka — chamou uma voz sedutora de todas as direções e de nenhuma direção. Por um instante, os limites do revestimento das bruxas refletiam um brilho violeta na escuridão. Através do constante ruído da chuva batendo nas rochas, Eureka escutou o zunido baixo das abelhas.

— Quem está aí? — Ander parou. — Eureka, espere.

Uma silhueta vestindo um longo kaftan surgiu das sombras. Os lábios e as pálpebras pintados de Esme pareciam porções da noite. Gotas de chuva tamborilavam nas pétalas de seu vestido. Seus dedos percorriam o colar com a lágrima de cristal, fazendo pequenos espirais.

— Posso levá-la até sua amiga.

— Você sabe onde Cat está? — perguntou Eureka.

— Não vá com ela! — gritou Ander, enquanto Eureka se aproximava da bruxa. Ele tinha saltado para as pedras e seguia na direção da menina.

— Posso ajudá-la a se livrar dele. — Esme fez um gesto com a cabeça na direção de Ander. — Ouvi a briga do casalzinho. Vocês não sabiam que essas preocupações superficiais foram levadas com a água? — Seu dedo indicador chamou Eureka para mais perto. — Chegou a hora da ascensão das mulheres intensas.

A chuva deslizava pelos ombros de Eureka.

— Para onde estamos indo?

— Para o Bruxuleio, claro — respondeu Esme. — Atravesse o revestimento dentro do revestimento e seja livre.

Eureka olhou para Ander atrás dela. Estava a apenas alguns metros de distância. Ela segurou a mão gélida de Esme, atravessou um revestimento e entrou em outro.

— Eureka! — gritou Ander, e ela soube que ele não conseguia mais enxergá-la. Ele aproximou-se apressado quando Esme piscou e tirou Eureka do caminho. Ander girou o corpo. — Volte!

Elas não voltaram. Caminharam pelas montanhas na chuva.

Por vários minutos, Eureka quis voltar para ele, correr em direção à Nuvem Amarga e levar Ander para onde quer que ela estivesse indo. Não queria ser tão cruel.

No entanto, muito mais que aquilo, queria querer somente a destruição de Atlas.

Tocou no aerólito, na fita amarela de cetim e no medalhão azul de lápis-lazúli que ficava na longa corrente de bronze. O aerólito representava o poder de Eureka, a fita amarela era seu símbolo de esperança, e o medalhão significava seu propósito: ir ao Marais, o lugar inexistente e pantanoso fora do alcance, desfazer a União e deixar Diana orgulhosa.

Eureka perguntou-se o que o colar de cristal de Esme significava para ela. Será que tinha sido presente de alguém que ela amava? Será que ela amava? Às vezes a bruxa parecia uma garota mais velha, bonita e intimidante; outras, como agora, parecia uma rainha alienígena de outra galáxia. Eureka se perguntou se a vida de Esme estava sendo como ela queria. Ou será que estava inconsolável como Eureka, disfarçando a dor com um enxame de abelhas, maquiagem reluzente cor de ametista e roupas feitas com pétalas de orquídeas?

— O que é o Bruxuleio? — perguntou Eureka.

Esme ergueu a palma de uma das mãos para o céu. Observou a chuva que se acumulava dentro dela.

— É onde sua amiga e o namorado foram procurar água potável, e onde você descobrirá sua história. A verdade encontra-se no Bruxuleio.

— O que sabe sobre minha história? — perguntou Eureka. — E tem água potável aqui perto?

Esme abriu os dedos para que a água que tinha juntado na palma da mão escorresse. Nos locais em que a água atingia a terra, caules de orquídeas retorciam-se no solo lamacento, enroscavam-se nos tornozelos da bruxa, e seus botões cor de ametista desabrochavam.

Esme aproximou-se de Eureka.

— O Bruxuleio parece água, mas não é de beber. É um espelho que revela a identidade de uma alma por meio dos profundos segredos de seu passado. — Os botões aos pés de Esme escancararam-se em flores a seus joelhos. Ela sorriu. — Os mortais conseguem enfrentar muitas coisas, mas não suas verdadeiras identidades. Até agora, bastou um olhar de relance em nosso Bruxuleio para que todos enlouquecessem.

— Somos tão ruins assim?

— Ainda piores! — Esme sorriu. — Os mortais passam a vida inteira admirando o que eles têm de bom nos espelhos comuns. O Bruxuleio mostra aquilo que a pessoa não vê por ser fraca e medrosa demais. — A bruxa aproximou-se, trazendo consigo uma rajada de ar com cheiro de mel. — É muito raro uma pessoa sobreviver. Mas, claro... — Ela deu um tapinha no aerólito de Eureka com a unha cor de ametista. — Há exceções.

— Cat está lá agora?

O sorriso de Esme se fechou.

— Talvez o reflexo da sua amiga no Bruxuleio a faça amadurecer tanto... que ela morra.

Eureka agarrou os ombros da bruxa.

— Onde ele fica?

A risada de Esme se ergueu de algum lugar da terra, o coração negro de um vulcão. Abelhas aferroavam as mãos de Eureka. A chuva caía nos vergões que aumentavam, seu sal deixando as picadas latejantes ainda mais dolorosas.

— Me mostre onde é!

Como uma bailarina na barra, Esme ergueu o braço ao longo do tronco, cobriu o rosto e o levantou bem acima da cabeça antes de abri-lo como uma flor. Seu dedo indicador longo e pintado gesticulava na escuridão. Então a escuridão se transformou, e uma névoa reluzente cor de ametista iluminou um discreto caminho no meio da noite.

— Se você se apressar, talvez ainda consiga alcançá-la.

Eureka espantou as abelhas e saiu correndo. A risada sedutora da bruxa soou em seu ouvido surdo enquanto ela disparava pelas poças lamacentas ao longo do caminho. Não pensou em olhar para trás.

Mais à frente, a névoa da bruxa fofoqueira iluminava um rio caudaloso que a tempestade havia cavado na terra. Eureka precisaria atravessá-lo para seguir o brilho. Encontrou o trecho mais estreito e, com o pé, testou a profundidade. A margem inclinava-se vários metros para baixo — depois daquilo, não tinha como saber. Eureka engoliu em seco, tocou no aerólito e lutou contra a corrente.

Inspirou profundamente com o frio que fez suas pernas se contraírem. Estendeu o braço e se equilibrou com a ajuda do galho baixo de uma aveleira para continuar a andar. A água chegava à altura do peito e não era suficientemente profunda para Eureka utilizar o escudo do aerólito, nem suficientemente rasa para que se movesse com segurança. A corrente estava forte, avançando contra ela, convidando-a a se unir ao fluxo, como o corredor lotado de um colégio.

Ela escorregou, o galho escapou da mão. Tentou encostar os pés no chão, mas a correnteza estava forte demais. O aerólito flutuava ao longo da superfície enquanto Eureka nadava com dificuldade em direção à margem oposta.

Rochas pontiagudas atingiam-na debaixo d'água. Alguma coisa morodeu sua lombar. Uma enorme tartaruga-amarela tinha fechado a mandíbula em seu quadril. A dor foi insuportável. Eureka pensou em Madame Blavatsky e suas tartarugas, e se perguntou se Madame B. não estava voltando dos mortos para repreendê-la por ter desapontado seu destino de tantas maneiras diferentes. Os olhos da tartaruga eram arregalados, verdes e amarelados, firmes. Eureka cerrou o punho e bateu na cabeça da tartaruga até sua mandíbula se abrir e ela ser levada pelo redemoinho do riacho.

Não estava longe da margem, mas sentia dor e sabia que suas costas estavam sangrando. Imaginou Cat caminhando alegremente na direção de uma fonte convidativa e mortal. Aquele pavor a ajudou a impulsionar o corpo para a frente, até que finalmente seus dedos arranharam as beiradas lamacentas da margem. A terra empapada desfez-se e caiu no riacho, fazendo-a se afastar do brilho roxo, agora distante.

Seu corpo colidiu contra um tronco de árvore. Ela o abraçou antes que a corrente a levasse. Estabilizou-se. Lançou-se para a margem novamente. Daquela vez, agarrou as raízes lodosas com rapidez suficiente para se erguer. Por fim, saiu ofegante da água.

Caiu na margem, debaixo de chuva, e pensou em nunca mais se mexer. Então o brilho ametista ficou mais fraco. Eureka levantou-se apressada e correu até ele. Acompanhou a curva de um caminho lamacento. Subiu uma escada de rochas íngremes iluminada pela luz de Esme.

Quando estava começando a temer que aquilo não passasse de uma pegadinha perversa, que aquele caminho levava a um penhasco na frente de rochas parecidas com lanças, o brilho iluminou um enorme lago redondo. A chuva caía em sua superfície, mas o Bruxuleio estava tão liso quanto um espelho. Uma fonte borbulhava delicadamente em seu centro. Montanhas cônicas e delgadas erguiam-se atrás dele. Pombas arrulhavam em árvores próximas.

O lago era cercado por um aro ametista de flores. Orquídeas altas, com lóbulos roxos, das bruxas fofoqueiras. Flamingos roxos faziam poses curiosas enquanto andavam altivamente pelas margens encantadas do lago mágico.

Eureka virou o ouvido bom na direção de um sussurro animado que escutava durante as muitas caronas que pegava com Cat depois das festas. Sua amiga estava encostada no tronco de um pinheiro perto do Bruxuleio, envolta pelos braços do Poeta.

Alguma coisa fez Eureka olhar acima de Cat e do Poeta, focando nos galhos da árvore em que estavam apoiados. Uma sombra moveu-se num dos galhos. Eureka não precisava do luar para reconhecer Brooks. Há quanto tempo ele estava ali, observando Cat, esperando... o quê?

Esperando Eureka, claro. Agora ela sabia quais eram os planos de Atlas. Sabia que o papel dela era desfazer a União. Sabia onde estava o precioso robô. Tudo aquilo lhe conferia um poder que ainda não sabia usar.

*Aguente firme, Brooks*, ela teve vontade de dizer. *Aguente só mais um pouco.*

As pernas dele balançavam-se por cima de um grosso galho do pinheiro. Ele sabia que Eureka o tinha visto. Muito lentamente, levou o indicador aos lábios.

— Posso ter a ousadia de sugerir que a gente nade sem roupa antes de encher as jarras? — disse Cat para o Poeta. Na grama molhada aos pés deles, havia quatro jarras de barro que deviam ter trazido da caverna do rapaz.

— Nadar sem roupa? — perguntou o Poeta.

— Pode deixar que mostro como é. — Cat cruzou os braços e começou a tirar o suéter.

— Cat! — gritou Eureka. — Pare!

— Eureka? — Por um instante, um sorriso iluminou o rosto de Cat. Em seguida, ele desapareceu. Eureka percebeu que Cat teria ficado feliz em ver a garota que Eureka costumava ser; não a assassina que estava à sua frente. — O que está fazendo aqui?

Eureka pensou na maneira como tinha acabado de tratar Ander. A que ela estava se prendendo? E que bem faria dizer a Cat que estava preocupada? Uma raiva surgiu em seus olhos. Estava zangada consigo mesma, e com Atlas, mas era Cat quem estava na linha de fogo.

— Isto aqui não é uma escapada com algum garoto do bayou.

— Sério? — O rosto de Cat entristeceu-se. — Jurava que estávamos em Lafayette, naquele beco atrás da loja de bebidas. Acha mesmo que sou burra? Estou falando sério. Abandonei minha família para fugir com você e um maluco que mal conhece. E depois foi você, a garota que eu achava que era minha melhor amiga, quem acabou se revelando uma verdadeira maluca que mal conheço.

— Cat, precisamos ir embora.

— Você age como se nem se importasse com todas as coisas terríveis que estão acontecendo.

— Eu me importo. É por isso que estou aqui.

— Mas não pode chorar, né? Você tem uma ótima desculpa para fingir que nada importa, que não sente nada. Abandonei tudo e perdi tudo, assim como você. E adivinhe só. Achei água potável. Você não é a única pessoa no mundo que pode ajudar.

— Fique longe dessa água. Ela é perigosa. Nem é água de verdade.

— Não diga mais nada — interrompeu Cat. — Não me importo se arranjou uma nova maneira de me subestimar.

Eureka tentou puxar a amiga para longe da água.

— Explico quando estivermos longe daqui.

— Vá pra casa. — Cat puxou o braço, desvencilhando-se de Eureka. Foi o mais perto que as duas chegaram de admitir que aquilo não era um desentendimento temporário. Seus verdadeiros lares não existiam mais. Eureka os destruíra. Aquele lugar, aquela noite, aquele ser maligno a uns 3 metros do chão, em meio às folhagens, era tudo que tinham.

— Por favor, venha comigo, Cat.

A luz roxa desaparecera. Eureka perguntou-se se o encontro com Esme não teria sido fruto de sua imaginação. A fonte borbulhava inocentemente.

— Garotas... — O Poeta ergueu uma das jarras —, vamos parar com a briga, não há nada a temer. Olhem só...

— Não! — gritou Eureka. — Seu reflexo...

O Poeta virou-se para a água. Parou na beira do Bruxuleio. Abaixou a jarra até a superfície — e parou. Balançou a cabeça como se estivesse tentando apagar a visão à frente. Soltou a jarra.

A 3 metros de distância, segurando Cat, Eureka não conseguia distinguir o que o Poeta estava vendo no próprio reflexo. Ele gritou algo em sua língua nativa. Suas pernas estavam bambas. Pôs a mão no bolso da calça cargo e tirou uma lata de tinta spray.

— O que ele está fazendo? — perguntou Cat.

Eureka segurou-a com mais força enquanto o Poeta borrifava uma nuvem de tinta preta acima do Bruxuleio. Ele queria cobrir o que estava vendo com a tinta, mudar a tela. Mas não conseguia. E não conseguia se virar. Seu perfil iluminado pelas nuvens deixava à mostra um rapaz em agonia, mas, estranhamente, as mãos do Poeta estenderam-se para a frente, querendo alcançar alguma coisa.

As palavras de Esme ressurgiram na cabeça de Eureka: *Os mortais conseguem enfrentar muitas coisas, mas não suas verdadeiras identidades.* Ela olhou de volta para o pinheiro, para a sombra imóvel que ela sabia que estava olhando.

— Ele vai cair lá dentro — observou Cat.

— Não importa o que aconteça — disse Eureka para Cat —, me prometa que vai ficar longe daquela água.

O Poeta estendeu o braço na direção do próprio reflexo, em transe. Em seguida, caiu na água sem que ela espirrasse.

— Poeta! — gritou Cat, arrastando Eureka na direção da água por alguns passos.

Eureka estremeceu enquanto a água se agitava ao redor do local onde o rapaz tinha caído. Os braços dele lançavam-se para cima, tentando alcançar o céu, ainda agarrando a lata de tinta spray.

— Ele está só brincando com a gente — disse Cat, aliviada. — Não é?

Quando a lata caiu dos dedos do Poeta, Eureka viu que a água era viscosa como piche.

— Não vá até lá, Cat.

— Ele precisa de ajuda... — respondeu a amiga, mas não se moveu.

— A bruxa me alertou. Essa água é encantada. O reflexo dela é mortal. Mostra as partes mais sombrias da pessoa.

O cotovelo do Poeta afundou no Bruxuleio, como se algo o tivesse puxado para baixo. Em seguida, seu pulso ficou na altura da superfície. Cat gritou; Eureka segurou-a. Quando os dedos do Poeta desapareceram, Cat não tinha mais forças para se debater. Curvou-se para a frente e caiu de joelhos.

— Ele foi gentil comigo quando precisei de um amigo. Não seria capaz de machucar ninguém... — Sem terminar a frase, Cat olhou para Eureka, depois desviou o olhar.

166

Eureka sabia que as duas estavam pensando a mesma coisa: se o reflexo do Poeta o matara, que coisa horrenda Eureka veria se olhasse para o seu?

O Bruxuleio ficou imóvel por um instante. Depois, três bolhas iridescentes subiram à superfície. Uma de cada vez, elas estouraram, deixando um sutil brilho ametista no ar.

# 18

## DESEJO DE CONTAR

— Ela não está aqui.

Uma hora depois, a voz frenética de Ander subia pela cachoeira da oficina de Solon. Eureka finalmente trouxera Cat de volta à Nuvem Amarga, e a amiga se jogara no catre, rejeitando o consolo de Eureka e chorando lágrimas silenciosas até pegar no sono.

Cat queria ter parado nas cavernas dos *celãs* para contar o que havia acontecido com o Poeta, mas era perigoso demais. Os *celãs* já tinham a morte de Seyma para vingar. Não era possível prever como reagiriam à perda de um de seus jovens.

— Nem no lago — disse Ander. — Nem com os *celãs*. Já procurei por todo canto. Ela simplesmente... desapareceu.

— E o que você quer que eu faça? — perguntou Solon.

Eureka seguiu na direção da escada que levava à oficina. Agora que Solon sabia que ela saíra escondida, ele e Ander deviam estar furiosos. Precisava avisar que voltara.

— Venha comigo — gritou Ander. — Procure por ela. Atlas está lá fora. Eu sei.

— Mais um motivo para ficarmos aqui. Não somos páreo para ele.

— E Eureka é?

— Vamos esperar que sim — respondeu Solon. — Se você encontrasse Atlas nestas montanhas...

— Talvez ele já tenha feito a pior coisa que poderia fazer comigo — murmurou Ander.

Eureka parou no topo da escada. Brasas ardiam abaixo.

— Como assim? — perguntou Solon.

— Preciso mostrar uma coisa a você — disse Ander.

Eureka ficou olhando por cima do corrimão da escada. Solon estava sentado numa cadeira de couro de encosto baixo, tomando prosecco no copo quebrado e fumando um cigarro. Ander estava de costas para Solon. Parecia mais magro. Eureka estava acostumada a vê-lo de ombros eretos, e hoje eles estavam encurvados enquanto levantava a camisa, deixando à mostra os músculos em seu tronco nu — e duas feridas profundas na pele.

Solon assobiou baixinho.

— Eureka sabe disso?

— Ela já tem muitas coisas com que se preocupar — respondeu Ander. Ele soava profundamente solitário.

Eureka sabia das feridas — descobrira na primeira vez em que beijou Ander —, mas não sabia o que significavam. Foram tantas coisas para assimilar na noite em que seus dedos encontraram aqueles cortes estranhos. O gosto inebriante dos seus lábios, a tempestade iniciada por suas lágrimas, Brooks perdido na baía e a última e mais inquietante tradução de O livro do amor.

— Também tem isto aqui. — Ander segurava um longo pedaço de coral no formato de flecha. — Estava dentro de mim. Tirei de dentro da ferida.

Com o cigarro pendurado entre os lábios, Solon pôs o copo no chão, emitindo um leve tinido. Examinou o coral, afastando o dedo rapidamente ao tocar na ponta afiada.

— Há quanto tempo está com isso?

— Desde a véspera do começo da tempestade. — Ander contorceu-se um pouco quando os dedos de Solon examinaram suas costas. — Eureka foi velejar com Brooks. Eu sabia que ela não estava em segurança, então a segui dentro d'água. Vi os gêmeos caindo do barco... — Ele fechou os olhos. — E ela mergulhar atrás deles. Mas, antes que eu pudesse fazer qualquer coisa para ajudar, alguma coisa me atingiu.

— Prossiga. — Solon bateu as cinzas do cigarro.

— Não era invisível, mas também não era visível. Era uma onda movendo-se separadamente das outras ondas, uma força soberana das trevas. Tentei lutar, mas não sabia *como* lutar contra aquilo. Agora que sei o que Brooks passou, tenho pena dele.

— A adaga de coral abre um portal para que Atlas entre nos corpos do Mundo Desperto. Ela é tão afiada assim porque está morta. — Solon recostou-se na cadeira. — Nunca ouvi falar de Atlas ocupando dois corpos da Terra de uma só vez, muito menos o corpo de um Semeador. Ele está ficando cada vez mais corajoso. Ou talvez não esteja trabalhando sozinho.

Com quem ele estaria trabalhando? Eureka queria perguntar. Pelo medo que surgiu no rosto de Ander, sentiu que ele sabia a quem Solon estava se referindo.

Solon devolveu o coral para Ander.

— Guarde isto. Vamos precisar.

— Estou possuído?

— Como eu saberia? — perguntou Solon. — Está se sentindo possuído?

Ander fez que não com a cabeça. Levou o braço às costas para tocar nas guelras.

— Mas não vão cicatrizar.

Solon deu uma tragada no cigarro e disse:

— No pior dos casos, quem estiver o possuindo está dormente dentro de seu corpo por enquanto.

Ander concordou, arrasado.

— O lado positivo — disse Solon — é que você deve conseguir respirar debaixo d'água. Você pode até nadar para bem longe e poupar Eureka do trabalho de fingir que não o ama. — Solon mexeu o líquido dourado no copo. — E, *claro*, também tem o Bruxuleio.

Eureka sentiu como se um vento ártico tivesse atravessado a caverna. No instante em que Esme falou de seu passado, ela percebeu que teria de enfrentar o Bruxuleio, que era parte do preparo para Atlântida. Faria aquilo sozinha. Não queria que ninguém chegasse perto dele novamente.

Ander aproximou-se, absorto nas palavras de Solon.

— Parece um lago comum — explicou o Semeador mais velho —, mas é a obra-prima das bruxas fofoqueiras. Dizem que o reflexo da pessoa no Bruxuleio revela quem ela "realmente" é, por mais ridículo que pareça. Você podia tentar. Não acredito em identidade, realidade nem verdade, então não vejo nenhum motivo para eu dar essa espiada narcisista. O que é irônico, pois sou extremamente narcisista.

— Como chego lá?

— Não é longe. Fica ao sul das cavernas dos *celãs*, depois do que costumavam ser vários vales antes de sua namorada passar a ouvir a própria consciência. É provável que agora tenham correntezas rugindo por lá. Uma bruxa fofoqueira pode acompanhá-lo, mas... — Seu rosto contorceu-se em preocupação. — A ajuda delas é cara, você sabe disso.

— Acha que devo ir, mesmo se...

— Se terminar queimando o rosto inteiro? — Solon completou o pensamento de Ander, e ficou encarando o copo vazio tristemente. — Depende. Está muito desesperado para descobrir?

O céu no exterior da Nuvem Amarga tinha um tom de cinza enferrujado, sinalizando o amanhecer. Ander passara a vida inteira observando Eureka de longe, mas naquela manhã era ela a espiã.

Ela ia mais atrás, perseguindo-o como um coiote persegue um veado. Ele movia-se rapidamente sobre as rochas escuras, pelos grupos de árvores moribundas. A bainha da lança de oricalco reluzia num passador de sua calça jeans preta.

A distância, ele parecia diferente. Quando estavam perto um do outro, a atração atrapalhava, fazendo o corpo de Eureka zunir, embaçando sua visão a ponto de a jovem enxergar apenas o garoto que desejava. No entanto, no amanhecer diluvial e selvagem, Ander era ele próprio.

Ela estava tão focada nele que mal percebeu o caminho que estavam fazendo. Era diferente do caminho que Esme iluminara naquela noite. Quando Ander chegou ao Bruxuleio, Eureka agachou-se atrás de um pedregulho enquanto o céu se acendia ao leste. O vento estava frio, congelando até os ossos. Como sempre, Ander continuava seco sob a chuva.

Os braços dela queriam abraçá-lo. Seus lábios queriam beijá-lo. Seu coração queria... ser outro tipo de coração. Acreditava que a pessoa capaz de ansiar e amar tinha morrido com Seyma e seu pai. Mas o desejo físico permanecia, inegável.

Procurou o corpo de Brooks no pinheiro. Não o avistou ali nem em lugar algum.

Os olhos de Ander pareciam fundos. Sentiu medo nele, como um caçador o sente na presa. Ele andava de um lado para o outro na margem, passando os dedos no cabelo. Inspirou profundamente e pressionou a mão no coração. Parou onde a água se projetava sobre a margem, fechou os olhos e abaixou a cabeça.

— Isto é por você, Eureka — disse ele.

Ela saiu de trás da pedra.

— Espere.

Ele imediatamente estava ao lado dela. Ficou lhe observando os lábios, as sardas, o bico de viúva em sua testa, seus ombros e pontas dos dedos, como se tivessem passado meses separados. Tocou no rosto dela. Eureka aproximou-se dele por um instante — um instinto feliz —, depois se obrigou a se afastar.

— Você não devia estar aqui — disseram os dois ao mesmo tempo.

Como eram parecidos seus instintos de preservação, a tendência para a tristeza. Eureka nunca conhecera uma pessoa tão intensa quanto Ander; e até aquilo era familiar. As pessoas em New Iberia costumavam dizer que Eureka era "intensa", mas com a conotação de insulto. Eureka não concordava.

— Se minha família encontrar você... se Atlas encontrar você — disse Ander.

Eureka olhou ao redor, o olhar pairando no pinheiro vazio.

— Preciso saber a verdade.

Ander virou-se para o Bruxuleio. A chuva ricocheteava no ar que cercava sua pele. Agora que estava perto, Eureka admirou as saliências do cordão de Ander.

— Eu também — disse ele.

— Quando Brooks foi possuído — explicou Eureka —, ele ficou tão diferente. Agora vejo o quanto era óbvio.

A chuva amarga golpeava seus lábios. Odiava o fato de não ter feito nada para ajudar Brooks, de ele ter enfrentado aquela dificuldade sozinho. Será que ela estava cometendo o mesmo erro com Ander, com medo de confrontar uma mudança aterrorizante nele?

— Você não me conhece o suficiente para saber se estou diferente — disse Ander.

Eureka observou uma nuvem cobrir o rosto dele de sombras. Era verdade. Ele mantivera sua identidade bem guardada. No entanto, sabia tanto sobre ela.

— Você se conhece — disse ela.

Ander ficou impaciente.

— Se eu estiver possuído, não posso mais ficar perto de você. Não vou deixar que ele me use para matá-la. Iria para o lugar mais distante possível e nunca mais veria você.

Assim Ander ficaria livre do que sentia por ela. Não envelheceria como Solon envelheceu ao se apaixonar por Byblis. Não era isso que ela queria? Tentou imaginar como seria seguir em frente sem ele, indo atrás de Brooks e Atlas, e do sonho impossível de separar os dois e se redimir. Será que seria melhor para Ander abandoná-la agora?

— Para onde eu iria? — murmurou Ander, baixinho, fechando os olhos. — Não sei o que fazer longe de você. É isso que sou.

— Não pode depender de uma pessoa para se definir. Muito menos de mim.

— Você fala como se fôssemos dois desconhecidos — disse ele. — Mas eu sei quem você é.

— Me conte. — Ele tocara no reflexo mais vulnerável dela. Eureka arrependeu-se imediatamente de suas palavras.

— Você é a garota que descreveu a paixão da maneira mais verdadeira de todas. Lembra? Amor à primeira vista estilhaça a pele de seu mundo. Sem temer os defeitos, sonhos e paixões do outro. — Ele abraçou-a fortemente. — A ligação indestrutível do amor recíproco. Nunca vou deixar de gostar de você, Eureka. Acha que só consegue sentir tristeza. Não tem ideia do que sua felicidade seria capaz de fazer.

Ander acreditava que Eureka era mais do que ela se permitia enxergar. Ela pensou na maneira como Esme tocou em seu aerólito quando disse que havia exceções à regra mortal do Bruxuleio. Eureka aproximou-se do lago e tirou o colar pela cabeça. Segurou a pedra acima da água.

— O que está fazendo? — perguntou Ander.

O Bruxuleio respondeu. Faixas de água rendadas formaram-se em suas profundezas e subiram pela superfície como um maço de cartas de um baralho líquido sendo embaralhadas. Uma névoa malva difundiu-se sobre o Bruxuleio, depois se concentrou para formar uma nuvem com uma concentração de roxo no centro, a centímetros da fonte que gorgolejava baixinho. A nuvem estendeu-se, formando uma espiral de vapor roxo que implodiu e desapareceu no centro do lago.

O Bruxuleio tinha ficado imóvel e se transformado num espelho reluzente.

— Acho que não devíamos fazer isso — disse Ander.

— Está dizendo que *eu* não devo fazer isso.

— Você pode morrer.

— Preciso saber quem sou antes de ir ao Marais. A bruxa me disse isso. Minha história está aqui dentro.

Ela esperava que ele fosse protestar. Em vez disso, Ander segurou sua mão. O gesto comoveu-a de uma maneira que ela não esperava. Os dois encostaram as pontas dos sapatos na beira da água. O coração de Eureka palpitava.

Eles inclinaram-se acima do Bruxuleio.

A superfície encheu-se de cor, e ela viu a silhueta do corpo de uma garota. Viu uma belíssima roupa branca onde devia haver o reflexo de sua calça jeans e blusa de botão azul. Inspirou e ergueu o olhar lentamente, na direção do reflexo de seu rosto.

Não era o rosto de Eureka. A garota que olhava do Bruxuleio tinha longos cabelos escuros, olhos pretos penetrantes. Tinha a pele escura, maçãs do rosto altas, um sorriso largo e confiante. Seus lábios se entreabriram quando Eureka entreabriu os seus; ela inclinou o queixo no mesmo ângulo que o de Eureka.

Maya Cayce, a inimiga de Eureka da Evangeline, a garota que roubara seu diário, que tentara roubar Brooks, encarava-a. Eureka ficou boquiaberta. Como aquilo era possível? Em seu reflexo, seus lábios formaram um sorriso. A imagem cravou-se em sua mente. Ficaria lá dentro para sempre, presa no âmbar de sua alma.

— Não entendo — disse Ander, inexpressivamente.

— O que isso significa? — murmurou Eureka. — Como pode ser ela?

— Como pode ser quem? — Ander parecia confuso e assombrado. Eureka apontou para o próprio reflexo, mas viu que os olhos de Ander encaravam o espaço onde o reflexo dele... *deveria* estar.

Não havia ninguém ali. Não havia nada olhando para Ander, apenas o céu cor de chumbo.

# 19

## DESPEJADOS

— O truque é ficar calmo e ilógico, exatamente como ele — dizia Solon para os gêmeos quando Eureka e Ander voltaram para a Nuvem Amarga mais tarde naquela manhã.

Estavam sentados diante do poço de fogo quebrado no centro do salão. Velas brilhavam fracamente no candelabro de estalagmite. Havia cacos de vidro espalhados pelo chão. Ninguém tinha pensado em limpar depois da invasão. Os gêmeos estavam de frente para Ovídio, sentado de pernas cruzadas num tapete turco verde e dourado. Sua postura era viva e suas feições eram atraentes de uma maneira peculiar, mas seus olhos pareciam mortos como pedras. Claire e William deitaram de bruços, examinando os dedos reluzentes do robô.

— Solon, não — pediu Eureka.

O robô estava neutro, mas ela sabia que ele podia rapidamente se transformar nos fantasmas que carregava. Os gêmeos já tinham passado por coisas demais e não precisavam ver o rosto do pai morto naquela máquina.

Perguntou-se se o fantasma do Poeta estava morando dentro do robô, se o alcance de sua aquisição que Solon mencionara incluía o Bruxuleio.

— Não se preocupe, ele está dormindo. — Solon parou atrás de Eureka e colocou o indicador e o dedo médio ao longo do canto direito do maxilar dela, como se estivesse checando seu pulso. Em seguida, ele girou os dedos no sentido horário e sussurrou. — Para quando você precisar saber.

Ele estava mostrando como se desligava o robô. Ela percebeu a reentrância sutil em formato de infinito localizada no interior do maxilar de Ovídio.

— Precisamos falar com você — disse ela. — Acabamos de voltar do Bruxuleio.

As sobrancelhas de Solon ergueram-se.

— Sua vaidade sobreviveu?

— O que é o Bruxuleio? — perguntou Claire, enquanto subia nos ombros de Ovídio assim como fazia com o pai.

— Eu vi uma coisa dentro dele — disse Eureka para Solon.

— Seu passaaaaado — cantarolou uma voz delicada e feminina.

Eureka virou-se e não viu ninguém. Então abelhas apareceram, algumas de cada vez, até um enxame inteiro atravessar as cavidades oculares dos crânios nas paredes de Solon.

As bruxas fofoqueiras entraram no salão com seus kaftans esvoaçantes. Formaram um triângulo, com Esme na ponta mais próxima de Eureka.

— Bom dia, Ovídio — disse Esme. — Estou vendo que seus remendos descuidados finalmente deram resultados, Solon. Me conte, como conseguiu passar pela válvula cheia de areia de Vermilion? Ou não fez isso? Ah... alguém morreu?

— Já que está dando seus pêsames, foi o pai das crianças — respondeu Solon.

— Todas as bruxas são órfãs — explicou Esme para Claire. Eureka perguntou-se se era possível que a bruxa estivesse sendo afetuosa. Ela virou-se para Eureka. — Gostou do Bruxuleio?

— Não minta — disse a velha bruxa, rindo. — Temos olhos debaixo d'água. Acompanhamos tudo que viu. — Ela olhou para Ander. — E que *não* viu.

— O que ela disse? — Solon apontou para a bruxa mais velha, depois se virou para Ander e fez um barulho, uma mistura de tosse e gargalhada. — O que foi exatamente que você não viu?

— Eu... eu não sei — gaguejou Ander. — Precisamos conversar.

— Você não pertence a lugar algum — disse a velha. — Entendeu? Você não é *nada*!

A bruxa do meio disse algo por trás da mão para a bruxa velha. Elas olharam para Eureka e riram.

— Vocês sabem o que meu reflexo significa — disse Eureka para Esme.

A bruxa sorriu e inclinou a cabeça, pensando na resposta enquanto olhava para os gêmeos e Ander.

— É melhor que os entes queridos não saibam certas verdades.

Então Esme deu de ombros e gargalhou, e Solon riu e acendeu mais um cigarro, e Eureka enxergou tudo com total clareza: ninguém fazia ideia do que estava acontecendo. Se a magia ao redor deles tinha algum significado ou sistema, ninguém sabia. Eureka teria de resolver a situação sozinha.

Uma sombra moveu-se nos fundos da caverna, e Eureka escutou alguém fungando. Cat tirou a cabeça de trás da tapeçaria que separava o quarto de hóspedes. Eureka sabia que as duas ainda estavam brigadas, que as coisas nunca mais seriam como antes, mas seu corpo aproximou--se de Cat antes que sua mente a impedisse.

— O que elas estão fazendo aqui? — perguntou Cat.

As bruxas estalaram as línguas e viraram-se para Solon.

— Não recebemos o pagamento de ontem — disse Esme. — Hoje exigimos asas triplas.

— Asas triplas. — Solon riu. — Impossível. Os insetos já eram.

— O que você disse? — A língua bifurcada de Esme sibilou. As abelhas pararam em seus círculos movimentados e ficaram vibrando no ar.

— Fui atacado ontem — disse Solon. — Perdi quase tudo. O borboletário, a incubadora... já eram. — Ele tirou uma pequena bolsa de veludo do bolso do robe. — Posso oferecer isto. Dois gramas de pétalas de orquídea na cor preferida de vocês.

— Essa ninharia não ajuda nossa missão — disse a bruxa do meio.

A bruxa mais velha fulminou Solon com o olhar pelo monóculo, o enorme e distorcido olho cor de âmbar atrás da lente.

— Não podemos voltar para casa sem asas!

Esme ergueu a mão para silenciar as outras.

— Nós levaremos o robô.

Solon soltou uma risada repentina que se transformou na tosse rouca de um fumante.

— Ovídio não é uma garantia.

— Tudo é uma garantia — disse a bruxa velha. — Inocência, vidas após a morte, até mesmo pesadelos.

— Então vá dizer isso a algum juiz. — Cat afastou-se de Eureka e parou na frente de Esme. — Porque o robô fica com a gente.

A garota-bruxa ergueu a sobrancelha. Parecia estar se preparando para fazer algo terrível. Mas Eureka tinha levado Cat para suas aulas de caratê. Vira os punhos de Cat deixarem roxos os olhos da malvada Carrie Marchaux. Viu no rosto de Cat a expressão que ela fazia quando estava prestes a dar uma surra em alguém.

Cat lançou a perna para cima. Seu pé descalço atingiu a mandíbula da bruxa. O pescoço de Esme girou para o lado, e quatro dentes brancos saíram voando de sua boca. Eles fizeram barulho no chão como se fossem ladrilhos soltos do mosaico. O sangue que pingava dos lábios da bruxa era da cor de sua roupa ametista. Ela limpou o canto da boca.

— Isto foi pelo Poeta — disse Cat.

Esme sorriu um sorriso perverso e sem dentes. Estalou a língua bifurcada, e todas as abelhas da caverna aglomeraram-se ao redor de sua cabeça. Estalou a língua novamente. As abelhas dispersaram-se, movimentando-se em equipe pelo chão da caverna, pegando cada um dos dentes. Ela jogou a cabeça para trás e abriu bem a boca. As abelhas entraram ali, colocando os dentes de volta nas cavidades molhadas de sangue em sua gengiva. Ela virou-se para as companheiras e deu uma risadinha.

— Se essa garota ficou tão enraivecida por causa de um rapaz bobo, imagine só o que vai fazer quando descobrir que a família inteira... —

Esme virou-se para Cat, cuspindo sangue roxo enquanto sibilava as palavras — está apodrecendo nos pútridos Novos Litorais do Arkansas.

Cat partiu para cima de Esme. Abelhas picavam seus braços e rosto, mas ela parecia não perceber. Estava dando uma chave de braço na bruxa, até Esme conseguir se desvencilhar. Cat puxou o cabelo da bruxa fofoqueira com violência, as abelhas subindo por suas mãos, e os dedos procuraram a nuca de Esme. Então ela parou quando o nojo tomou seu rosto.

— Que dro...

— Controle sua amiga insolente, Eureka! — gritou Esme, e tentou se soltar de Cat. — Ou todos se arrependerão.

Cat empurrou a cabeça da bruxa para baixo, contra o peito.

Onde devia estar a parte de trás do crânio de Esme, havia um vazio ametista, em cujo centro voava uma única borboleta-monarca a toda velocidade, parada no mesmo lugar.

Aquilo explicava o apetite infinito das bruxas fofoqueiras por criaturas aladas. Era assim que elas voavam.

Cat tirou a borboleta do vazio na cabeça de Esme. As asas bateram apenas mais uma vez entre seus dedos; então o inseto contorceu-se e morreu.

Esme urrou e lançou Cat para longe. As outras bruxas fofoqueiras ficaram boquiabertas de horror ao ver a parte de trás da cabeça, vazia. Tocaram suas próprias cabeças para conferir se tudo ainda estava intacto.

As abelhas voaram em bando para o punho de Esme, cobrindo-o como uma luva. Ela agigantou-se, agarrou a parte de trás da cabeça de Cat e esmurrou a base do crânio da garota com o punho de abelhas.

A dor explodiu nos olhos de Cat. Ela soltou um grito brutal.

Eureka empurrou Esme e espantou as abelhas do couro cabelo de Cat, mas elas não saíam do lugar. Ela tentou tirá-las uma a uma do cabelo da amiga. Elas picavam suas mãos e não se mexiam. Tinham se tornado parte da base do crânio de Cat, agrupando-se na parte de trás de sua cabeça, picando e picando sem parar.

Esme cambaleou para trás, juntando-se às outras bruxas. Estava ofegante.

— Se carregar Ovídio até a entrada, nós o levaremos de lá.

— A única coisa que vai fazer é ir embora daqui — disse Eureka.

— Vão embora! — gritou Solon, ganhando coragem com a manifestação de Eureka. — Faz tanto tempo que quero dizer isso pra vocês, suas vacas.

— Você não está pensando direito, Solon — disse a bruxa do meio. Ela e a bruxa mais velha estavam segurando Esme, que parecia tonta. — Lembre-se do que vai acontecer quando você não puder pagar pelo nosso revestimento...

— Nada dura para sempre — disse Solon, e piscou para Eureka.

— Todos os seus pequenos inimigos vão encontrá-lo — avisou a bruxa mais velha. — E seu maior inimigo também.

— Solon — falou Ander —, se você deixar que elas tirem o revestimento...

— As pessoas malvadas vão voltar? — William encostou-se a Eureka. Ela odiava o fato de poder sentir as costelas dele através da camisa.

— Não chore — sussurrou ela, automaticamente, enquanto cuidava do couro cabeludo de Cat. — Não vou deixar que nada aconteça com você.

Era tarde demais. As lágrimas de William caíram em seus ombros, em suas bochechas. A inocência delas era chocante, como uma brilhante joia numa fenda negra. Ela mudou de ideia.

— Chore — disse ela. — Pode chorar tudo em mim.

William chorou.

— Vocês têm até meia-noite para mudar de ideia — disse a bruxa velha. — Depois disso, o revestimento desaparece.

Solon apagou o cigarro com o pé. Foi até onde Cat gemia, atordoada, nos braços de Eureka. Ele beijou a bochecha de Cat.

— Como quiserem.

Uma fúria surgiu sob a superfície da voz de Esme. As outras duas bruxas estalaram as línguas, e quatro abelhas retornaram lentamente para orbitar suas cabeças. O restante permaneceu com Cat.

Carregando a companheira manca, as duas bruxas mais velhas arrastaram-se pelo longo e escuro corredor de crânios.

# 20

## MAS O TRANSTORNO CHEGOU

Perto do anoitecer, na beira da varanda, Eureka e Ander olhavam para o lago da Linhagem da Lágrima. Solon retirara-se para sua oficina com Ovídio, e os gêmeos e Cat descansavam no quarto de hóspedes. Cat dissera que a dor na cabeça diminuíra para uma enxaqueca. Agora mal sentia as constantes picadas, e a dor era mais fácil de suportar do que saber o que tinha acontecido com sua família.

— Talvez seja só intriga — dissera Ander, mas todos sentiam que as bruxas tinham dito a verdade.

Eles haviam dividido a comida que restava — duas maçãs pequenas, alguns goles d'água, os restos de uma caixa de musli. Depois de comer, a fome de Eureka ficou mais intensa que antes. Seu corpo estava fraco, sua mente, enevoada. Não dormia desde que acordara do pesadelo em que se afogava no meio dos mortos desperdiçados. Faltavam seis noites para a lua cheia... se sobrevivessem até lá.

A chuva caía havia tanto tempo que ela nem a sentia mais. Tornara-se tão comum quanto o ar. Encostou-se no parapeito da varanda e tocou nas costas de Ander para que ele fizesse o mesmo. Duas silhuetas embaçadas olhavam para cima da superfície do lago.

— Você não desapareceu só porque não estava dentro do Bruxuleio — disse ela. — E eu...

— Você também não é o rosto que viu lá dentro? — perguntou Ander.

— Estudei com aquela garota no colégio — disse Eureka. — Maya Cayce. Nos odiávamos. Competíamos por tudo. Quando éramos mais novas, éramos amigas. Por que eu a veria em meu reflexo?

— Em algum lugar, isso tudo faz sentido. — Os dedos de Ander percorriam delicadamente o pescoço de Eureka. — A pergunta é: sobrevivemos à jornada?

Eureka virou-se do reflexo para a realidade. Suas mãos subiram pelo peito de Ander, e os dedos se entrelaçaram em seu pescoço — e ela sabia que não devia fazer aquilo. Ontem, aquelas mãos tinham assassinado. Estavam sem comida. O revestimento desapareceria à meia-noite.

— Queria que pudéssemos parar tudo e ficar aqui para sempre.

— O amor não pode ser parado, nem o tempo — disse Ander, baixinho.

— Você está falando como se o amor e o tempo não fossem conectados — falou Eureka. — Para você, os dois são a mesma coisa.

— Algumas pessoas medem o tempo pela maneira como o ocupam. Infância é tempo, colégio é tempo. — Ele tocou os lábios dela com a ponta do dedo. — Você sempre foi meu tempo.

— Eu até vomitaria — disse uma voz atrás de Ander —, mas isso chamaria a atenção dos esfomeados moradores locais.

Alguém saiu do meio das sombras da cerejeira. As bruxas deviam ter desfeito o revestimento mais cedo. Ele os encontrara.

— Brooks — disse Eureka.

— Atlas. — Ander moveu-se bruscamente para a frente. Brooks também. Eureka ficou no meio dos dois, com ambos os corpos contra o seu.

Eles iriam brigar. Tentariam se matar.

— Vá embora daqui — disse Eureka rapidamente para Brooks.

— Acho que é ele quem precisa ir embora — respondeu Brooks para Ander.

O lábio de Ander curvou-se, enojado.

— Você vai perder.

O rosto de Brooks foi tomado por uma fúria pavorosa.

— Já ganhei.

Ander tirou a longa lança de oricalco da bainha em seu quadril.

— Não se eu massacrar esse seu corpo antes que seu mundo ascenda.

— Ander, não! — Eureka girou o corpo para proteger Brooks. Por um momento, sentiu o calor familiar de seu peito. — Não vou deixar você fazer isso.

— Sim, por favor, Eureka, me salve — disse Brooks.

Em seguida, ele lançou-se para a frente com toda a força, derrubando Eureka. Quando Ander abaixou-se para ver como ela estava, Brooks golpeou-o fortemente. Ander pegou a lança.

Ander estava com as costas arqueadas no parapeito da varanda. Não conseguia se erguer. Agarrou o antebraço de Brooks e o puxou para baixo também. Eureka tentou detê-los, mas já haviam caído.

Ela correu até a beira da varanda. A lança escorregara das mãos de Ander, mas também ficara fora do alcance de Brooks. Enquanto caíam pelo ar, os garotos se agarravam e brandiam os punhos desesperadamente, cada golpe errando o alvo, numa trégua forçada pelo caos e pela gravidade. Em seguida, os dois atingiram a superfície do lago da Linhagem da Lágrima.

Durante a calmaria que se sucedeu, Eureka não pôde deixar de imaginar que os dois garotos tinham desaparecido de sua vida para sempre, que o amor se fora, que seria mais fácil daquela maneira.

Mas cabeças emergiram no lago. Viraram de um lado para o outro até se avistarem. Seis metros de lágrimas separavam os dois. Brooks mergulhou novamente e se tornou um borrão negro. Nadou na direção de Ander com uma graça feroz.

O corpo de Ander subiu na água, que logo ficou vermelha ao seu redor. Em seguida, foi puxado para debaixo d'água.

O silêncio assustador mais uma vez dominou o lago. Eureka ficou andando pela varanda de um lado para o outro, por um minuto que pareceu horas, de repente se lembrou de que os dois tinham guelras que os permitiam respirar debaixo d'água.

Ela mergulhou.

A água engoliu-a. O escudo do aerólito floresceu ao redor. Não conseguia vê-los. Mergulhou mais alguns metros, movendo-se em direção à margem oposta.

Sentiu um movimento mais abaixo e deslizou até a base do escudo. Brooks estava prendendo Ander ao fundo do lago e rasgando seu peito com a boca, como se estivesse tentando comer seu coração. A dor no rosto de Ander era tão intensa que Eureka temia que ele fosse perder a consciência.

Mergulhou na direção dos garotos, nadando o mais rápido que podia. Parou a 2 metros deles e cerrou os punhos para atingir Brooks. Aquele não era seu melhor amigo, era impossível. Então se lembrou do escudo. Não tinha como alcançar Ander enquanto aquilo a protegesse. Será que teria tempo de subir rapidamente à superfície, tirar o aerólito e nadar de volta? Enquanto Eureka estava parada, Ander virou a cabeça e exalou.

Uma poderosa onda fez Eureka recuar, rodopiando sem parar. Ela e seu escudo giravam horizontalmente na água, presos dentro de um redemoinho. Ela sentiu-se ser erguida.

Girava e subia cada vez mais, avistando borrões de Brooks e Ander. Os três moviam-se em órbitas diferentes, presos num turbilhão subaquático feito pelo Zéfiro de Ander.

A luz acima de Eureka ficou mais próxima, mais intensa, até...

Ela foi lançada para fora da água, girando para cima. O escudo do aerólito evaporou. O turbilhão tinha chegado à superfície, transformando-se num enorme tornado. Debaixo dela, Ander tentava alcançar Brooks. Sangue escorria de seu peito e entrava em sua órbita, espirrando em Brooks enquanto ele girava.

Então Eureka percebeu que estava fora do jato de água, sendo arremessada pelo ar em direção a um penhasco que ficava acima do lago. Enquanto caía do céu, ficou impressionada ao ver um enorme arco-íris inclinado que se estendia além do horizonte.

Escutou um grito gutural e olhou para trás. Brooks estava voando para bem longe, ainda refém do Zéfiro de Ander. Não via Ander em lugar algum.

Eureka aterrissou numa rocha com um baque forte e doloroso. Os ossos latejavam quando se virou de lado e ficou em posição fetal por um instante, tremendo na chuva. Tocou o aerólito, o medalhão de Diana e a fita amarela, e respirou. Após um tempo, ajoelhou-se com dificuldade.

Não sabia onde estava, nem onde Ander e Brooks tinham ido parar, mas da rocha podia avistar a maior parte do vale *celão*. Parecia uma foto da superfície da lua. Avistou o Bruxuleio cercado de orquídeas ao sul. Avistou os milhares de círculos prateados que pontilhavam a paisagem, corpos de água nascidos de suas lágrimas. Avistou os cumes brancos das montanhas distantes, o lago da Linhagem da Lágrima em formato de cotovelo no vale entre as cavernas e, a menos de 15 metros de distância, a varanda de Solon.

Subiu até ela. O arco-íris acabava no centro da varanda. Rubi misturava-se ao laranja vivo, depois ao dourado, depois ao verde-hera, depois ao índigo e, finalmente, ao roxo tóxico-encantador que Eureka passara a associar às bruxas fofoqueiras. O arco-íris fundia-se a uma noite negra como carvão. Não havia nem luz do sol nem luar.

Olhando mais de perto, Eureka viu quatro silhuetas em pé dentro do arco-íris, pairando em direção à varanda. Um zunido fez Eureka pensar que as bruxas fofoqueiras tinham chegado, mas não escutou nenhuma risada nem viu nada em tom orquídea. E aquele zunido era diferente, mais como um som áspero do que a melodia alegre das abelhas.

As quatro silhuetas que se aproximavam não se moviam — exceto pelos peitos ofegantes. Eureka percebeu que o zunido no vento era o barulho de uma respiração ofegante.

Semeadores.

Cada um concentrava-se intensamente em manter o corpo do outro no ar. Era como se a respiração de cada um servisse de asas para os outros.

Eureka finalmente chegou perto o suficiente para enxergar uma silhueta na base do arco-íris, isolada na escuridão da varanda. Parecia o bisavô de alguém. O arco-íris fluía de sua boca tal qual uma baforada infinita de fumaça. Suas costas estavam arqueadas de um jeito desconfortável, como se o arco-íris começasse em algum lugar bem no seu interior. Vestia um robe de seda e uma estranha máscara preta.

O idoso soprando o arco-íris no céu era Solon.

Mas era impossível. Seu corpo parecia decrépito. A pele em suas mãos e em seu peito exibia manchas senis. Suas costas estavam curvadas. Como Solon envelhecera um século em uma única tarde? Quando explicou o processo de envelhecimento dos Semeadores, ele disse que não sentir nada o mantivera jovem por décadas. O que — ou quem — teria reavivado os sentimentos de Solon, sua capacidade de amar?

Enquanto Eureka escalava as pedras e se aproximava dos fundos da varanda, a primeira silhueta saiu do arco-íris. Era um rapaz mais ou menos de sua idade, que vestia um terno frouxo e sujo de lama. O terno lhe era familiar, mas o corpo dentro dele parecia muito diferente da última vez em que o vira. O garoto virou-se de frente para ela e estreitou os olhos.

Albion matara Rhoda e machucara os gêmeos. Ele era a mente por trás do assassinato de Diana. Parecia ter 18 anos em vez de 60, mas Eureka tinha certeza de que era ele.

Mais três Semeadores desceram do arco-íris. Khora. Critias. Starling. Todos jovens. Pareciam adolescentes vestindo as roupas dos avós.

Eureka subiu pelo parapeito. Estava dolorida e sangrando. Solon trouxera os Semeadores até ali de propósito. Por quê? O arco-íris desfez-se em seus lábios. Sobraram partículas coloridas no ar, que pairaram até o chão como folhas psicodélicas.

A máscara com capuz que ele usava parecia maleável como algodão, mas era feita de uma cota de malha preta bem compacta, tão fina que de perto era transparente. Debaixo da máscara, Solon parecia ter 1 milhão de anos.

— Não se assuste — disse Solon, com a voz abafada. — É apenas uma máscara em cima de outra em cima de outra.

— O que está acontecendo? — perguntou Eureka.

— Minha obra-prima. — Solon olhou para o céu noturno, agora mais escuro e lúgubre sem a gloriosa luz. — Aqueles raios coloridos de ar constroem uma estrada de Semeadores que nos conecta onde quer que estejamos.

— Por que você faria isso?

Ele acariciou o rosto dela.

— Vamos cumprimentar nossos convidados. — Por debaixo da máscara, os olhos sorridentes de Solon examinavam os seres à sua frente. — Eureka, acho que já teve o prazer de conhecer essas quatro porcarias ambulantes.

Os Semeadores deram um passo à frente, tão perplexos quanto Eureka.

— Oi, primos! — exclamou Solon alegremente.

— Demorou três quartos de um século — disse Khora —, mas o tolo finalmente voltou atrás. A que devemos o prazer, Solon?

A risada de Solon ecoou por trás da máscara.

— Tire essa máscara ridícula. — A voz de Albion era assustadora com seu timbre juvenil.

— Pelo jeito a amargura está fazendo bem a você — disse Solon.

— Nós nos fortalecemos com o ódio e a repugnância — falou Albion. — Enquanto Solon anda como uma folha de outono em seus últimos suspiros. Não me diga que se apaixonou novamente.

— Sempre achei que o ódio era uma forma de amor — disse Solon. — Tente odiar alguém com quem você não se importa. É impossível.

— Você nos traiu e agora está patético — declarou Khora. — Estamos aqui atrás de Ander. Onde ele está?

Ela olhou ao redor. Eureka também, apreensiva com o que acontecera com Ander, com o corpo de Brooks, com Atlas.

— Ah, lá estão eles! — Starling sorriu. Sua longa trança agora tinha um tom louro luminoso. — Os magrelos inúteis que devíamos ter matado quando tivemos a oportunidade.

Cat e os gêmeos apareceram na varanda. A cabeça de Cat ainda agitava-se com as abelhas.

— Voltem! — Eureka correu na direção deles.

— Por falar em Ander — refletiu Solon, parando para tossir na manga do robe —, tenho me perguntado como ele consegue se manter tão jovem. Nunca vi um garoto mais consumido pelo amor, porém desde que chegou à Nuvem Amarga continua aparentando seus 18 anos. Não acha estranho, Albion?

Desde que descobrira o que o amor fazia com os Semeadores, a cada hora Eureka percebia novas evidências do envelhecimento de Ander. Mas agora, vendo a velhice chocante de Solon e a volta à juventude dos outros Semeadores, ela viu o quanto as mudanças eram extremas neles.

Será que aquilo significava que Ander não a amava de verdade?

— Onde está Ander? — repetiu Khora. — E, por favor, tire essa máscara ridícula. Meu Deus — reclamou ela, tendo uma ideia. — Você precisa de oxigênio para respirar?

— Ele sempre fumou muito — disse Starling.

— Um Semeador com enfisema — ironizou Critias. — Que idiota.

— É verdade, meus pulmões estão tão negros quanto o *blues* — disse Solon —, mas uso esta máscara por um motivo bem diferente. Ela está cheia de artemísia. — Seu dedo pairou sobre um ponto prateado na lateral da máscara. — Para ativá-la, tudo que preciso fazer é apertar este botão.

— Ele está mentindo — disse Khora, mas o medo em sua voz a traiu.

Solon sorriu por trás da máscara.

— Não acredita em mim? Devo fazer uma demonstração?

— O que está fazendo? — perguntou Eureka. — Vai matar Ander também.

A cabeça de Albion virou-se bruscamente para ela. Suas sobrancelhas ergueram-se.

— Vai chorar de novo? — Ele aproximou-se dela, segurando um frasco do mesmo formato do lacrimatório que Ander usara, mas bem mais simples, feito de aço.

Eureka não ia chorar. Deu um tapa no lacrimatório na mão de Albion e agarrou o pescoço dele. Apertou-o com força. O Semeador começou a respirar com dificuldade. Tentou afastá-la, mas Eureka era mais forte.

Albion parecia diferente da última vez em que tinham se enfrentado, mas Eureka estava ainda mais mudada. A garota viu que o Semeador estava com medo. Rosnou para ele, com uma fúria sombria nos olhos.

William começou a chorar.

— Não mate mais ninguém, Reka...

Do canto do olho, Eureka viu William parado ao lado de Cat e Claire, triste, magro e imundo. Não era o mesmo garoto que se jogava em sua cama todas as manhãs, espalhando seus bonecos de ação no meio dos lençóis enquanto ela lhe tirava pedaços de calda seca do cabelo. Eureka relaxou um pouco a mão.

— Albion? — Solon estalou os dedos. — O espetáculo é aqui. Eu prestaria atenção se fosse você. Eu costumava concordar com você. Achava que estávamos certos em detê-la. — Ele virou-se para Eureka. — Mas nada é capaz de detê-la. Muito menos nós.

Khora aproximou-se lentamente de Solon.

— O jogo mudou. Não é o que desejávamos, mas ainda podemos usar as lágrimas dela para melhorar nossa posição. Se você voltar para nosso lado...

— Tire a máscara, Primo — disse Critias.

O dedo de Solon moveu-se em direção ao botão prateado na lateral da máscara. Eureka imaginou o veneno enchendo os pulmões de Ander a distância. Imaginou o choque se transformando em resistência enquanto sufocava, seu magnífico ar sendo expelido. A resignação dolorosa à medida que seu corpo ficava imóvel. Sua alma ascendendo. Perguntou-se qual seria seu último pensamento.

Pensou na maneira como a voz dele sempre parecia um sussurro. E nos movimentos de tesoura que seus dedos faziam quando os passava nos cabelos. Na maneira como sua mão se encaixava na dela. No tom azul que surgia em seus olhos quando a encontrava, mesmo se tivesse acabado de vê-la um instante antes. Na maneira como ele a beijava como se fosse uma questão de vida ou morte. Na pessoa que ela se tornava quando retribuía o beijo.

Solon levou a mão ao coração. Em seguida, sorriu e pressionou o botão.

— Bombas soltas.

Um gás venenoso, tão verde quanto a aurora boreal, pairou sobre o rosto dele.

# 21

## ILUSÃO

A artemísia espalhou-se pelo rosto de Solon, cobrindo sua testa enruga-da, depois os olhos, depois as bochechas. A última coisa a desaparecer em meio ao vapor foi seu extraordinário sorriso.

Os Semeadores cercaram-no. Starling roeu as unhas. Khora engoliu em seco. O rosto de Albion estava com a expressão de alguém prestes a levar uma surra. A bochecha de Critias reluzia com o rastro de uma única lágrima enquanto ele se virava para os outros.

— Temos palavras de despedida?

O corpo de Solon enrijeceu e caiu para a frente. Ele colidiu contra a va-randa como uma árvore derrubada. Eureka o virou para que ficasse de costas e tentou arrancar a cota de malha até seus dedos arderem. A máscara estava tão fundida ao rosto de Solon quanto a devoção dele à sua missão final.

— Ele está morto? — perguntou Cat.

Eureka colocou a cabeça sobre o peito de Solon. Duro como gelo. Sentiu contra o rosto a seda molhada e suave do robe de Solon. Ficou aguardando-o respirar.

Ouviu um único chiado sair com dificuldade do peito de Solon. Eu-reka agarrou seus ombros. Queria que o rosto do Semeador revelasse a verdade das coisas — por que fizera aquilo, qual seria o destino de Ander, o que aconteceria com Eureka e sua busca pela salvação do mundo —, mas a expressão por trás da máscara era indefinida.

Talvez fosse mentira. Talvez a artemísia não matasse os Semeadores indiretamente. Talvez Ander ainda estivesse vivo debaixo d'água e pudesse pegar uma onda até o parapeito da varanda, e então ela o abraçaria como fizera no seu quarto em Lafayette, quando o amor era algo novo.

Talvez da próxima vez que visse Brooks ele fosse apenas Brooks, e o que o havia possuído tivesse desaparecido como uma doença cuja cura fora descoberta por alguém.

Talvez ela não tivesse inundado o mundo com suas lágrimas. Talvez não tivesse nada a ver com aquilo. Talvez fosse apenas mais um boato inventado por garotas encostadas em fontes d'água.

Talvez seus pais e Madame Blavatsky e Rhoda e o Poeta ainda estivessem vivos e pudessem inspirá-la, frustrá-la, amá-la.

Talvez o pesadelo que tinham sido aqueles últimos meses fosse *mesmo* um pesadelo, um capricho de sua louca imaginação, e logo ela acordaria, colocaria os tênis, apostaria uma corrida contra o céu que nascia ao longo do bayou enevoado, antes de Brooks passar em sua casa para lhe dar uma carona, com um café com leite e canela fumegante à sua espera.

O corpo de Solon entrou em convulsão. Ele agarrou o próprio pescoço e lutou para respirar. Bateu na lateral da máscara uma, duas, três vezes. Ouviu-se um sibilo, e depois uma rachadura como a de quebra-cabeça dividiu a máscara ao meio. Os dois pedaços caíram nas laterais do rosto de Solon. Os vapores verde-amarelados de artemísia morreram com a chuva. Eureka inspirou o ar com aroma de alcaçuz; e então a fumaça desapareceu.

Os olhos de Solon estavam fechados. A barba rala e grisalha tinha engrossado e descido até seu pescoço como líquen. O cabelo curto agora estava da cor de um leopardo-das-neves, e a pele, exageradamente enrugada e coberta de manchas senis.

— Solon — sussurrou Eureka.

Os olhos dele se abriram. Seus lábios insinuaram um sorriso. Com a mão trêmula, ele tirou um envelope cinza do bolso interno do robe. Pressionou-o na mão de Eureka. Era sedoso e estranho.

— Eu queria uma morte boa — sussurrou Solon. Ele olhou ao redor, como se estivesse decidindo se aquela servia. Então fechou os olhos e se foi.

— Foi boa — disse Eureka.

Um grito forte e gutural chamou sua atenção. Albion cambaleava na direção dela. Arrastava-se para a frente sem equilíbrio, como um bêbado.

— Você vai vir conosco — disse ele quase sem voz, e lançou-se na direção de Eureka, tropeçando nas pernas de Solon e caindo no corpo do primo morto. Ele contorceu-se. Seus dedos puxavam o próprio pescoço. Catarro escorria da boca.

Atrás de Albion, Critias curvou-se, a respiração ruidosa. Khora e Starling já estavam no chão. Arfadas e tosses dolorosas ecoavam nas rochas. Eureka, Cat e os gêmeos abraçavam-se enquanto a respiração dos Semeadores desacelerava. Albion tentou alcançar o tornozelo de Eureka. Foi seu último movimento.

Estavam todos mortos.

O que significava que Ander estava morto. Eureka segurou a própria cabeça.

Pensou em Ovídio. Ele estava lá embaixo, perto o suficiente para adquirir estes novos fantasmas. Seu pai e Seyma... e agora Solon e os outros Semeadores. Será que agora estavam todos juntos?

Será que Ander estava lá?

Olhou para a água. Onde ele estava? Como teriam sido seus últimos suspiros? Sua mente voltou ao passado, à primeira vez em que se falaram, quando ele bateu no carro dela, à maneira estranha e encantadora como pegou sua lágrima. Como tinham chegado até ali? Eureka queria ter feito tudo de um jeito diferente. Queria poder ter se despedido.

Ansiou pelo alívio que só as lágrimas podiam trazer. Sabia que não podia, sabia que não devia, mas por mais que tentasse ser tão insensível quanto Ovídio, Eureka era uma garota humana dentro de um corpo humano. Um calor brotou em seus olhos.

Um forte esguicho irrompeu perto da margem do lago. Um jato d'água passou da altura do parapeito da varanda. Uma cabeça loura apareceu em seu centro.

Ander saiu do meio da água, que voltou ao lago. Ele estava sangrando e respirando com dificuldade. Quanto tempo ainda teria?

Eureka jogou os braços ao redor do pescoço dele, que girou-a como se o peso dela fosse uma surpresa maravilhosa. Seus lábios estavam a alguns centímetros de distância quando Eureka se afastou. Tinha tido tanta certeza de que o perdera. Pôs a mão no peito dele, querendo sentir seu coração bater, seu peito subir e descer.

— Ele está aqui? — perguntou Ander.

— Quem?

— Atlas! Viu para onde ele foi?

Eureka fez que não com a cabeça. Abriu a boca, mas não encontrou palavras para dizer que ele só tinha mais alguns minutos de vida.

— Por que está me olhando assim?

Eureka afastou-se, revelando a família dele.

Ander passou os dedos pelo cabelo. Inclinou o corpo para a frente e estendeu a mão na frente do rosto de Albion.

— Eu sou um fantasma?

Eureka tocou nas pontas do cabelo de Ander. Era tão gostoso, tão vivo, que acariciou seu couro cabeludo, sua testa, sua bochecha, seu pescoço. Ele virou o rosto para a mão dela.

— Não — disse Eureka. Perguntou-se se Ander sabia o que ela sabia sobre Ovídio e a União.

— Não estou entendendo. Quando um Semeador morre...

— Todos os outros morrem.

— Mas ainda estou aqui — sussurrou Ander. — Como?

Eureka lembrou-se do envelope que Solon lhe entregara. Ela o tinha enfiado no bolso da calça. Pegou-o, abrindo a aba. Dentro dele estava o lacrimatório que continha suas lágrimas, envolto num pedaço de papel coberto por uma bela letra cursiva.

Eureka rapidamente guardou o frasco no bolso. Desdobrou o papel e leu em voz alta:

*Para quem possa interessar (Eureka):*
*Já estou morto?*
*Ótimo.*

*No bolso do robe de seda mais distante em meu armário, tem uma garrafa de conhaque excelente. Você vai identificá-la pela antiga alça de bambu. Quando estiver escondida em segurança lá dentro, abra-o e reúna todos aqueles que você ama que restaram. Ou, talvez, somente aqueles que restaram. Então você descobrirá uma parte da verdade.*

Eureka levantou o rosto e viu Cat, William e Claire passarem por cima dos Semeadores para se aproximar dela.

— O que mais ele diz? — perguntou William.

Eureka prosseguiu:

*Estou falando sério. Vá lá para dentro.*

*Eureka, para que não seja paralisada pela indecisão: você não vai desperdiçar os momentos finais de Ander remexendo num armário cheio de robes de seda idiotas, procurando álcool como um mendigo sortudo que conseguiu entrar pela janela. Talvez o garoto viva o suficiente para sentir um milhão de seus beijos, impedindo catástrofes fora de meu controle. Vou explicar tudo num instante.*

— Devíamos honrar a vontade dele — disse Ander. Ele chutou Albion para o lado e ergueu Solon do chão.

Eles desceram a escada até o salão de Solon. Ander colocou o corpo no tapete ao lado da poltrona, onde ele poderia estar perto da cachoeira. Desceu para pegar o conhaque. William trouxera a tocha das bruxas para iluminar o ambiente, e Eureka sentou-se em cima da mesa de jantar quebrada e leu em voz alta.

*Ainda está com raiva de mim? Devia ter visto sua cara quando percebeu o que eu tinha feito. Sim, escrevi esta carta antes de ver sua cara, mas sei o quanto vai ficar e ficou com raiva. Estou abusando dos tempos verbais no meu último testamento!*

*Não sou tão desprovido de vaidade a ponto de dizer que não me incomodei em envelhecer no fim de minha existência. Queria não me importar tanto com todos vocês, mas me importo.*

*Valente e corajosa Claire — que você cresça e continue destemida.*

*Enigmático William — atenha-se a seu mistério.*

*Cat, sua bomba atômica, em outra vida eu a seduzirei.*

*Ander. Sobrevivente. Você é o único homem que já admirei.*

*E Eureka. Claro que meu sentir começou com você, que é capaz de tirar emoção até das almas mais insensíveis.*

*Convoquei os Semeadores para matá-los e para me matar usando a artemísia na caixa de oricalco. Você deve estar se perguntando: mas e Ander? A verdade é linda: Ander foi criado pelos Semeadores, mas não é um Semeador. Nasceu numa família californiana, mortal e irresponsável, que tinha um fraco por seitas. Eles foram convencidos a entregá-lo para os Semeadores nos bastidores de um auditório em Stockton. Então ele foi criado para acreditar que estava vinculado às leis dos Semeadores. Eles precisavam de uma isca que tivesse idade adequada, alguém para se enquadrar no cenário de sua juventude, Eureka.*

*Mas ele nunca foi um de nós! Então...*

*Ele está vivo!*

*Havia algum tempo suspeitava que tinha algo de errado com ele — ou melhor, que não havia nada de errado com ele, mas só pude ter certeza quando as bruxas revelaram que ele não viu nada no Bruxuleio.*

*As bruxas só se importam em voltar para Atlântida, então o Bruxuleio revela apenas o reflexo da identidade atlante da pessoa. Como Ander não pertence a nenhuma linhagem do Mundo Adormecido, ele não tem nenhum reflexo no espelho daquele Mundo. O Bruxuleio o teria matado se seu aerólito não tivesse protegido vocês dois.*

*Ander não pertence à Atlântida, sorte dele. Não pertencer é o maior presente. Lembre-se sempre disso.*

*Depois que descobri que minha morte não mataria Ander — e que na verdade minha morte a ajudaria tirando os Semeadores da equação —, não tive escolha a não ser dar o mergulho ancestral que todos os meus heróis deram. Duas cajadadas, um coelho, diria o Poeta. Espero encontrá-lo em breve.*

— Não estou entendendo — interrompeu Ander. — Se não sou um Semeador, como meu sopro faz as mesmas coisas que o sopro dos Semeadores?

— O Poeta me contou uma história — disse Cat —, sobre ladrões de peculiaridades que entravam escondidos nos berçários de hospitais e estudavam as magias dos bebês. Talvez os Semeadores tenham escolhido você por saberem que sua peculiaridade se encaixaria bem nas coisas que eles queriam que fizesse.

Enquanto os outros especulavam, Eureka examinava o resto da carta de Solon. Depois da primeira página, o papel mudou... para pergaminho — o mesmo pergaminho de *O livro do amor*. Lá estava o mesmo texto misterioso que Madame Blavatsky traduzira para Eureka. Lá estavam as páginas que faltavam de *O livro do amor*.

*Em anexo estão as páginas de seu livro. Me desculpe por não ter podido contar antes; eu estava com elas o tempo inteiro. Anos atrás, jurei para Byblis que nunca revelaria o conteúdo delas, pois eram sua maior vergonha. Mas acho que ela ia querer que você as visse e descobrisse a verdade.*

*As bruxas fofoqueiras podem ser usadas como tradutoras. Use este envelope para encontrá-las. Negocie. Você é mais inteligente que elas.*

*Talvez não goste do que vai descobrir. Faz parte da natureza da descoberta. Byblis nunca mais foi a mesma depois que soube a verdade sobre seu passado. Não tenho como mensurar como você vai reagir à notícia, mas merece saber.*

*Eu nunca devia ter sido seu guia. Um líder é quem dá esperança. Isso explica meu fracasso, e explica porque você, Eureka, deve triunfar.*

*Do outro lado,*
*Solon*

*P.S. As bruxas têm mais do que a interpretação do seu texto. Tem outra coisa que entreguei a elas numa permuta há anos. Essa coisa é sua. Pegue-a de volta. E depois siga em frente. Você tem tudo de que precisa para viajar até o Marais. Depois, depende de você. Atlas estará aguardando. Apresse-se, mas não seja afobada. Você sabe o que quero dizer.*

*P.P.S. Não deixe de levar Ovídio por negligência! Vai precisar dele mais do que pode imaginar. Se vocês dois não se matarem, vão se tornar grandes amigos. Ele tem uma profundeza que ninguém imagina...*

# 22

## LÍNGUA NATIVA

— Não, elas não doem — dizia Ander para Cat, enquanto Eureka terminava de ler.

Ele levantara a camisa para mostrar as guelras. Os gêmeos ficaram hipnotizados, cercando-o, examinando sua pele. Quando Cat inclinou-se para a frente, as abelhas no dorso de sua cabeça zuniram e mudaram de lugar. A cada poucos minutos, ela se contorcia quando uma a picava.

Somente Eureka viu o envelope em suas mãos pulsar com uma luz tão roxa quanto os kaftans das bruxas. Eureka piscou os olhos e a luz desapareceu.

— Fui ao Bruxuleio para saber o que elas queriam dizer... — Ela escutou Ander dizer.

Então o envelope pulsou mais uma vez com a luz. Daquela vez, Eureka viu que a aba superior bateu como uma asa. Ela abriu a palma da mão. O envelope agitou-se uma segunda vez e subiu no ar acima da mão dela. Não era *como* uma asa — o envelope era *feito* de asas. Duas mariposas grandes e acinzentadas tinham se unido para carregar a carta de Solon. Tinham ficado paradas até aquele momento, quando se separaram lentamente, como se estivessem acordando de um sono encantado. Pulsaram com a luz ametista e voaram na direção da entrada da caverna.

Eureka olhou para ver se os outros tinham percebido. Ainda estavam absortos com as guelras de Ander.

— Solon acha que Atlas tentou me possuir e que eu me livrei dele.

Eureka sentiu que as mariposas queriam que ela as seguisse. Guardou no bolso a carta e as páginas rasgadas de O *livro do amor*, junto ao lacrimatório. Estendeu o braço e pegou a bolsa roxa, que estava pendurada numa estalagmite em formato de gancho perto da porta. Ergueu a tocha eterna de outra estalagmite onde William a deixara, e saiu de forma sorrateira, como fazia antigamente com Polaris, o pássaro de Madame Blavatsky.

— Como foi não ter reflexo? — perguntou William para Ander, enquanto as mariposas levavam Eureka pelo corredor coberto de crânios.

— O que Eureka viu no Bruxuleio? — A voz de Cat alcançou o corredor, e o reflexo de Maya Cace surgiu na mente de Eureka. *Em algum lugar, isso tudo faz sentido*, dissera Ander. Ela afastou-se rapidamente da lembrança do reflexo, da pergunta de Cat e de seus entes queridos.

— Eureka? — chamou a voz de Ander.

Eles a impediriam de ir atrás das bruxas. Mas Solon nunca tinha sido tão claro quanto à necessidade de Eureka fazer uma coisa. Iria atrás das bruxas para pegar o que lhe pertencia.

Correu atrás das mariposas, e os crânios sorriam quando ela passava por eles no escuro. Do lado de fora, a chuva a golpeava como uma parede de chicotes, fria e feroz. O sol nascia, iluminando uma seção inferior do céu cinza-escuro.

Havia alguma coisa diferente. Atrás dela, a entrada sem revestimento da caverna de Solon estava visível para o mundo exterior. A depressão na rocha parecia tão comum, tão óbvia, tão desprovida da magia se desdobrando em seu interior.

As mariposas pulsaram, chamando Eureka com sua luz roxa cintilante quando ela achou que tinha se perdido no meio da chuva. Seguiu-as por uma série de declives que pareciam formigueiros gigantes, fez uma curva e avistou montanhas ainda mais altas.

À distância, no cume do pico mais alto, equilibrava-se uma imensa pedra retangular. Fendas escuras sugeriam portas e janelas. Uma plataforma horizontal marcava a entrada para o lar das bruxas.

— Como chego lá em cima? — perguntou Eureka para as mariposas.

Elas pairavam no céu, brilhando, desaparecendo no meio da névoa, brilhando. Ela tocou no aerólito, no medalhão, na fita e começou a escalar.

Lama escorria entre seus dedos enquanto subia pela rocha. Quando o rochedo mudava de direção e Eureka ficava sem saber como continuar, as mariposas guias davam voltas em suas mãos, indicando se o melhor caminho era alguns centímetros à esquerda ou à direita. Pedras soltas despencavam quando Eureka subia para algum lugar acima delas. O cume era tão traiçoeiro que ela se perguntou se algum ser sem asas já tinha chegado até ele.

Finalmente Eureka chegou à frente da porta. Era feita de mil asas cinza-escuras de mariposas, unidas e batendo, vivas, na forma de um majestoso par.

— Será que devo bater? — perguntou ela para as mariposas guias. Elas esvoaçaram contra a porta até serem absorvidas. Eureka não conseguia mais distingui-las das outras asas.

A porta abriu-se, rompendo delicadamente uma imensa teia de pequenas ligações, deixando à mostra um cômodo deslumbrante.

As paredes eram feitas de ametista; o chão era composto de pétalas de orquídea. Cerca de vinte bruxas fofoqueiras reclinavam-se ao redor de uma fogueira roxa. Três dividiam um abrigo gigante e oscilante de asas de mariposa. Uma estava de cabeça para baixo, pendurada numa barra roxa reluzente, com o kaftan por cima do rosto.

As bruxas fumavam um cachimbo longo e fino que se encurvava numa ponta em espiral. Vapores verde-claros com cheiro de alcaçuz rodopiavam no ar acima das brasas do cachimbo. Estavam fumando artemísia, mas, diferentemente dos Semeadores, as bruxas fofoqueiras pareciam se beneficiar da droga. Riam das abelhas bêbadas batendo desajeitadamente em suas cabeças.

Eureka avistou Esme no canto oposto do cômodo. Ela parecia animada, como se o vazio secreto de sua cabeça nunca tivesse sido revelado, como se sua borboleta nunca tivesse sido esmagada pelos dedos de Cat. Eureka ficou tensa ao sentir raiva e um medo de que Cat nunca se recuperasse completamente.

Esme sussurrou no ouvido de outra bruxa jovem, as mãos sobre a boca, transbordando de alegria por causa de algum segredo. A maneira como as bruxas riam fazia Eureka se lembrar das garotas da Evangeline, garotas que jamais veria novamente.

Quando Esme olhou para Eureka, o colar com um cristal em formato de lágrima reluziu na parte oca de sua clavícula. De repente, Eureka percebeu o que era aquilo e por que sempre atraíra sua atenção.

— Seu colar — disse Eureka, sentindo-se tonta com a fumaça.

Esme girou o pingente na corrente prateada.

— Esta coisa velha aqui? Solon me deu há muito tempo. Não me diga que o quer de volta. A não ser que ele tenha mudado de ideia sobre o robô.

— Solon morreu.

Esme levou uma das mãos ao quadril e atravessou a fogueira até chegar perto de Eureka.

— Que pena, não é? — sibilou ela, com a língua bifurcada.

— Ele não podia ter usado algo que não era dele como moeda de troca. O colar é meu.

Eureka não fora até ali apenas pelo colar, mas como não tinha nada a oferecer, decidiu pedir uma coisa de cada vez.

As bruxas sussurraram entre si, as línguas bifurcadas estalando por cima dos dentes. O ruído tornou-se um único sibilo úmido que serpenteava com suas escamas até o ouvido ruim de Eureka.

Então o sibilo parou. A forte chuva invadiu o silêncio.

— Pode pegar o colar de sua família de volta. — Esme levou as mãos à nuca e abriu a corrente.

Eureka balançou a cabeça estoicamente, embora quisesse comemorar. Estendeu o braço para pegar a corrente, mas Esme balançava o cristal de lágrima a centímetros da mão de Eureka. Em seguida, a bruxa fofoqueira puxou-o e o fechou na palma da própria mão. Sussurrou no ouvido ruim de Eureka, seu novo estoque de abelhas roçando a bochecha da garota.

— Vai nos dever algo em troca.

— O colar é meu. Não devo nada a você.

— Talvez tenha razão. Mas mesmo assim vai fazer o que queremos. Não tenha medo, é algo que você também quer. — Ela sorriu. — Posso fechar o colar para você?

Esme pôs os dedos longos no pescoço de Eureka. Ela cheirava a mel e alcaçuz. Seu toque era como a penugem macia de uma abelha, ou uma rosa logo antes de a pessoa se ferir no espinho.

— Pronto — disse Esme, baixinho.

Eureka sentiu uma onda de calor e escutou algo chiar. Uma luz azul brilhou quando a corrente de oricalco com a lágrima de cristal se entrelaçou com a corrente de bronze do medalhão de sua mãe. Os pingentes mudaram de lugar, roçaram um no outro, como fantasmas dentro de um robô. Após um momento, o cristal de lágrima, o aerólito, o medalhão lápis-lazúli e até mesmo a fita amarela desbotada convergiram para formar um único e luminoso pingente.

Parecia um enorme diamante com formato de lágrima. Mas dentro da sua superfície lisa e plana havia uma centelha amarela — da fita — e depois azul — do medalhão lápis-lazúli — e depois cor de aço — do aerólito, refratando no interior do cristal à luz roxa da fogueira.

— Ficou bem — disse Esme.

— Mas e meu aerólito... Ele ainda vai funcionar? — perguntou Eureka.

A pele onde o pingente repousava em seu peito estava quente. Seus dedos chamuscaram quando ela o tocou.

A expressão de Esme parecia a de uma esfinge. Ela tirou do bolso um frasco do bálsamo roxo e o pressionou na mão de Eureka.

— Para sua amiga. As abelhas nunca vão deixá-la, mas se estou certa sobre a personalidade dela, e odeio errar, a jovem vai passar a gostar delas. Isso vai fazer a dor desaparecer. Tem mais algum pedido? Mais algum serviço que quer de nós?

Eureka pegou as páginas que faltavam de O *livro do amor*.

— Consegue ler isto?

— Claro — disse Esme. — Está escrito em nossa língua nativa, que é lida melhor de olhos fechados.

Atrás de Esme, a bruxa velha com o monóculo deu um tapinha numa almofada roxa.

— Sinta-se em casa — sibilou ela.

Eureka sentou-se. Queria pegar a tradução e descer correndo pela montanha até retornar à Nuvem Amarga. Mas a fogueira estava quente e a almofada era confortável, e de repente sua mão passou a segurar uma caneca de alguma coisa fumegante. Aproximou-a cuidadosamente do rosto. Tinha cheiro de refrigerante de uva misturada com alguma coisa alcoólica feita de anis.

— Não, obrigada. — Diana lia contos de fada para Eureka. Ela sabia que não devia beber.

— Por favor, beba. — A bruxa ao seu lado empurrou a xícara até os lábios de Eureka. — Você vai precisar de um pouco de coragem líquida.

Ao redor da toca, as bruxas ergueram suas canecas iguais e as esvaziaram num gole só.

A bruxa inclinou a caneca. Eureka fez uma careta e engoliu.

A bebida tinha um gosto tão inesperadamente maravilhoso — parecia chocolate quente com caramelo engrossado com creme —, e Eureka estava com uma sede tão imensurável, e aquele primeiro gole preencheu seu corpo com um calor desejado havia tanto tempo que ela não conseguiu parar. Bebeu avidamente o resto antes de perceber o que tinha feito. As bruxas ficaram radiantes quando ela limpou os lábios.

— Que alegria ver a antiga língua mais uma vez — cantarolou Esme, virando de olhos fechados as páginas que Eureka entregara. — Começo pelo começo? Que nunca é um começo, é sempre o meio de alguma coisa que já começou.

— Já conheço parte da história — disse Eureka. — Eu tinha uma tradutora em casa.

— Em casa?

Esme ergueu o queixo. Os olhos ainda estavam fechados, as pálpebras cor de ametista cintilando.

— Em Louisiana, onde eu morava... antes de chorar. — Ela pensou no batom carmim da Madame Blavatsky, no manto de retalhos com aroma de tabaco, em seus periquitos, na compaixão quando Eureka mais precisou. — Minha tradutora era muito boa.

Os lábios pintados de Esme sugaram ceticamente o cachimbo em espiral. As brasas de artemísia brilharam. Ela abriu os olhos.

— A pessoa precisa ser de nossa casa, de Atlântida, para conseguir ler este texto. Tem certeza de que essa tradutora não contou mentiras?

Eureka fez que não com a cabeça.

— Ela sabia coisas que não podia saber. Ela sabia ler, tenho certeza. Acredito que minha mãe também soubesse.

— Está sugerindo que alguém tem mergulhado nossa pura língua nos riachos podres de seu mundo?

— Disso não sei...

— O que você *sabe*? — interrompeu Esme.

Eureka fechou os olhos e se lembrou do entusiasmo que sentiu quando descobriu a história de sua antepassada.

— Sei que Selene amava Leandro. Sei que precisaram fugir de Atlântida para ficar juntos. Sei que entraram num barco na noite anterior ao casamento de Selene com Atlas. Sei que Delfine se sentiu desprezada quando Leandro escolheu Selene. — Ela parou para observar as bruxas fofoqueiras, que nunca tinham ficado tão sérias, tão imóveis. Estavam absortas com as palavras de Eureka assim como Eureka ficara absorta com as palavras de Madame Blavatsky, como se a garota estivesse contando aquela velha história pela primeira vez. — E sei que a última coisa que Selene viu quando partiu no barco foram bruxas fofoqueiras, que lançaram a maldição na Linhagem da Lágrima de *minha antepassada*.

— Linhagem da Lágrima de *sua antepassada*? — indagou Esme, com uma entonação estranha.

— Sim, elas profetizaram que algum dia, uma das descendentes de Selene provocaria o ressurgimento de Atlântida. Seria uma garota nascida num dia que não existe, uma filha sem mãe e mãe sem filha, cujas emoções fermentariam como uma tempestade durante toda sua vida até ela não aguentar mais. E chorar. — Eureka engoliu em seco. — E inundar o mundo com suas lágrimas. Sou eu. Eu sou ela.

— Então não sabe a parte mais importante? — Com muito cuidado, Esme alisou as páginas faltantes e as ergueu na luz ametista. — Lembra onde parou com sua tradutora impostora?

— Lembro. — Eureka abriu o zíper da bolsa e tirou o livro protegido por plástico. Virou-o numa página amassada marcada com uma pena verde de periquito abissínio. Apontou para a parte inferior, na qual o texto se afilava. — Selene e Leandro separaram-se num acidente de barco. Nunca mais se viram novamente, mas Selene disse... — Eureka parou para lembrar as palavras exatas. — "A profecia das bruxas é tudo que resta de nosso amor."

— Sua tradutora adivinhou corretamente. É óbvio que nós bruxas somos as estrelas da história, mas tem mais outro... fragmento que você deveria conhecer. — Esme ergueu o pergaminho até a luz mais uma vez, fechou os olhos e pronunciou as palavras de Selene que faltavam:

*Durante muitos anos inquietos, mantive o capítulo final de minha história trancada dentro do coração. Pintei um romance usando apenas cores fortes. Meu objetivo era não falar da escuridão, mas, como as cores de minha vida estão esvaecendo, preciso deixar a escuridão narrativa entrar.*

*Preciso lidar com o que aconteceu com a criança...*

*Da última vez que beijei Leandro, estávamos navegando para longe do único lar que conhecíamos. O robô fantasma Ovídio navegava nosso barco. Nós o roubamos para que nos ajudasse. Ele ainda estava vazio, sem almas. Esperávamos que a ausência de Ovídio atrasasse a União, que, quando chegássemos ao nosso destino, ele nos revelasse como derrotar Atlas.*

*O carinho de Leandro me acalmava quando os céus escureciam; seu abraço me tranquilizava quando choravam uma chuva gélida. Ele me beijou nove vezes, e a cada toque carinhoso de seus lábios meu amante mudava:*

*Primeiro foram as rugas ao redor do sorriso.*
*Depois o cabelo louro ficou branco.*
*Sua pele tornou-se flácida, parecendo papel.*
*O abraço ficou mais fraco ao redor de meu corpo.*
*Seu sussurro tornou-se rouco.*
*O desejo em seus olhos diminuiu.*

Seu beijo perdeu a intensa luxúria.

O corpo encurvou-se em meus braços.

Após seu último beijo fatigado, ele apontou para a cesta trançada que tinha trazido para o barco. Presumi que trazia um bolo de casamento e talvez um vinho delicioso para brindarmos ao nosso amor.

"O que é meu é seu", disse ele.

Ergui a tampa da cesta e escutei o primeiro choro do bebê.

"Esta é minha filha", disse ele. "Ela não tem nome."

Quando ele foi se despedir de Delfine, ela apresentou a filha — a filha que era de ambos. Leandro não aguentou deixar a criança com uma mãe perversa, então a pegou e correu. Enquanto ele corria, Delfine o amaldiçoou.

Ele envelheceria rapidamente se amasse qualquer pessoa que não fosse ela.

Fiz perguntas ciumentas para ele sobre a bebê, sobre seu amor por Delfine, mas ele não conseguiu se lembrar. Sua mente já tinha se tornado tão fraca quanto o corpo.

A criança balbuciava no berço de vime. Senti medo dela. O que faria quando fosse mais velha e se sentisse traída? Olhei para o mar e percebi que ela faria coisas piores que a mãe.

Perdi meu amor naquela tempestade — Leandro estava tão decrépito quando o espesso raio partiu nosso barco que soube que ele devia ter falecido no naufrágio.

Mas a filha dele sobreviveu.

Quando acordei num litoral abandonado e exposto ao vento, encontrei Ovídio submerso na areia molhada — e a bebê em seu berço, na beira das suaves ondas do oceano. Pensei em matá-la, em abandoná-la ali para que morresse, mas ela tinha os olhos dele. Ela era tudo que havia sobrado de meu amor.

Nos primeiros anos que passei com o robô e a garota, quase esqueci quem era sua verdadeira mãe. Ela era meu tesouro, minha vida.

Com o tempo, a garota cresceu e ficou parecida com a mãe.

Mantive-a escondida por 17 anos, até que um dia saí do banho e vi que ela havia desaparecido. Ovídio sabia o caminho que ela seguira, mas *alguma coisa me disse para não ir atrás dela. Assim como uma chama que se extingue repentinamente, ela desaparecera, e eu estava com frio e sozinha.*

*Nunca mais a vi. Nunca lhe dei um nome.*

Esme colocou o pergaminho no colo. Abriu os olhos.

— Não entendo — disse Eureka.

— Vou deixar bem claro para você: o passar dos anos inventou uma história falsa sobre sua linhagem. Selene era uma garota bonita e boa horticultora, mas não era sua matriarca. Você é descendente da avó de toda a magia negra. A Linhagem da Lágrima surgiu de Delfine.

Eureka abriu a boca para falar, mas não encontrou palavras.

— Foram as lágrimas dela de desprezo e mágoa que afundaram Atlântida — disse Esme. — E as suas causarão a ascensão de Atlântida.

— Não, não foi isso que aconteceu.

— Só porque você não quer que isso tenha acontecido? — perguntou Esme. — Se o herói não combina com a história, é o herói, e não a história, que precisa ser reescrito.

As têmporas de Eureka latejaram.

— Mas eu não chorei por desprezo e...

— Mágoa? — perguntou Esme. — Tem certeza?

— Você está mentindo — disse Eureka.

— Minto sempre que posso e da maneira mais convincente possível. Mas também tem a questão do Bruxuleio, que revela apenas aquilo que for mais verdadeiro que a verdade. Você se lembra de seu reflexo?

A lembrança daquele rosto frio e cruel surgiu diante dos olhos de Eureka, e ela percebeu que a garota no reflexo não era Maya Cayce. O olhar dela era mais sábio, mais obscuro, mais profundo. Seu sorriso era mais gélido até mesmo que o da garota mais popular e antipática do colégio. Eureka tinha visto Delfine. Seu corpo ficou tenso. Imaginou-se espremendo as bochechas de Esme até que nenhuma risada pudesse escapar da boca pintada e bonita.

Ela piscou os olhos, surpresa com a violência de sua imaginação.

Esme sorriu.

— É de Delfine que você descende, é por causa dela que é o que é. Um coração sombrio. Uma mente tão mortal quanto um ninho de víboras. Você é capaz de coisas maravilhosas e coisas terríveis, mas precisa se libertar dos laços de amor e bondade que impedem seu progresso. Venha conosco. Vamos mostrar a você o caminho para o Marais. E depois você vai nos mostrar o caminho para Atlântida.

— Não. — Eureka levantou-se e deu um passo para trás.

— Você vai mudar de ideia. — Esme seguiu Eureka até a porta. Ela acariciou a ponta torcida do cachimbo. — Engraçado, não é? Todo mundo acha que Atlas é o vilão...

— Até Atlas acha que Atlas é o vilão! — berrou uma bruxa mais ao fundo.

— Quando, na verdade — Esme inclinou-se para sussurrar no ouvido ruim de Eureka —, é você.

# 23

## AS METAMORFOSES DE OVÍDIO

Eureka mal conseguia enxergar Ander no meio da chuva quando ele correu da entrada da Nuvem Amarga e abraçou-a.

— Onde estava?

Tudo a respeito dele parecia diferente. O cabelo estava molhado, suas roupas encharcadas e coladas na pele. Os olhos exibiam um tom azul puro e límpido, onde costumava haver uma melancolia encantadora que os embaçava.

Será que era daquele jeito que Ander demonstrava alegria? Ele estava maravilhoso, mas completamente diferente do garoto taciturno e inatingível por quem se apaixonara.

Aquele garoto teria odiado o fato de ela ter fugido para uma toca de bruxas repleta de artemísia. Já o abraço desse garoto dizia: *tudo que importa é que você está aqui.*

A verdade fizera aquilo com Ander. Ele sabia quem era — ou quem não era —, e aquilo lhe fazia bem.

— Tenho uma coisa para você — disse Ander.

— Ander, espere... — Qualquer palavra que não confessasse seu segredo seria uma mentira — Antes de você...

Ele balançou a cabeça.

— Não dá para esperar.

Os braços envolveram-lhe as costas e puxaram o corpo de Eureka contra o seu. Ele inclinou-a para trás e pressionou os lábios nos dela. A chuva salgada inundou o espaço entre os lábios dos dois. Aquele era o gosto de um coração partido.

Eureka sentia-se como uma impostora. Não conseguia respirar e não queria respirar. E se pudesse morrer durante o beijo, permitindo que o amor dele a sufocasse? Assim ele nunca saberia quem ela realmente era, ela nunca teria de enfrentar a grande mentira que se tornara e o resto do mundo semiafogado poderia continuar pagando pelo orgulho dela.

Eureka tocou nos cantos dos olhos dele, nos quais dias atrás tinha visto rugas.

— Seu rosto.

— Estou diferente? — perguntou Ander.

Os olhos de Ander enrugavam quando ele sorria. Seu cabelo tinha mil tons de louro. Mas Ander não era um idoso, assim como Eureka não era uma idosa. Eram adolescentes. Estavam crescendo e mudando o tempo inteiro, e aquilo não podia ser impedido nem retardado.

— Você está parecendo com você — disse ela.

Ele sorriu.

— Você também está parecendo com você.

O que ele via quando olhava para ela? Será que a expansão da maldade dela era tão visível quanto as trevas que se retiravam dele?

Ele estendeu o braço na direção da lágrima de cristal que absorvera os outros pingentes dela. Arfou e afastou a mão rapidamente, como se tivesse tocado numa chama.

— É das bruxas fofoqueiras?

Ela fez que sim.

— O medalhão, o aerólito e a fita estão aqui dentro.

— Não consigo nem dizer o quanto me sinto livre — sussurrou Ander. — Não corremos mais nenhum risco gostando um do outro. Podemos ficar juntos. Podemos ir até o Marais. Você pode derrotar Atlas. Vou ficar do seu lado o tempo inteiro. Vamos conseguir fazer isso, juntos. —

Ele tocou nos lábios dela. Os olhos dele percorreram o rosto dela. — Eu amo você, Eureka.

Ela fechou os olhos. Ander amava a garota que achava que conhecia. Amava muito aquela garota. Dissera que aquela era a única coisa de que tinha certeza. Mas ele nunca seria capaz de amar quem ela verdadeiramente era, uma descendente das trevas, mais maligna que a força mais maligna que Ander era capaz de imaginar.

— Isso é maravilhoso — disse ela.

— Preciso beijar você de novo. — Ele puxou-a para perto, mas seu coração não estava ali. Nunca poderia estar em algo tão correto, tão bom.

Uma batida violenta interrompeu o beijo dos dois. Eureka afastou-se de Ander abruptamente e se virou. Havia uma silhueta indefinida na entrada da Nuvem Amarga segurando um guarda-chuva sobre a cabeça.

O coração dela acelerou. Será que era Brooks? Queria muito vê-lo de novo — mesmo sabendo que ele estava vinculado ao mal. Ou talvez quisesse muito vê-lo *porque* ele estava vinculado ao mal.

— Quem está aí? — Ander posicionou o corpo entre Eureka e a silhueta.

— Apenas eu.

— Solon? — Eureka enxugou a chuva dos olhos e enxergou o corpo flexível de Ovídio. Na mão esquerda do robô havia brotado um guarda-chuva de oricalco. Em seu rosto havia as feições afetuosas e envelhecidas que o Semeador perdido tinha em sua morte.

— Oh, um beijo longo como meu exílio, doce como minha vingança — disse o robô com a voz de Solon. — Isso é Coriolano. Shakespeare já sabia o que você está aprendendo, Eureka: o soldado pode voltar da guerra, mas jamais volta para casa. — O robô virou o guarda-chuva na direção da Nuvem Amarga. — Vamos conversar ali dentro. Sou à prova d'água, então a chuva faz com que me sinta solitário.

Ovídio recolheu o guarda-chuva enquanto entravam na caverna pelo corredor de crânios. Água fluía pelos pés deles, com a inundação seguindo em direção ao salão. A Nuvem Amarga agora estava desolada, enchendo-se de água salgada, bem diferente da incrível câmara de curiosidades que era quando chegaram. O ar estava frio e úmido.

Claire estava enchendo as mãos de ladrilhos coloridos do mosaico e os jogando no ar. William usava sua peculiaridade para pegá-los antes que caíssem na água que subia.

— Eureka voltou!

Os gêmeos pisaram nas poças fundas enquanto corriam até ela. William chegou aos seus braços, mas Claire parou perto do robô e olhou para ele com desconfiança.

Ela curvou os ombros.

— Por que Ovídio está parecendo estranho?

— Ele está parecendo Solon — disse William no ombro de Eureka. — Dá medo.

Cat sentou-se na poltrona antiga com os olhos fechados. Eureka pôs um pouco do bálsamo das bruxas nas mãos e o massageou sobre as abelhas, que agora rastejavam pelo couro cabeludo de sua amiga. Cat contorceu-se inicialmente e depois olhou para Eureka. Havia lágrimas em seus olhos.

— Elas foram embora? — perguntou ela, tocando no cabelo.

— Não.

— Não está mais doendo.

— Que bom.

Eureka ajudou Cat a se levantar. Os tornozelos de Cat afundaram-se numa poça — e depois seus dois pés ergueram-se do chão. Durou apenas um segundo. Cat olhou para os próprios pés, depois para Eureka e depois para baixo mais uma vez. Ela estendeu os braços e franziu a testa e se fez levitar, daquela vez por mais tempo, acima do chão uns 30 centímetros.

Ela tocou nas suas tranças de abelhas e deu uma risadinha que não parecia ser de Cat.

— Aquela vaca me transformou numa bruxa. — Ela olhou para Eureka de olhos arregalados. — E sabia que essa é a primeira coisa que realmente parece *certa* em um bom tempo?

— Sentem-se — falou a voz de Solon através do robô. — Prestem atenção. Preparem-se para o choque.

Eles reuniram-se ao redor do poço de fogo com a cachoeira caindo e os crânios escutando, assim como tinham feito quando Solon os recebeu na Nuvem Amarga. Ovídio presidia no lugar do Semeador, segurando o copo antigo e quebrado.

As feições de Solon estremeceram e depois se deformaram de maneira medonha, como se o rosto do robô fosse feito de argila. William gemeu no colo de Eureka. Então o nariz de Ovídio se afilou. Seus lábios incharam. Suas bochechas ficaram mais longas.

— Poeta? — Cat inclinou-se para a frente, trêmula.

O Poeta dentro do robô pareceu avaliar o novo penteado de Cat com aprovação e, depois, se deformou, deixando de ser reconhecido à medida que outro rosto se unia ao vazio de oricalco.

As feições de Seyma ficaram mais nítidas e esmagadas, como se alguém tivesse pressionado seu rosto contra uma camada de vidro. Ela fez uma careta e foi puxada para longe, sendo substituída pelos lábios finos e velhos de Starling e depois, mais rapidamente, pela carranca sombria de Critias, pela crueldade enrugada de Khora e, finalmente, pelo ódio insensível dos olhos de Albion. Ele fez força para falar pelo robô, mas não conseguiu. Eureka fazia uma ideia do que ele queria dizer.

Por fim, seu pai veio à superfície.

— Papai — berrou Claire, com a voz que usava quando estava tendo algum pesadelo.

Ele desapareceu, sendo substituído por Solon.

— Com o tempo vocês vão encontrar todos eles — disse a voz de Solon. — Por ora, enquanto eles estão aprendendo a ser fantasmas, controlo uma percentagem bem maior da vontade do robô. Vou semear a resistência daqui de dentro, mas, quando os outros amadurecerem, vão ter seus próprios objetivos. Precisamos agir rapidamente enquanto eu ainda posso ser o guia principal de vocês.

Eureka levantou-se.

— Vamos.

— Sente-se — disse ele. — Primeiro preciso mostrar o caminho.

Mais uma vez, as feições de Ovídio suavizaram-se, tornando-se uma tela na qual apareceu uma cachoeira. Uma projeção de água branca escorria pela testa do robô. No centro do rosto, uma estranha bolha vibrava. Eureka demorou um instante para reconhecer o escudo de seu aerólito. Uma versão menor de Ovídio apareceu sob o escudo, o corpo arqueado num belíssimo mergulho enquanto equilibrava o escudo nos ombros.

No fim da cachoeira, o rosto de tela de Ovídio ficou branco e espumante. Logo as bolhas desapareceram e a água adquiriu um tom turquesa escuro. Então Ovídio estava nadando, com braçadas rápidas e fortes, e o escudo amarrado às suas costas com uma faixa de oricalco.

Havia uma versão de Eureka no interior da versão do escudo. Era como se estivesse observando um filme de si mesma num sonho. Alguém estava sentado ao seu lado, mas a imagem era pequena demais para que pudesse enxergar quem era.

A visão desapareceu do rosto vazio de Ovídio. As feições esculpidas de Solon retornaram.

Então seria pela cachoeira que Eureka chegaria ao Marais. Ela olhou para a lágrima de cristal e rezou para que o aerólito ainda funcionasse.

— Ovídio gosta de nadar em mar aberto — disse a voz de Solon. — Mas no interior destas cavernas as correntes são instáveis. Os ângulos dos canais parecidos com túneis que levam ao mundo exterior são mortalmente íngremes. Sua jornada vai ser bem mais tranquila depois de passar por eles.

— Como faço isso? — perguntou Eureka.

— Como *nós* fazemos isso — corrigiu-a Ander. — Você precisa programar sua partida entre três e quatro da manhã, quando a lua faz a maré subir e as correntes dos canais correm na direção da saída das cavernas. Você já treinou como se entra na cachoeira quando pegou a orquídea. Faça aquilo de novo. Filiz vai com vocês; sempre prometi a ela que a levaria comigo. Todos os outros que quiserem acompanhá-la precisam entrar com você na cachoeira. E depois, assim como o amor, Ovídio vai levá-la aonde você precisar ir.

Mais uma vez, as feições do robô voltaram ao estado neutro, atraente e inexpressivo. Ele fechou os olhos e sussurrou:

— Descansem.

Durante o longo momento carregado que se seguiu, Eureka teve certeza de três coisas:

Não podia levar seus entes queridos. Eles não a deixariam ir sozinha. Teria de se livrar deles.

# 24

## VOO

O vento soprava o cabelo de Eureka enquanto ela se arrastava até a beirada da varanda. A garota tentou encontrar a estrela de Diana, mas não havia nenhum sinal de algum universo além da chuva.

Desde a morte de Diana, Eureka sentia como se um órgão seu tivesse sido removido; seu corpo não funcionava como antes. Como era possível que Diana, a mulher brilhante que Eureka estimava, fosse descendente das trevas?

No entanto, Diana *abandonara* a família. Esbofeteara a filha com tanta força que fez Eureka guardar suas emoções dentro de si por quase uma década, até quase a matarem. Diana escondia segredos mortais por trás do sorriso radiante.

*Egoísta. Cruel. Narcisista.* Quando seus pais se divorciaram, Eureka escutou as pessoas de New Iberia chamarem Diana daquelas coisas. Eureka ignorava como se fosse fofoca do bayou. Convencera-se de que aqueles atributos pertenciam aos acusadores, que projetavam os próprios fracassos na ausência de Diana.

Considerou que a mulher que desejava ser também era uma mulher que manipulava, mentia e depois desaparecia. Diana tinha sido um fantasma na vida de Eureka, enchendo-a de sentimentos e lhe dizendo para não sentir nada. Criara uma filha que fazia corrida de *cross-country*, amava os gêmeos, apaixonava-se com muita facilidade — e que era uma assassina. Uma vez que o assassinato era incluído no currículo, ninguém enxergava mais nada. Eureka tinha tantas contradições sombrias quanto Diana. Faltava pouco para abandonar todos que amava, deixando-os à mercê de um destino desconhecido e aguacento.

Ander e os outros estavam dormindo quando saiu. Nunca o vira tão em paz. Tocou seus lábios nos dele só por um momento antes de partir.

O lago da Linhagem da Lágrima estava subindo. Conseguia estender o braço por cima da rocha e tocar na água. Logo estaria no Marais. Precisaria enfrentar Atlas, impedir a União e resgatar Brooks, tudo ao mesmo tempo. Solon dissera que ela saberia o que fazer ao chegar lá, mas Eureka ainda não tinha compreendido.

Seus dedos dançaram ao longo da superfície da água. Depois que Diana morreu e Eureka engoliu aqueles comprimidos, quando tudo que sobrou foi um vazio desesperador e catatônico, Brooks era a única pessoa de quem conseguia ficar perto. Ele não a repreendia. Ele a amava como ela era.

Mas até Brooks tinha seu limite. Mesmo se ela o salvasse, mesmo se ela o trouxesse de volta, será que ele amaria aquele lado mais sombrio de Eureka?

Um raio lampejou. Continuaria chovendo. A água continuaria subindo. Logo suas lágrimas engoliriam a Nuvem Amarga.

Eureka tinha de partir. Não podia esperar a maré certa. Precisava chegar até Ovídio e desaparecer antes de os outros acordarem.

Mãos em seus ombros fizeram Eureka saltar.

— Volte lá pra dentro, Ander.

— Se eu o vir, dou o recado.

Um hálito quente fez cócegas no pescoço de Eureka. Ela virou-se e olhou nos olhos castanhos e sem fundo.

Brooks.

Atlas.

Seu toque era familiar, no entanto mais velho que os corpos dos dois. Nos seus olhos brilhava algo forte e hipnotizante que ela jamais tinha visto, e que a atraía.

Como os braços de um monstro podiam ser tão agradáveis? Por que a emoção de sentir o peito dele contra o seu fazia seu pulso disparar? Ela devia se afastar. Devia sair correndo.

Ele abaixou a cabeça e a beijou. O susto deixou-a paralisada, e os lábios dele abriram os seus. As mãos passaram pelas curvas de seu cabelo, depois pelas curvas de seus quadris. Seus lábios encontraram-se várias e várias vezes. Era um beijo diferente de todos que já dera. Seu corpo latejava. Parecia que tinha sido drogada.

— Não podemos...

— Não tenha medo — disse Brooks. Disse Atlas. — Agora sou apenas eu.

— Como assim?

— Eu me livrei dele. Acabou. — Seus olhos brilhavam como no momento em que Brooks a visitou na ala psiquiátrica depois que ela tomou aqueles comprimidos, quando ele levou doces de noz-pecã, e ela disse para ele, melodramaticamente, que era o fim do mundo. Nunca se esqueceria da resposta do rapaz: não tem problema, prometera ele; depois do fim do mundo, ele estaria lá para lhe dar uma carona para casa.

— Como conseguiu? — Eureka disfarçou a suspeita na voz.

Uma gota de chuva reluziu nos cílios de Brooks. Ela afastou-a instintivamente.

— Não precisa se preocupar mais com isso. Não precisa se preocupar com nada. Sei o que ele quer. Sei as fraquezas dele. — Brooks acariciou a nuca de Eureka. — Posso ajudá-la a derrotá-lo, assim que chegarmos ao Marais.

A água na varanda estava na altura dos tornozelos dos dois. Ela levantou a camiseta dele para ver suas costas. Os dois cortes vermelhos profundos tinham se transformado em cicatrizes pálidas. Será que aquilo significava que Atlas tinha ido embora? Ela virou-o e tirou o cabelo da sua testa. A ferida em formato de aro estava menos evidente, mas continuava existindo.

Uma garota inteligente presumiria que Brooks estava mentindo...

Uma garota mais inteligente ainda não contaria para ninguém que achava isso.

O próprio Atlas se considerava o vilão, tinham dito as bruxas fofoqueiras. O que significava que Atlas não sabia qual era a verdadeira linhagem de Eureka. Não sabia que ela possuía um lado negro.

— Um dia conto a história de como nos encontramos e como nos separamos. — Ele desviou o olhar, e a ferida em sua testa brilhou. — Nunca vou me perdoar pelas coisas que ele me obrigou a fazer. O que aconteceu com os gêmeos; não consigo...

— Não vamos falar sobre isso.

Eureka não era tão insensível a ponto de poder pensar em William e Claire, os quais logo abandonaria.

Quando ele ficou de frente para Eureka, ela percebeu que a imensa saudade que sentia de Brooks era como um soco na barriga. E depois viu algo por trás dos olhos dele — uma insanidade estranha, perturbada — e teve certeza de que o garoto à sua frente estava mentindo.

— Acredita em mim, não é?

— Sim — sussurrou Eureka. Ela o faria acreditar que estava acreditando. Ficaria mais próxima de Atlas para aprender como vencê-lo. Deteria a enchente. Salvaria Brooks. Lançou os braços ao redor dele. — Nunca mais vá embora.

Ela sentiu-o ficar tenso no abraço. Quando ela se afastou, ele estava radiante.

— Vou com você para o Marais. — Ele olhou para a lágrima de cristal pendurada na corrente de oricalco. — Não temos muito tempo.

Os dedos dele estenderam-se na direção do pingente.

Eureka desviou dele. Sua fachada e a de Brooks podiam colidir uma contra a outra — mãos e olhos e lábios e mentiras —, mas o colar era dela.

— Esta viagem precisa ser só nossa — disse ele. — Não é seguro para os gêmeos nem para Cat...

— Eu e você. É isso que quero.

Os olhos de Brooks iluminaram-se como quando a via em algum corredor da Evangeline, ou quando ela se vestia para o jantar dos melhores alunos e quebrava o salto saindo do carro.

Uma risadinha encheu o ar, curvando a chuva. Eureka olhou para cima, esperando ver as bruxas fofoqueiras voando entre as nuvens na sua direção. Em vez disso, um imenso par de asas de um tom suave de ametista batia delicadamente acima de sua cabeça.

As asas pareciam de uma borboleta. Batiam com uma força graciosa e desceram no céu até ficarem a 10 metros da cabeça de Eureka. Em seguida, viu o corpo gracioso e prateado da criatura entre as enormes asas. Tinha um pescoço longo, quatro patas e um rabo branco que se agitava.

A égua era deslumbrante. A parte inferior de suas patas dianteiras era branca, e havia uma estrela branca entre seus olhos. Ela relinchou, ergueu o pescoço e abriu as luminosas asas em formato de M. Cada lado tinha 30 metros de largura e era composto por uma multidão de pequenas coisas aladas — abelhas, mariposas, vaga-lumes e poupas bebês com suas listras brancas e pretas —, batendo as próprias asas em uníssono. Costuras violetas iridescentes perto dos ombros do cavalo prendiam suas asas — cruelmente, belamente — ao corpo.

Um murmúrio surgiu do centro da asa esquerda do cavalo. Dedos esbeltos agitavam-se entre as camadas de asas, seguidos por uma palma de mão, que deslizou para a frente como se estivesse abrindo uma cortina. O rosto de Esme surgiu no buraco.

— O que achou de nosso Pégaso?

— Pégaso Dois! — gritou uma bruxa invisível da parte superior da asa.

— Sim, sim, já tínhamos criado outro antes. Ele precisou ser sacrificado em nome do progresso, como Ícaro ou o Atari — disse Esme. — Vamos chamar esta de Peggy para diferenciá-la. — Ela pôs a mão dentro de uma bolsa prateada presa à base do pescoço da égua e jogou para baixo uma escada feita de mariposas. — Uma égua roubada não é nossa maneira preferida de viajar, mas quando Solon ficou sem asas... Não importa. Em breve estaremos em casa e tudo vai ser como já devia ser há muito tempo.

Brooks estendeu o braço na direção da escada. As mariposas reorganizaram-se, juntando-se e depois se afilando para que descessem um pouco mais. Ele pisou no degrau mais baixo, virou-se e estendeu a mão para Eureka.

— Você sempre disse que queria sair voando para longe.

Eram palavras do hino preferido de Eureka. Ela o cantava com Brooks nos galhos de carvalho quando eram crianças, com o bayou serpenteando abaixo deles, distanciando-se até desaparecer. "I'll Fly Away" deixava Eureka esperançosa. Atlas não sabia daquilo. Ele estava usando as lembranças de Brooks como isca, bem como Solon tinha dito. Se existiam lembranças para roubar, ainda existia um Brooks em algum lugar para ela salvar.

— Não sei...

Será que podia voar para longe dos gêmeos, de Cat e de Ander? Será que eles se afogariam se Eureka partisse com Brooks?

Ele sorriu.

— Você sabe.

Ela não estava com Ovídio e não podia voltar para pegá-lo. Será mesmo que as bruxas fofoqueiras queriam tanto voltar para casa a ponto de levar Eureka até o Marais? Será que aquela viagem era o que Esme dissera que ela devia a eles?

Um trovão estourou acima. Eureka abaixou-se. Brooks ainda estava estendendo a mão.

— Venha — insistiu ele.

Talvez ele estivesse mentindo sobre todo o resto, mas estava certo sobre Eureka. Ela sabia que tinha de ir. Sabia que seus entes queridos não podiam ir com ela. Sabia que não tinha tempo. Sabia que precisava salvar o mundo. E sabia que a única maneira de chegar lá era com aquele que precisava destruir. Segurou a mão dele.

— Eureka!

Ander atravessou a varanda inundada quando os pés dela ergueram-se da pedra.

A água escorria de seus tênis de corrida. Ela estava pendurada no ar a alguns metros do chão. A tristeza nos olhos de Ander a dilacerou.

A chuva encharcava a camisa dele, colava seu cabelo louro na testa. Ele parecia tão normal e bonito que Eureka pensou que, se as coisas fossem diferentes, se absolutamente tudo fosse diferente, ela poderia se apaixonar de novo.

— Espere! — gritou ela para as bruxas fofoqueiras.

Eureka escutou o que parecia ser uma chicotada. A escada balançava enquanto as asas de Peggy aplanavam acima de sua cabeça. A égua prateada relinchou em protesto.

— Não temos tempo para isso! — gritou Brooks para Esme.

— Temos tempo para uma única despedida — disse Esme do buraco na asa de Peggy. — Nós esperaremos.

— O que está fazendo? — gritou Ander.

— Desculpe! — disse Eureka por cima do ruído de um milhão de asas. Seu coração disparava loucamente. Ela imaginou-o explodindo para fora do peito, lançando fragmentos de um amor caótico sobre os dois garotos entre os quais estava dividida. — Preciso ir.

— Nós íamos juntos — disse Ander.

— Se soubesse as coisas que sei, você não gostaria mais de partir comigo. Ficaria contente por eu estar indo embora. Muito contente.

— Eu amo você. Nada mais importa. — Ander piscou. — Não vá com ele, Eureka. Ele *não é* Brooks.

Brooks riu.

— Ela já escolheu. Tente aceitar isso como um homem.

— Eureka! — Ander não olhou para Brooks. Seus olhos turquesa estavam focados nela pela última vez.

— Eureka — sussurrou Brooks em seu ouvido bom.

— Eureka! — gritou a bruxa do meio lá de cima. — É hora de fazer uma escolha. Feche os olhos e se despeça de alguém. Não deixe que o fardo de seu coração selvagem também seja um fardo para nosso animal de carga.

Eureka olhou nos olhos de Esme e assentiu com a cabeça.

— Vamos.

Um milhão de pares de asas bateu em uníssono. Peggy subiu no céu.

— Ander! — gritou ela.

Ele ficou encarando-a, com esperança nos olhos.

— Cuide dos gêmeos — pediu ela. — E de Cat. Diga que... diga que amo todos eles.

Ele balançou a cabeça.

— Não faça isso.

*Também amo você.* Ela não conseguiu dizer aquilo. Seria algo que levaria guardado dentro do coração. Levaria todos eles dentro do coração. Não os merecia, mas os levaria. O otimismo de Cat. A força de Claire. A ternura de William. A devoção do pai. A teimosia de Rhoda. A intuição de Madame Blavatsky. A paixão de Diana. O amor de Ander. Todos tinham dado presentes para Eureka, e ela os levaria para onde quer que fosse.

— Adeus — disse ela através da chuva enquanto voava para longe.

# 25

## O MARAIS

Eureka observava o mundo encolher debaixo de si. Peggy subiu 300 metros e ficou um pouco abaixo de resquícios ralos de nuvens. Eureka e Brooks cavalgavam em pelo, segurando-se na crina prateada e brilhante. Duas dúzias de bruxas fofoqueiras cavalgavam em cima das asas da égua. Elas seguravam a estrutura que se agitava como crianças num trenó.

Lá embaixo, os rios explodiam de suas margens. Lama avermelhada esguichava pela terra como sangue de uma ferida. Nos locais onde existiam cidades uma semana atrás, os prédios vergavam e as autoestradas cediam, empurrados pela água. Lagos repentinos afogavam vales antigos. Florestas apodreciam. Enquanto voavam para o sul, ondas brancas gigantescas colidiam com um litoral alterado, deixando quilômetros de lama em sulcos que costumavam ser bairros. Casas boiavam pelas ruas, procurando seus donos.

Eureka vomitou ao lado da égua e observou o líquido fazer um arco na direção da terra devastada. Não havia nada em seu estômago além de ácido. Agora havia ainda menos.

— Você está bem? — perguntou Brooks. Perguntou Atlas.

Ela apoiou a bochecha no pescoço aveludado de Peggy. Ficou encarando o nada até os olhos encontrarem o horizonte. Imaginou todas as coisas destruídas lá embaixo deslizando por cima daquele horizonte como uma cachoeira. Imaginou o mundo inteiro destruído fluindo para dentro de um fogo no fim de tudo.

Brooks inclinou-se para perto de seu ouvido bom.

— Diga alguma coisa.

— Não achei que podia ser pior do que eu estava imaginando.

— Você vai consertar isto.

— O mundo morreu. Eu o matei.

— Traga-o de volta.

Ele parecia o antigo Brooks, alguém que acreditava que Eureka podia fazer tudo, especialmente o impossível. Ela estava com raiva de si mesma por ter baixado a guarda. Não faria aquilo novamente. Precisava tomar cuidado ao desabafar com o inimigo.

— Como as encontrou? — Eureka apontou a cabeça na direção das bruxas.

— Eu não as encontrei — disse Brooks. — Elas me encontraram. Quando me libertei, foi como se eu tivesse saído de um coma. Ela... — Ele apontou a cabeça para Esme, deitada nas asas de Peggy como se estivesse pegando sol. — Ela estava parada perto de mim quando abri os olhos. Ela me ofereceu uma carona. Eu disse que precisava encontrar você primeiro. Ela riu e disse: "Suba na égua, garanhão." E então elas me levaram até você. — Ele olhou ao redor. — Achei que nunca superaríamos aquela vez em que pegamos carona até o Bonnaroo na van conversível. Mas superamos.

Aquela viagem era uma das lembranças mais queridas de Eureka. O motorista saíra de Los Angeles num daqueles ônibus que faziam passeios pelas casas dos famosos. Havia panfletos nos bolsos dos assentos com mapas de Hollywood Hills. Ele pegou caroneiros pelo país até não ter mais lugar para ninguém. Passaram a viagem inclinando-se entre os montes do Tennessee, fingindo ver estrelas de cinema se escondendo por trás dos álamos. Era mais uma coisa que Atlas só saberia por causa de Brooks.

Esme bateu o chicote ametista na asa de Peggy. O animal virou para o oeste. Agora estavam voando por cima da água. Toda a terra desaparecera.

— Você não vai querer ouvir isto — disse Brooks —, mas aprendi algumas coisas com Atlas.

— Feito o quê?

— A história de Atlântida é o suspense mais longo da história, mas alguém vai terminá-la... — Enquanto a voz dele diminuía na chuva, Eureka pensou nas palavras de Selene em *O livro do Amor*.

*Onde terminaremos... Bem, quem pode saber o final antes que a última palavra tenha sido escrita? Tudo pode mudar com a última palavra.*

Era a história da vida de Selene, mas todos contavam a própria vida como se fosse uma história: omitindo as partes chatas, exagerando nas partes interessantes, criando uma narração onde tudo leva a pessoa àquele momento daquele dia de uma maneira inevitável, fazendo-a dizer exatamente aquelas palavras.

De alguma maneira, Eureka terminaria aquela história. No futuro, quem a contasse enfeitaria o que quisesse, mas não haveria nenhuma outra garota da Linhagem da Lágrima depois dela. Delfine era o alfa; Eureka era o ômega.

Estava perto do amanhecer, o fim de mais uma noite sem dormir, cinco noites até a lua cheia. O trovão crepitou. Peggy ergueu as asas. Eureka não conseguia enxergar os rostos das bruxas fofoqueiras, mas escutava seu entusiasmo e via onde seus pés saltitantes encostavam nas asas.

— Estamos chegando perto. — Brooks inclinou-se por cima de Peggy e olhou as ondas oceânicas que se avolumavam.

Eureka não reconhecia a água de bordas brancas; era completamente diferente dos oceanos em que tinha velejado, nadado, navegado por dentro do aerólito, dos que tinha visto de aviões.

A distância, ondas batiam nos litorais de uma faixa erma de pântano coberta por uma camada preta ondulante. Peggy relinchou e abaixou a cabeça. Começou a descida.

À medida que se aproximavam, Eureka viu que a camada preta era composta de bilhões de moscas de praia que tinham feito do pântano uma casa.

Eureka tocou no pingente. Seu calor era bem-vindo no meio daquela chuva gélida. Imaginou que o *Marais* rabiscado de Diana tinha se tornado uma letra cursiva luminosa no diamante. Será que Atlântida estaria debaixo daquela faixa de lama indistinta?

— Estamos quase lá — disse Brooks. Disse Atlas. Ele virou os lábios contra o pescoço dela e sussurrou: — Chore por mim.

— O quê?

— É a única maneira de entrar.

— Não...

— Ainda está se prendendo ao conselho de sua mãe? — perguntou ele, ficando mais sério enquanto falava. — Não acha que aquilo já era? Como se sente desapontando o único pedido de sua falecida mãe? Como se sente desapontando a pessoa que sacrificou a vida numa guerra que na verdade é contra você?

Não podia deixar que Atlas a enganasse. Ela precisava enganá-lo. Mas a terceira lágrima ainda precisava cair. Foi por isso que viera ao Marais. Atlântida precisava ascender para que aqueles que ela matara não se tornassem mortos desperdiçados. Suas almas tinham de participar da União. Depois daquilo, os planos de Eureka e Atlas se tornavam diferentes. Ele acreditava que as almas do mundo de Eureka fariam o trabalho dele, mas a garota encontraria uma maneira de libertá-las.

Tateou o bolso da calça jeans. Os dedos encostaram no contorno do lacrimatório prateado por cima do tecido. Solon entregara-o para ela ao morrer. Ele sabia o que ela precisaria fazer. Eureka invocou a imensa força daqueles que tinha deixado para trás. Invocou as trevas dentro de si.

— Você é um vilão e tanto, Atlas.

Ele ergueu a sobrancelha ao ouvir o próprio nome, mas não negou nada. O jogo tinha terminado.

— Um vilão e tanto?

— Mas todo mundo tem uma fraqueza.

— E qual é a minha?

— Ingenuidade — disse Eureka. — Você não sabe o que toda garota de New Iberia a Vladivostok sabe: *nós* somos as melhores vilãs. Os homens nunca são páreo para nós.

Eureka desenroscou o lacrimatório e o derramou por cima das asas de Peggy. O frasco de oricalco caiu no meio de um mar de nuvens. Suas lágrimas escorreram, reluzindo como diamantes. Uma onda de calor contra seu peito assustou-a. Sua mão voou até a lágrima de cristal e se queimou.

Sentiu um aperto na garganta. Seu peito ofegava. Não ia chorar, mas estava sentindo o que tinha sentido quando derramou as lágrimas que estavam dentro do lacrimatório. Sentiu as mesmas lágrimas se formarem novamente, como se cada uma delas tivesse um fantasma que pudesse retornar.

O chão estremeceu com tanta força que o ar lá em cima também estremeceu. Peggy saltou e relinchou. E então:

A chuva parou.

Nuvens se afastaram como algodão. Raios de sol redondos perfuravam-nas. Eureka deixou que eles perfurassem seus ombros, seus pulmões e seu coração, dizendo para seu cérebro ficar feliz.

— Estamos em casa! — berraram as bruxas. — Olhem!

O sol iluminou uma longa rachadura no pântano abaixo. A rachadura alargou-se virando um desfiladeiro, e, no seu centro, um pequeno ponto verde apareceu...

E começou a crescer.

A árvore estendeu-se primeiramente na direção do céu. Seu tronco lançou-se para cima como se tivesse sido arremessado do centro da terra. Eureka escutou seu gemido crepitante, e mais... nos *dois* ouvidos. Pássaros cantando, vento sussurrando, ondas chegando ao litoral — era uma parede de som forte e ressonante.

— Estou ouvindo novamente.

— Claro — disse Atlas. — Uma onda de origem atlante tomou sua audição, e agora meu reino a restaura. E não é só isso que será restaurado.

— Aquela onda também levou minha mãe.

— De fato — disse Atlas de maneira críptica.

Naquele momento, a árvore já estava com 30 metros de altura e com a espessura das sequoias antigas da cidade da Califórnia onde Eureka nascera. Os fortes galhos se espalharam, girando a partir do tronco, contorcendo-se intensamente até os ramos se sobreporem em dedos longos e emaranhados. Flores brancas parecidas com junquilhos explodiam dos botões. *Narcisus*, dissera Ander. Os ouvidos de Eureka escutavam todos os instantes daquele crescimento selvagem, como se estivesse ouvindo por acaso uma conversa animadíssima.

Árvores novas brotaram ao redor da primeira. Em seguida, uma estrada prateada cercou a floresta repentina, que não era uma floresta, mas um magnífico parque urbano no centro de uma cidade que ascendia. Prédios de tetos com tons imaculados de prata e ouro subiam do pântano, espalhando-se em todas as direções e formando uma capital perfeitamente circular. Um rio em formato de anel limitava a cidade; sua corrente veloz se movia no sentido anti-horário. Na outra margem do rio, havia outro anel de terra com 1,50 quilômetro de extensão, com um tom verdejante, florescendo com árvores frutíferas e videiras em terraço. A faixa agrícola estava rodeada por mais um rio em sentido anti-horário. Em suas margens, um último anel de terra ascendia em costas íngremes e altas. Além das montanhas, o oceano que cobria as rochas se estendia até se fundir a um horizonte azul e embaçado.

Atlântida, o Mundo Adormecido, tinha despertado.

— E agora, vilã? — perguntou Atlas.

— Desçam! Desçam! — gritaram as bruxas. — Vamos para a montanha que é nosso lar!

Esme chicoteou Peggy, que se levantou nas patas traseiras. Eureka escorregou para trás. Suas mãos agarraram a crina de Peggy, mas era tarde demais. A égua jogou Atlas e Eureka para longe.

Eles caíram na direção de Atlântida. Eureka viu o pânico de Atlas surgir nos olhos de Brooks, lembrando-a de algo... mas ela caiu tão rápido que logo perdeu o garoto e o corpo e o inimigo e a lembrança.

Ela caiu e caiu, como tinha caído pela cachoeira da Nuvem Amarga. Da outra vez, ela caiu na água e seu aerólito a protegeu. Ander nadou em sua direção. Agora, ninguém a salvaria.

Ela caiu em uma folha verde do tamanho de um colchão. Ainda não estava morta. Soltou uma risada maravilhada, depois deslizou para fora da folha e voltou a cair.

Galhos batiam em seus braços e pernas. Ela agarrou um dos grossos, e seus braços se envolveram ao redor dele enquanto, incrivelmente, o galho se envolvia ao redor dela. O abraço dele fez com que ela ficasse parada. Sua casca tinha a textura de um casco de tartaruga.

Eureka balançou para que os pedaços de casca e as folhas caíssem do cabelo molhado. Enxugou o sangue de um arranhão na testa. Tateou o pescoço procurando o colar. Ainda estava ali, ainda estava quente. O lacrimatório desaparecera.

Atlas também desaparecera.

Ao redor de Eureka, as magníficas árvores continuavam crescendo do pântano até atingirem a altura da primeira árvore. Ela estava no centro de um bosque no centro de um parque no centro de uma cidade no centro do que talvez fosse o único pedaço de terra que sobrara no planeta.

Pássaros estranhos cantavam músicas estranhas que Eureka escutava nos dois ouvidos. Trepadeiras serpenteavam para o topo do tronco com tanta rapidez que ela afastou os braços bruscamente para que eles não se tornassem parte da floresta. As árvores tinham cheiro de eucalipto e noz--pecã e grama recém-cortada, mas fora isso eram irreconhecíveis. Eram mais largas e mais altas e tinham um verde mais brilhante que qualquer outra árvore que ela já vira. Eureka subiu em outro galho. Ele balançou com o peso, mas a madeira parecia firme e forte.

— Você está perdendo, Lulinha. — Atlas saltou de um galho acima dela para outro mais embaixo. Ele desceu escalando e, quando chegou ao galho mais baixo, virou-se lentamente, piscou para Eureka e saltou.

Ele caiu com o rosto na grama grossa que brotava. Depois, não se mexeu.

Mais um truque. Era para ela ir atrás dele, temendo o bem-estar de Brooks — e caindo na armadilha.

Mas ela já havia caído na armadilha. Estava em Atlântida com o inimigo. Era para estar ali. Era um passo no caminho da redenção. Não podia ficar naquela árvore para sempre. Precisava descer e enfrentá-lo.

Ela desceu pelos galhos. Quanto mais tempo passava olhando para as costas de Brooks, mais medo sentia. O corpo no chão era a entrada que levava à catedral da alma do seu melhor amigo.

Seus pés tocaram na terra atlante. Ela agarrou os ombros de Brooks e o virou para o lado. Encostou a cabeça em seu peito e esperou que subisse.

# 26

## DESPOSSUÍDO

Não era a primeira vez que Brooks caía.

Uma onda de déjà vu tomou conta de Eureka enquanto encostava a cabeça no peito dele:

Eles tinham 9 anos. Era o verão antes do divórcio dos pais de Eureka, então seu coração ainda estava inteiro e esperançoso, com um sorriso para combinar. Não sabia que as perdas estavam vivas pelo mundo, como ladras sempre prestes a golpear a pessoa e roubar tudo que possuísse.

Naquele verão, Eureka e Brooks passavam o pôr do sol bem no alto da grandiosa árvore de noz-pecã que ficava no quintal de Sugar, nos arredores de New Iberia. Brooks tinha o cabelo cortado no melhor estilo cuia e usava tênis dos Power Rangers que acendiam. Eureka tinha joelhos ralados e uma janela no lugar dos dentes da frente. Os diversos vestidos frouxos que Diana não parava de tirar do sótão terminavam sendo rasgados.

Aconteceu numa tarde de domingo. Talvez aquilo explicasse porque Eureka sempre se sentia sozinha aos domingos. Brooks estava brincando com a letra da música preferida dela do Tom T. Hall, "That's How I Got to Memphis". Eureka estava tentando harmonizar com ele. Ficou irritada com as improvisações que ele estava fazendo e o empurrou. Ele desequilibrou-se, caiu para trás. Num minuto estava cantando com ela, e no próximo...

Ela tentou agarrá-lo. Ele caiu durante uma eternidade, com os olhos castanhos fixos nos dela. Seu rosto ficou cada vez menor; seus braços e pernas não se mexiam. Ele caiu de costas no chão, com força, e com a perna esquerda torcida por baixo do corpo.

Eureka ainda conseguia escutar o próprio grito dentro da cabeça. Saltou do galho para o chão. Ajoelhou-se ao lado do amigo com os joelhos ralados. Primeiramente, tentou abrir suas pálpebras, porque o sorriso de Brooks aparecia mais nos olhos e ela precisava vê-lo. Depois disse seu nome.

Quando ele não se mexeu nem respondeu, ela rezou.

*Ave Maria, cheia de graça...*

Ela rezou várias e várias vezes, até as palavras ficarem emaranhadas e perderem o sentido. Então ela se lembrou de uma coisa que tinha visto na televisão. Pressionou a boca contra a dele...

Os braços de Brooks cercaram-na, e ele lhe deu um longo e intenso beijo. Seus olhos alegres abriram-se repentinamente.

— Peguei você.

Ela esbofeteou-o.

— Por que fez isso? — Ela enxugou os lábios com o dorso da mão e olhou para o brilho que o beijo deixara debaixo das juntas de seus dedos.

Brooks esfregou a bochecha.

— Para que você soubesse que não estou com raiva de você.

— Talvez eu que esteja com raiva de você agora.

— Talvez não.

Naqueles dias, era impossível ficar com raiva de Brooks. Ele mancara de volta até a árvore e, enquanto subia seus galhos, cantou uma versão pior da letra da música:

*Se empurrar alguém o suficiente, vai cair onde quer que a pessoa for...*

*Foi assim que cheguei a Memphis, foi assim que cheguei a Memphis.*

Os dois nunca mais mencionaram o beijo.

Agora, naquela terra estranha da floresta, Eureka enterrou o rosto no peito dele. Seu corpo parecia em paz. Perguntou-se se Atlas não teria finalmente ido embora, deixando para trás o corpo de seu melhor amigo.

Ela levantou a cabeça e observou a galáxia de sardas nas bochechas de Brooks. Afastou o cabelo de seus olhos. Sentiu a cicatriz de sua ferida. Sua pele estava quente. Será que seus lábios também estavam?

Beijou-o delicadamente, torcendo como uma garotinha para reavivá-lo, torcendo como uma garotinha para fingir.

Ela talvez ficasse com os lábios encostados nos dele para sempre, pagando pela burrice de ter partido com Atlas, pela burrice de ter arrastado o corpo de Brooks até ali, pela burrice de abandonar todos que amava.

Ele mexeu-se.

— Brooks? — Ela engoliu a seco e disse: — Atlas?

Seus olhos estavam fechados. Ele não parecia estar consciente, mas ela sentiu alguma coisa mudar. Ficou observando-o. Seu peito estava parado, as pálpebras imóveis.

Sentiu novamente.

Os dedos de Eureka vibraram nos ombros dele. Um vendaval passou por cima de Brooks. Uma sensação quente e parecida com um zunido espalhou-se até seus braços e nuca. Ela afastou as mãos do ombro de Brooks enquanto uma incandescência subia do peito do rapaz e lhe pairava acima do corpo.

De quem era aquela alma — de Brooks ou de Atlas? Os dois tinham dividido aquele corpo, assim como os fantasmas que dividiam Ovídio. Eureka não conseguia ver a alma, mas a sentia. Passou a mão trêmula no meio dela.

Era fria.

Escutou passos na grama orvalhosa. Um rapaz de idade semelhante parou ao lado dela. Nunca o vira antes, mas parecia familiar.

Claro — ela o vira nas ilustrações do *Livro do Amor.*

Atlas não era bonito, mas havia algo de atraente nele. O sorriso era confiante. Vestia uma roupa brilhosa e feita sob medida, com formatos que Eureka achava impossível descrever, e que reluzia dourado e vermelho como se feita de rubis. O cabelo castanho-avermelhado era encaracolado e selvagem. Sua pele pálida tinha poucas sardas, e os olhos exibiam um tom suave de cobre... mas eram vazios, perturbados. Seus olhos atravessavam-na, focando numa distância que só eles enxergavam.

Ela levantou-se, ficando da mesma altura. Ele estava com ela havia muito tempo, mas era a primeira vez que se encontravam.

— Atlas.

Ele nem olhou para ela.

A incandescência acima do corpo de Brooks rodopiou na direção de Atlas, e ela percebeu que aquela não era a alma do melhor amigo. Era Atlas, descartando o corpo de Brooks para assumir o próprio corpo. Mas onde estava a alma de Brooks? Atlas fechou os olhos e absorveu a incandescência para dentro do peito.

Após um instante, quando ele abriu os olhos, estes estavam com um tom castanho-escuro e penetrante, como o centro de uma sequoia — bem diferente das íris que mostrava antes. Eureka sabia que estava diante da pessoa mais poderosa que já conhecera.

Ela ajoelhou-se ao lado de Brooks novamente. Seu peito não estava mais quente. O que aconteceria se ela chorasse agora? Será que suas lágrimas inundariam Atlântida mais uma vez, fazendo com que todos voltassem para debaixo d'água? O que aconteceria com os mortos desperdiçados?

Atlas inclinou a cabeça.

— Poupe suas lágrimas.

Sua voz era forte e grave e tinha um sotaque estranho. Eureka entendia-o... e entendia que ele não estava falando inglês. Ele também se ajoelhou por cima de Brooks.

— Não sabia que ele era bonito. Nunca sei se o interior reflete o exterior. Você sabe do que estou falando.

— Não fale sobre Brooks — disse Eureka. Ela também não estava falando inglês. Falar a linguagem antiga intuitivamente devia ser algo da Linhagem da Lágrima. A língua atlante saía dela com fluidez, com uma minúscula pausa para tradução em sua mente.

— Acho que não nos conhecemos oficialmente. Meu nome é...

— Sei quem você é.

— E eu sei quem você é, mas as apresentações não são simplesmente uma questão de educação. No meu país, no meu mundo, elas são lei. — Ele segurou a mão dela e a ajudou a se levantar. — Você deve ser minha amiga, Eureka. Só eu posso ter inimigos.

— Nunca seremos amigos. Você assassinou meu melhor amigo.

Os lábios de Atlas viraram-se para baixo enquanto ele olhava brevemente para Brooks.

— Sabe por que fiz isso?

— Ele não passava de um receptáculo para você — disse ela —, uma maneira de conseguir o que queria.

— E o que eu quero? — Atlas encarou seus olhos e esperou.

— Sei sobre a União.

— Esqueça a União. Quero você.

— Você quer minhas lágrimas.

— Admito — disse Atlas. — No início, você era apenas mais uma garota da Linhagem da Lágrima para mim. Mas depois eu a conheci melhor. Você é mesmo muito fascinante. Um coração estranho, sombrio e deturpado. E que rosto! Contrastes me encantam. Quanto mais tempo eu passava dentro daquele corpo... — Ele suspirou, apontou a cabeça para Brooks. — Mais eu gostava de ficar perto de você. E então você desapareceu com...

— Ander — disse Eureka.

— *Jamais* pronuncie esse nome em meu reino! — gritou Atlas.

— Por causa de Leandro — murmurou Eureka. — Seu irmão que roubou...

Atlas agarrou a garganta de Eureka.

— *Tudo de mim.* Entendeu? — Ele relaxou um pouco a mão. Recompôs-se respirando. — A partir de agora, ele está excluído de nossas vidas. Não pensaremos mais nele.

Eureka desviou o olhar. Tentaria não pensar em Ander. Assim sua missão ficaria mais fácil, apesar de impossível.

— Quando estávamos longe um do outro — disse Atlas —, o fantasma de sua beleza me assombrou.

— Você quer uma coisa de mim...

— Quero sempre ficar perto de você. E conseguir o que quero.

— Há muito tempo que não consegue o que quer.

— Eu não precisava trazê-la até aqui — disse Atlas. — Vi suas lágrimas encherem o lacrimatório. Poderia tê-lo roubado e deixado você apodrecendo naquelas montanhas. Pense nisso. — Ele parou e olhou para os topos das árvores a milhares de metros acima deles. — Estávamos nos dando tão bem — sussurrou ele no ouvido dela que deixara de ser ruim. — Você se lembra de nosso beijo? O tempo inteiro eu sabia que você sabia que era eu, assim como imagino que você sabia que eu sabia que você sabia. Nenhum de nós é burro, então por que não paramos de fingir?

Ele estendeu o braço para ela, a mão quente e forte. Eureka afastou-se, a mente zunindo. Precisava voltar a fingir, e nunca parar, se quisesse sobreviver. Tinha de enganá-lo e não sabia como.

— Está arrependida de não ter atirado em mim quando pôde? — perguntou Atlas, sorrindo. — Não se preocupe, vai ter outras oportunidades de acabar com minha vida; e de provar seu amor poupando-a.

— Me dê a arma que desprovo isso agora — disse ela. — Você sabe por que não atirei.

— Ah, sim. — Atlas gesticulou na direção de Brooks. — Por causa desse cadáver.

As árvores atrás de Atlas farfalharam quando dez garotas de botas até a coxa, vestidos curtos vermelhos e peitorais de oricalco saíram de trás delas. Seus capacetes mudavam de cor com o sol e escondiam seus rostos.

— Olá, garotas — disse Atlas, e se virou para Eureka. — Minhas Demônias de Carmim. Elas vão cuidar de tudo que precisar.

— A cama dela está pronta — avisou uma das garotas.

— Leve-a até lá.

— Brooks! — Eureka estendeu o braço na direção do cadáver.

— Você o amava — disse Atlas. — Você realmente o amava mais que todos os outros. Eu sei disso. Mas você amará novamente. Amará de um jeito melhor, mais forte. — Ele acariciou a bochecha de Eureka. — Mais profundo. Algo que só uma garota é capaz de fazer.

— O que fazemos com o corpo? — perguntou uma das garotas, encostando no peito de Brooks com a bota.

Atlas pensou por um instante.

— Meus avestruzes já tomaram café da manhã?

Eureka tentou gritar, mas um arreio cobriu seu rosto. Uma barra de metal trincou entre seus dentes. Alguém puxou o arreio de trás enquanto a artemísia verde rodopiava diante de seus olhos.

Logo antes de perder a consciência, Atlas abraçou-a.

— Que bom que está aqui, Eureka. Agora tudo pode começar.

# 27

## O MANTO DE RELÂMPAGO

Eureka acordou acorrentada a uma cama.

À *própria* cama.

Quatro colunas de cerejeira estendiam-se diante dela na antiga cama queen em que dormia antes de chorar. A cadeira de balanço de brechó que ficava no canto era seu lugar preferido para fazer o dever de casa. No braço, um moletom com as cores da Evangeline. Os olhos de Eureka latejavam devido à névoa de artemísia enquanto seu reflexo ficava nítido na antiga cômoda espelhada da avó, à frente da cama.

Algemas grossas e metálicas prendiam seus punhos aos cantos superiores da cama, seus tornozelos aos cantos inferiores e sua cintura ao centro. Quando se sacudiu para tentar se soltar, alguma coisa afiada cortou as palmas de suas mãos e os topos dos pés. As algemas estavam farpadas com pregos. Sangue acumulou-se por cima da algema no punho direito e depois escorreu por seu braço.

— Como isso funciona? — Uma voz rouca assustou-a.

Havia uma adolescente ao lado de sua cama, encurvada por cima da mão esquerda de Eureka como uma manicure. Uma coroa de louros adornava o cabelo cor de âmbar. Seu vestido carmim tinha um enorme decote em V que terminava um pouco abaixo do umbigo tatuado. Ela estava usando o colar com a lágrima de cristal de Eureka.

— Devolva meu colar. — As estranhas palavras atlantes doeram ao sair da garganta sedenta de Eureka. Ela tentou chutar a garota com os joelhos. Os pregos metálicos morderam sua cintura. Sangue floresceu sob a camisa.

Eureka escutou uma risadinha do outro lado. Outra garota com mais um vestido carmim. Sua coroa de louros cobria o macio cabelo curto e preto, e seus olhos frios cor de água-marinha focavam-se na mão direita de Eureka.

Demônias de Carmim, como Atlas chamava suas guardas.

— Onde está Atlas? — disse Eureka. *Onde está o cadáver de Brooks?*, ela queria perguntar. Estava acostumada à ideia de os dois garotos ocuparem o mesmo corpo. Mas tinha visto seu amigo morrer, e apenas o inimigo restava. Um desejo atroz de matar Atlas tomou conta dela.

— Olhe aqui — disse a segunda garota para a primeira.

Eureka sentiu uma picada de calor, como se a garota estivesse injetando cola quente na ponta de seus dedos. Uma substância azul e reluzente os cobriu. Eureka tocou na camada entre o dedão e o indicador, e um choque atravessou seu corpo, como da vez em que colocara o dedo numa tomada aos 6 anos.

— Não faça isso. — A garota de cabelo escuro separou os dedos de Eureka, passando mais azul por cima do dedão. — Vai doer, mas, quando amanhecer, nós teremos tudo que já desejamos na vida. Ele prometeu. Ele não prometeu, Aida?

— Não devemos falar com ela, Gem — disse Aida.

— Amanhecer. — Eureka repetiu a palavra atlante de quatro sílabas. Tentou virar a cabeça para a janela para ter ideia da hora, mas um vestido carmim lhe bloqueou a visão.

— Se ele descobrir que você está conversando com a...

— Ele não vai descobrir. — Gem fulminou a companheira com o olhar.

— Então pare de conversar com ela. — Aida virou-se na direção da escrivaninha do lado esquerdo do quarto, que ficava exatamente na mesma posição da escrivaninha idêntica de Eureka no quarto de sua casa.

— Quero ver Atlas. — Eureka contorceu-se contra as algemas.

O que aconteceria no amanhecer? Como ela destruiria aquelas garotas e se libertaria antes dele? Fechou os olhos e canalizou seu Incrível Hulk interior, mestre de transformar raiva em força. Desejou que a cômoda espelhada se transformasse em mil adagas rodopiantes de vidro, cortando carne, fazendo carmim escorrer por cima de carmim. Mas e depois? Como encontraria Atlas?

Em Lafayette, teria escapado pela janela do quarto e depois pelos braços do carvalho logo abaixo. Mas, quando Gem se moveu e Eureka conseguiu enxergar a janela, não havia nenhum carvalho estendendo-se em sua direção. O sol entrava no quarto. A luz parecia cansada com os últimos raios da tarde.

Estavam num local bem alto, a milhares de andares do chão. Tetos dourados e prateados reluziam mais abaixo, e depois deles anéis de água e de terra levavam ao oceano, que corria para dentro de um horizonte no limite do que quer que restasse do mundo.

— Me conte o que vai acontecer no amanhecer — disse Eureka.

Gem estava ao lado de Aida na escrivaninha.

— Deixe que faço o peitoral.

Enquanto Gem se estendia por cima da superfície da escrivaninha, algo estranho aconteceu com a mão da garota. Ela ficou embaçada como se tivesse passado para trás de um vidro fosco, mas apenas por um momento. A mão de Gem voltou a ficar nítida e estava segurando um pedaço de tecido sedoso, do mesmo tom de azul brilhante do que quer que estivesse cobrindo os dedos de Eureka. Ela achou que tinha visto um relâmpago se acender em seu centro.

— Desabotoe a roupa dela — disse Gem.

Um ar frio pressionou a pele de Eureka enquanto os dedos de Aida subiam por baixo de sua camisa. Então uma sensação parecida com nostalgia tomou conta dela enquanto o quadrado azul era colocado em cima de seu peito. Com seu peso e seu calor, ele lembrava-a de como ela se sentia ao ver vídeos de Diana no laptop.

Sua respiração ficou superficial quando Gem alisou o peitoral por cima de seu peito. O dedo de Aida percorreu a têmpora direita de Eureka, depois sua testa e sua têmpora esquerda, e Eureka entendeu que, enquanto estava inconsciente, as garotas tinham prendido uma faixa da substância azul à sua cabeça.

— O fantasmeiro aconselha os indivíduos antes de carregar o manto — disse Gem.

— Você nem conhece o fantasmeiro — falou Aida. — Além do mais, isso é para Atlas. Nada de desperdiçar tempo. Ele quer os lacrimatórios cheios. — Ela fez pressão nos cantos interiores dos olhos de Eureka. Duas formas prateadas e embaçadas fixaram-se logo abaixo de sua visão. Os lacrimatórios. Era para ela chorar dentro deles.

— Não vai dar certo — avisou Eureka.

— Sempre dá certo — disse Gem. Ela moveu-se até um canto com teias onde o quadro de Eureka, o que mostrava Santa Catarina de Siena chorando, estava pendurado. Ela moveu um interruptor que Eureka não conseguia enxergar.

A dor esmagou o corpo de Eureka. Ela foi engolida por uma escuridão absoluta. Arqueou as costas. Sentiu gosto de sangue. A dor dobrou e dobrou mais uma vez.

Quando a dor era total e familiar, pontos de luz forte entraram em sua visão como meteoros aparecendo no céu de suas pálpebras. Um ponto de luz aproximou-se. Um calor ardente encheu seus poros. Então Eureka entrou na luz.

Viu uma mala de estampa floral desbotada perto de uma porta. A luz de uma lâmpada tremulava em algum canto. Suas narinas alargaram-se com o odor de potes de picles quebrados — um cheiro que sempre a lembrava da noite em que seus pais se separaram. Ela viu os pés de Diana em suas galochas rosa e cinza, o cabelo molhado da chuva, os olhos secos de determinação. A porta da frente abriu-se. O relâmpago lá fora era tão real que os ossos de Eureka chacoalharam. A mala estava nas mãos de Diana.

— Mãe! Espere! — Eureka sentiu a parte de trás dos olhos arder. — Você não me ama o suficiente para ficar? — Ela jamais havia feito a pergunta que sempre a atormentava. Tentou se afastar. Era apenas uma lembrança. Uma lembrança de lágrimas se formando antes de ela saber que não devia chorar.

Era tão real. Diana indo embora. Eureka ficando para trás...

— Não!

A luz branca foi arrancada para longe. A dor aguda esfriou, ficando no nível de uma queimadura de terceiro grau. Eureka balançava como um terremoto, chacoalhando as algemas de metal que a prendiam à cama. A imagem residual de Diana ainda estava abandonando seus olhos.

Havia uma silhueta alta parada na porta da réplica do quarto de Eureka. Ele estava com um jaleco longo e prateado, e uma máscara de solda de oricalco com manchas de gordura.

— O fantasmeiro — sussurrou Gem.

Passos aproximaram-se da cama. Mãos cobertas por luvas prateadas afastaram os lacrimatórios dos olhos de Eureka. Pelo menos ela não tinha chorado. O fantasmeiro guardou-os em um bolso prateado.

Ele removeu o peitoral do corpo de Eureka sem dizer nada. Tirou o material azul dos dedos e testa dela. Eureka aguentou a dor silenciosamente e ficou observando a superfície reluzente da máscara do fantasmeiro. Queria ver o rosto por baixo do oricalco.

Primorosamente, o fantasmeiro teceu os fragmentos do material azul em um único fio longo, formando uma faixa azul, larga e reluzente. Então ele a enrolou sete vezes ao redor do punho e usou a outra mão para dar um nó. Um raio lampejou no tecido. Eureka perguntou-se como teria sido a aparência daquilo na própria pele.

— Aproximem-se, garotas — ecoou uma voz mordaz de dentro da máscara.

Gem e Aida estavam tentando sair sorrateiramente pela porta. Elas viraram-se e foram lentamente na direção do fantasmeiro.

— Atlas ordenou que isso fosse feito? — perguntou o fantasmeiro.

Eureka percebeu um ceceio bem sutil.

— Sim — disse Aida. — Ele...

— Você vai pagar pelo erro dele.

— Mas... — Aida começou a tremer enquanto o fantasmeiro removia a máscara.

Uma crina longa e lustrosa de cabelo preto caiu de dentro dela, deixando à mostra uma pele pálida decorada por uma constelação deslumbrante de sardas. Olhos pretos e redondos observavam por entre uma densa cortina de cílios.

O fantasmeiro era uma adolescente.

O fantasmeiro era Delfine — a ancestral bem distante de Eureka, origem da Linhagem da Lágrima e do lado negro de Eureka.

A fantasmeira inclinou-se para a frente e beijou Aida na bochecha. Quando seus lábios encontraram-se com a pele de Aida, uma faísca passou entre eles. Um cheiro de queimado ardeu nas narinas de Eureka, e os olhos da garota se encheram de lágrimas. Aida caiu no chão. Começou a chorar. Rolou para a frente e para trás, perdida num sofrimento repentino, num buraco negro aberto por um beijo.

Os tremores de Aida diminuíram gradualmente. Seus soluços acalmaram-se. Seu choro final foi interrompido, deixando no ar uma sensação de desespero incompleto. Ela caiu com o rosto no chão. O colar de lágrima roubado tiniu ao atingi-lo.

Os lábios vermelhos de Delfine aproximaram-se aos poucos da outra Demônia. Gem virou-se e saiu do quarto correndo. A fantasmeira disparou atrás dela e trouxe a garota de volta num instante. Sua mão enluvada agarrava o pescoço de Gem.

Os lábios de Gem tremiam.

— Por favor.

Centímetros separavam as peles das duas. Delfine fez bico e parou.

— Você já trabalhou para mim antes.

— Sim — sussurrou Gem.

— Eu gostava de você?

— Sim.

— É por isso que Atlas a escolheu para me trair.

A garota não disse nada. Delfine abaixou-se com rapidez, ergueu o cadáver de Aida e o empurrou bruscamente para os braços de Gem.

— Mostre a Atlas o que acontece quando ele me contraria.

Gem cambaleou com o peso de Aida e fugiu pelo corredor.

Eureka e a fantasmeira estavam a sós. Ela virou-se na direção da cama.

— Olá. — A voz de Delfine estava mais suave. Ela mudara do atlante para o inglês. Estava evitando o olhar de Eureka, olhando para as colunas da cama, para a escrivaninha, para a cadeira de balanço. — Isso deve estar distraindo você.

Com um movimento de sua mão ao longo da parede, os móveis familiares desapareceram. O quarto estava cinza e sem nada. A cama em que Eureka deitava transformara-se numa cama dobrável.

— Ele encomenda hologramas convincentes — disse Delfine —, mas Atlas não entende o horror que é a nostalgia. Nenhuma pessoa sábia fica pensando em como era antes. — Ela serviu água de uma jarra num cálice que cintilava como uma estrela. — Está com sede?

Eureka estava desesperada para tomar alguma coisa, mas afastou o queixo bruscamente. A água derramou em seu peito.

Delfine pôs o cálice no lugar.

— Sabe quem sou?

Eureka olhou nos olhos escuros de Delfine e, por um instante, enxergou sua mãe. Só por um instante, quis ser abraçada.

— Você é a vilã — disse ela.

Delfine sorriu.

— Isso com certeza sou, e você também. Agora formamos um time. Peço desculpas pelo manto de relâmpago. Quando o criei — ela alisou a faixa azul no pulso —, nunca imaginei que seria usado em você.

— O que ele faz? — Eureka sentiu que ainda veria o manto de relâmpago. Quando mais entendesse, mais seria capaz de resistir.

— Ele é feito com meu sofrimento, de maneira tão pura e profunda que se conecta a todo o sofrimento das pessoas em que encosta. O que você sentiu foi minha dor procurando a sua na luz astral. Se eu não tivesse intercedido, teria sentido cada pingo de angústia que já sentiu e sentiria no futuro. Meu instinto materno diz que cheguei na hora certa. — Delfine tocou na bochecha de Eureka com a mão enluvada. — Dor é poder. Com o tempo, absorvi a dor de milhares de almas agonizantes.

— E Aida?

— Mais uma alma que parou de sofrer, mais um nível em meu arsenal de dor — disse Delfine. — Ela também foi uma mensagem para Atlas. Nós trocamos essas pequenas mensagens ao longo do dia.

— Leve-me até ele — pediu Eureka.

— "Leve-me" é uma frase tão submissa — disse Delfine, esforçando-se demais para disfarçar o ciúme. — É mesmo o que quer? Porque posso dar a você qualquer coisa que quiser, Eureka.

— Por que me ajudaria?

— Porque... — Delfine parecia chocada. — Somos família. — Ela tirou as luvas e apertou a mão de Eureka com seus dedos longos e frios. — Porque eu amo...

— O que quero é impossível.

Delfine estava sentada na beirada da cama e se recuperou da interrupção de Eureka. Abriu um sorriso encantador.

— Isso não existe.

Eureka podia ter pedido para que buscassem em segurança os gêmeos, Cat e Ander, mas, se realmente quisesse aquilo, nunca os teria abandonado. Ela não era mais a protetora deles. Talvez Delfine tivesse razão sobre a pessoa não pensar em quem costumava ser.

— Tudo que precisa fazer é pedir — disse Delfine.

Eureka pediria para ela provar que não estava blefando.

— Quero meu melhor amigo.

*Você realmente o amava mais do que todos os outros*, dissera Atlas. Será que ele tinha razão?

— Então é o que terá — disse Delfine.

— Ele está morto.

Delfine abaixou os lábios na direção dos de Eureka, assim como fizera com Aida. Mas nenhuma centelha surgiu entre eles, apenas o calor dos lábios vermelhos na bochecha direita de Eureka, e depois na esquerda. Diana costumava beijá-la daquele jeito.

Escutou uma série de estalos metálicos enquanto as algemas farpadas eram soltas de seus pulsos, depois de sua cintura e depois dos tornozelos. Delfine deslizou o braço por baixo do pescoço de Eureka e a levantou da cama.

— Apenas a fantasmeira decide quem está morto.

# 28

## A FANTASMEIRA

Delfine guiou Eureka por um túnel feito de recife de coral que tinha cores de joias. Emergiram de uma duna de areia numa praia vazia e deixaram rastros de pegadas conforme caminhavam em direção ao mar. O sol estava rosado e baixo.

*No amanhecer*, dissera Gem. Era o período que Eureka tinha para derrotar Atlas.

Adiante no litoral, rochas roxo-escuras projetavam-se em montanhas pontudas.

— Não é onde você nasceu? — perguntou Eureka para Delfine. — Você foi criada nas montanhas pelas bruxas fofoqueiras.

Àquela altura, Esme e as outras já deviam estar de volta ao lar. Eureka imaginou Peggy pousando num dos penhascos, e uma dúzia de bruxas alegres deslizando de suas asas. Depois de todos aqueles anos e de tudo que tinham visto, será que ficariam satisfeitas ao retornarem para casa?

Delfine encarava o horizonte azul.

— Quem disse?

— Selene. *O livro do amor.*

Eureka tateou em busca da bolsa e percebeu que, claro, tinha desaparecido, roubada pelas Demônias, assim como sua lágrima de cristal. Estava desprovida de tudo que a fortalecia.

Era melhor daquele jeito. A raiva a fortalecia, assim como a dor dos outros fortalecia Delfine.

— Esqueça esse conto de fadas tolo — disse Delfine. — Nosso futuro é mais promissor.

À frente, uma enorme onda subia pela água. Curvava-se como o braço de um gigante nadando na direção do litoral. Eureka preparou-se para a destruição, mas no local em que a onda animalesca ia quebrar — em que sua crista de espuma ficava a centímetros da costa —, ela desafiava a gravidade e as marés e seja lá qual fosse a lua que ainda orbitava no céu. Ela ficava pendurada, no limite, como se tivesse sido capturada numa foto.

— O que é aquilo? — perguntou Eureka.

— É minha oficina de ondas.

— Você constrói ondas ali? — Eureka tinha passado a associar ondas traiçoeiras aos Semeadores, mas talvez Delfine estivesse por trás da onda que matara Diana.

Delfine lançou a cabeça para trás.

— Ocasionalmente. Arquiteturalmente. — Ela gesticulou na direção da onda suspensa como se fosse um prédio que desenhara. — Eu me especializo nos mortos e nos moribundos. É por isso que me chamam de fantasmeira. Meu campo de trabalho é amplo, pois todas as coisas anseiam pela morte.

Ela levou Eureka pela costa até as duas ficarem de frente para a onda suspensa. Sua depressão parecia escura e cavernosa, como um cômodo com chão de areia e paredes curvas de água. Um oval de luz fraca brilhava na extremidade oposta.

— Esperei uma eternidade para trazê-la até aqui — disse Delfine.

Eureka perguntou-se o que ela queria dizer com aquilo e que mentira Eureka representava para Delfine. Pensou em Delfine absorvendo a dor de todos que tinha torturado. Sabia que a dor não tinha pressa. Após a morte de Diana, os minutos duravam milênios.

— Entre — disse Delfine. — Veja onde faço meu trabalho mais importante.

Eureka observou a onda, procurando a armadilha.

— Não se preocupe — disse Delfine. — Esta onda parece estar nas últimas, como se estivesse prestes a se juntar ao mar que a criou. Mas posso mantê-la suspensa para sempre. Você vai ver quando entrarmos.

O movimento da onda tinha de alguma maneira parado, mas, quando Eureka tocou na parede de água, seus dedos machucaram-se na torrente inesperada que se agitava dentro dela. Aproximou-se de Delfine e entrou na onda suspensa. O oceano cercava-as como uma concha envolvendo duas pérolas negras.

Havia música tocando em algum lugar. Eureka ficou arrepiada ao reconhecê-la — era a mesma música que Polaris, o pássaro de Madame Blavatsky, cantara à sua janela em Lafayette.

A areia úmida iluminava os pés de Eureka à medida que entrava no espaço oblongo que a onda criara. Quando chegou ao centro da oficina de ondas, o chão brilhava com uma luz dourada reluzente.

Não estavam sozinhas. Havia quatro garotos de costas para Eureka. Estavam despidos, e o impulso de encará-los era forte. Nas costas de cada um havia cicatrizes de lacerações. O reflexo prateado sutil de suas peles era familiar. Eram robôs fantasmas, como Ovídio, receptáculos para a União de Atlas.

Duas das máquinas usavam pás para lançar uma substância cinza farelenta de uma pequena pilha de escória para um poço reluzente na extremidade oposta da onda suspensa. Os outros dois robôs discutiam. Não falavam nem inglês nem atlante. Parecia que cada um falava uma língua diferente. Um deles argumentou em um idioma que Eureka achou parecido com holandês, depois mudou para o espanhol para duvidar de si mesmo e concluiu no que devia ser cantonês. Os outros responderam em línguas que ela imaginou que deviam ser árabe, russo, português e mais uma dúzia de línguas irreconhecíveis. Eles falavam com um tom de voz que Eureka costumava ouvir logo antes de alguma briga estourar em Wade's Hole. Ela olhou para Delfine, que tinha um sorriso frágil nos lábios.

Ela lembrou-se do fantasma do pai brigando com o fantasma de Seyma e, depois, dos fantasmas dos Semeadores dentro de Ovídio. Tinha sido um caos: identidades múltiplas lutando para assumir um corpo robótico. Solon dissera que aquelas máquinas tinham sido construídas para acomodar muitos milhões de almas. Eureka perguntou-se quantos fantasmas já havia dentro daqueles garotos prateados.

Um dos robôs que discutia segurava o que parecia ser uma folha de água. Era um mapa — ou o reflexo de um mapa. Pairava entre suas mãos como se fosse papel e parecia ser composto apenas de diferentes tons de azul.

Ele apontou para o centro e disse com um sotaque *cockney*:

— Eurásia até o amanhecer, né?

Os olhos de Eureka ajustaram-se para compreender o mapa. Os litorais ainda pareciam estranhos, mas o formato turquesa das montanhas turcas que ela e Ander escalaram para chegar à Nuvem Amarga apareceu no centro. Permitiu-se pensar nos entes queridos por um instante. Se a Eurásia ainda estava em questão, será que poderiam ter sobrevivido ao Despertar?

— Ander — sussurrou ela.

Um dos robôs virou-se bruscamente. No seu rosto delgado de oricalco havia a expressão severa de uma mulher de meia-idade, mas só durou um instante. Ele metamorfoseou-se rapidamente em feições furiosas e abatidas de um jovem que estava prestes a perder a paciência. Cerrou o punho.

Eureka também.

Delfine posicionou-se entre os dois e pôs as mãos frias nos ombros de Eureka.

— Lucrécio — disse ela em atlante. — Esta é minha filha.

As feições de Lucrécio mudaram mais uma vez, transformando-se nas de um homem avuncular. Pelos prateados brotaram de seu queixo.

— Oi, Eureka.

— Não sou filha dela.

— Não seja tola. — A massagem forte de Delfine parecia gelo na nuca de Eureka. — Já contei sobre você para todo mundo.

— O que eles estão fazendo? — Eureka gesticulou para os outros dois robôs, que ainda não tinham desviado o olhar do poço reluzente.

— Não vejo a hora de lhe mostrar — disse Delfine, puxando Eureka para mais perto.

— Espere.

Além do poço reluzente, perto de onde a crista da onda suspensa pairava acima do litoral, mais cinco robôs dormiam em espreguiçadeiras sob um enorme guarda-sol.

— Aqueles robôs ainda estão sendo unidos — disse Delfine. — Logo vão ficar vivos com as experiências de centenas de milhões de almas.

Eureka soltou-se de Delfine e subiu num monte de areia em direção aos robôs adormecidos. Os sons do oceano fluíam acima dela, mas as paredes de água da oficina de ondas continuaram firmes.

Nuvens de luz aglomeravam-se ao redor da pele dos robôs. Ela sabia que aquela aura era composta de fantasmas, que toda a energia fluindo para dentro das máquinas era de alguém que ela matara.

— O que acontece quando eles forem unidos?

— É então que acontecem os espancamentos — disse Delfine.

Eureka olhou para as cicatrizes nas costas dos robôs acordados que estudavam os mapas.

— Eles não acordam da União já sendo obedientes — disse Delfine. — Não com todos aqueles fantasmas determinados competindo lá dentro.

Ela estendeu o braço para pegar um chicote prateado numa mesa prateada perto dos robôs adormecidos. Uma água-viva azul contorcia-se na extremidade. Ela passou o chicote para Eureka. Era tão leve quanto um fantasma.

— Na minha mão, esse chicote causa feridas profundas de dor de transformação. Treino meus robôs para que deixem apenas os atributos eficientes e úteis virem à tona. Isso permite que meus garotos desempenhem muitos milhões de tarefas, sem nenhuma ameaça de rebelião. — Delfine parou e virou o rosto de Eureka para si. — Esse trabalho está em seu sangue e em suas lágrimas. Está entendendo?

Eureka sentiu repulsa, mas estava envergonhadamente intrigada.

— Que tipo de tarefas?

— Qualquer coisa. Tudo. Secar o mundo que você afogou, pavimentar estradas, plantar, massacrar vagabundos, curar doenças, erguer um império deslumbrante que cobre o globo inteiro. — Delfine apontou para as auras resplandecentes dos robôs. — Veja as possibilidades fluindo para dentro deles.

Pequenas imagens reluziam ao redor das máquinas: dedos escrevendo uma carta, uma bota cunhando uma pá no solo, um monitor de computador cheio de códigos complicados, as pernas de um corredor atravessando uma pradaria dourada. Assim que Eureka reconhecia a imagem, ela desaparecia dentro do seu robô, que assimilava a aquisição contraindo o músculo ou com um tique facial, como se estivesse tendo um pesadelo.

Os olhos de um robô abriram-se. Delfine pôs dois dedos na reentrância em formato de infinito no pescoço dele e girou no sentido horário, assim como Solon demonstrara na Nuvem Amarga.

— Volte a dormir, bichinho de estimação. Sonhe...

Eureka devia ter se sentido horrorizada, mas havia algo tentador na ideia de poupar os conhecimentos, as lembranças ou as experiências mais essenciais de uma alma — e fazer uma lobotomia no resto. Queria ter feito aquilo consigo mesma após a morte de Diana.

Não que Eureka estivesse reconhecendo os mortos que se uniam aos robôs. Não tinha visto na aura dos robôs as mãos do irmão fazendo um truque de mágica nem Cat resolvendo uma equação de cálculo.

— Depois dos espancamentos — explicou Delfine com um sorriso —, entrego os robôs fantasmas para Atlas. O objetivo dele sempre foi disseminá-los pelo mundo afogado. Ele vai fazer o trabalho sujo por nós. Tudo que eu e você precisamos fazer é esperar.

— Esperar o quê?

— A oportunidade de virar tudo contra ele.

Delfine levou Eureka até um espelho alto no centro da oficina de ondas. Era feito de uma água que ondulava suavemente. Eureka não queria olhar, mas a tentação era forte demais. Um frio agarrou seu estômago quando o reflexo deslumbrante de Delfine surgiu onde devia ver o seu próprio. Ao olhar para o espaço na frente de Delfine, o próprio rosto de Eureka sorriu de volta sombriamente.

— O mundo será nosso, Eureka. — A voz dela parecia exatamente a de Diana. Eureka fechou os olhos, aproximando-se de sua ancestral sombria e sedutora.

— Você vai se livrar de Atlas? — perguntou ela, lentamente.

— Destruir, destituir, despachar desta vida... ainda não decidi qual soa melhor. Mas... assuntos práticos antes da poesia. Talvez saiba que um de meus robôs foi roubado e nunca voltou. Esta noite vou criar o substituto de Ovídio. Gostaria de ajudar?

*O livro do amor* dizia que Selene e Leandro tinham escapado de Atlântida com Ovídio e a garotinha dentro do navio. Mas aquilo tinha sido muito tempo atrás.

— Se o robô pode ser substituído — perguntou ela —, por que isso já não foi feito há muito tempo?

Pela primeira vez, Delfine olhou para ela com frieza. Eureka ficou sem ar.

— Ele não pode simplesmente *ser* substituído como um amante — disse Delfine. — Meus robôs precisam dos materiais mais obscuros para existir. Mas isso não estava no livro, não é? Nem seu destino após a enchente. Selene deixou de contar tudo isso também. Você não sabe como foi a Desdita, como ficamos estagnados por milênios debaixo do oceano. Apenas nossas mentes conseguiam se mexer. Tente imaginar a insanidade que fica fermentando dentro daqueles que precisam aguentar tamanha impotência. Todos os atlantes sofreram, tudo porque ele se atreveu a partir meu coração.

— Leandro.

— *Nunca diga o nome dele* — repetiu Delfine a regra de Atlas. Eureka agora se perguntava se aquela regra não seria da fantasmeira. Será que era ela a origem de toda a perversidade atlante?

Delfine alisou o cabelo. Inspirou profundamente.

— Não temos muito tempo. O substituto precisa estar pronto a tempo de capturar os fantasmas finais.

— Quantas almas ainda estão vivas? — perguntou Eureka.

— 73.012.806 — disse o robô Lucrécio.

— Preciso terminar antes do amanhecer. — Delfine gesticulou na direção da extremidade oposta da onda, na qual não restava nenhuma nuança do amanhecer no céu. — Quando a luz da manhã estiver centrada ali, nossos fantasmas sem casa vão encontrar abrigo.

Ela sentou-se numa roda de oleiro que já estava girando. Atrás dela, perto das costas arqueadas da onda, um tear alto e dourado deixava à mostra um quadrado semitrançado de um tecido azul reluzente. Um clarão de relâmpago surgiu nele: mais uma parte do sofrimento de Delfine.

— Gilgamés — chamou Delfine. — Mais oricalco.

Um dos robôs levou a pá para dentro do poço e pegou uma enorme massa vermelha e brilhante. Enquanto a carregava para Delfine, a massa esfriou no ar úmido até ficar do tom prateado do oricalco. Ele colocou-a na roda de Delfine.

Os pés descalços dela moviam o pedal, fazendo a placa girar mais rapidamente. O ritmo da música que tocava na oficina de ondas ficou mais acelerado. Era melancólica e bonita, composta apenas de acordes menores.

— Esta roda gera a música que impede a oficina de ondas de se desfazer — disse Delfine. — Temos de dar corda com frequência, como um relógio.

Enquanto suas mãos deslizavam pela massa ardente de oricalco, ele chiava e amolecia até adquirir consistência de argila. Uma panturrilha musculosa começou a ser formada.

— Você está esculpindo o robô — disse Eureka.

Delfine fez que sim com a cabeça.

— Você conhece a origem do oricalco?

Eureka sabia que o lacrimatório, a âncora, a caixa de artemísia, a lança e a bainha que Ander pegara com os Semeadores e Ovídio eram tudo que existia de oricalco no Mundo Desperto.

— Sei que é precioso.

— Mas não sabe por quê? — perguntou Delfine.

— As coisas são preciosas quando são difíceis de encontrar — disse Eureka.

Aquilo fez Delfine sorrir.

— Muito tempo atrás, comecei um experimento: moí a carne e os ossos das minhas conquistas até que virassem um fino pó. Acrescentei

calor e uma enzima gelatinosa da Cnidária, vocês a chamam de água-
-viva, enquanto ela ainda estava na fase de medusa. Assim como o olhar
de minha amiga com cabelo de cobras, a enzima da medusa transforma
o pó de um cadáver comum no elemento mais durável e encantador do
mundo. — Ela acariciou a perna de oricalco na roda. — E eu o transfor-
mo no que quiser. Tenho extraído oricalco dessa maneira desde antes de
Atlântida afundar. As conquistas empíricas de Atlas costumavam prover
os corpos. E agora suas lágrimas forneceram uma quantidade infinita de
meu material de trabalho. No amanhecer, só o que vai faltar fazer é con-
verter os vivos em fantasmas.

— O que vai acontecer no amanhecer? — perguntou Eureka casualmente, apesar de querer gritar.

— Os sobreviventes estão preparando arcas. Uma comunidade na
Turquia prevê uma enchente há muito tempo. Talvez os conheça, não?
Os vivos estão indo para lá de todas as partes do mundo para embarcar
nos navios deles. É possível vê-los pelo mapa d'água. É conveniente,
pois vão reunir todas as almas vivas em um único lugar. Precisamos providenciar o apocalipse final antes que eles se espalhem novamente pelos
mares.

Eureka olhou nos olhos de Delfine. Eles eram tão escuros que ela
conseguia enxergar o próprio rosto refletido neles.

— É por isso que Atlas quer mais lágrimas.

— Sim. — Delfine gesticulou por cima do ombro, iluminando o espaço ao seu redor. O que parecia uma mistura de uma catapulta medieval
com um lançador de foguetes futurista ficou nítido. — Meus outros canhões ficam no depósito de armas de Atlas, mas mantenho este modelo
antigo aqui. — Ela levantou-se da roda, ergueu a portinhola do canhão
e tirou um globo de cristal do tamanho de uma palma. — Um único
cartucho de cristal, armado com uma de suas lágrimas, causará danos
equivalentes ao de 36 bombas atômicas de seu mundo.

— Mas não vou chorar — disse Eureka.

— Claro que vai. — Delfine devolveu com cuidado o globo de cristal
ao canhão. — Está confusa por causa do erro de Atlas com o manto de
relâmpago. Mas ninguém vai machucá-la... nunca mais. — Ela acariciou

o cabelo de Eureka. — Todos precisamos fazer sacrifícios. Suas lágrimas são sua contribuição, mas você pode escolher o que vai causá-las.

— Não.

— Com certeza você tem motivos suficientes para chorar. — Delfine inclinou a cabeça. — Não perdeu seu grande amor bem recentemente? Lembre-se de que sei o que está sentindo. Também já tive o coração partido.

Mas será que tinha sido o coração partido de Delfine que afundara Atlântida — ou o orgulho, a vergonha e o sofrimento de perder a filha? Será que as histórias da Linhagem da Lágrima e de Eureka eram mesmo tão paralelas quanto Delfine queria que Eureka acreditasse? Será que Delfine também tivera uma Cat, um pai e irmãos que a amavam tão cegamente? Eureka achava que não.

E Ander. Ele não tinha nada a ver com Leandro. Era um garoto que não merecera nem um pouco do sofrimento terrível de sua vida. Ele amava Eureka por causa do coração dele, não por causa de seu destino. Pensar nele fez Eureka voltar-se para dentro, para trás, para o instante em que ela o viu pela primeira vez naquela estrada empoeirada perto de New Iberia. Ele mostrara a ela que o amor era possível, mesmo após uma perda capaz de destruir corações.

— Você sabe onde ele está — afirmou Eureka. Se pelo menos Ander, os gêmeos e Cat pudessem ser poupados...

— Não se preocupe com o que podia ter acontecido — disse Delfine. — Apenas com o que a destruiu. O amor nos deixa aleijados. Ter o coração partido nos devolve nossas pernas.

— Então por que está com Atlas? — perguntou Eureka antes que conseguisse se conter.

— Com Atlas? — perguntou Delfine. — Como assim?

— A maneira como fala sobre ele, mandando bilhetes um para o outro. — Eureka fez uma pausa. — Suas lágrimas têm a mesma força que as minhas. Elas podem encher os canhões, mas ele não quer que você sinta a dor de derramá-las. É porque ele a ama. Não é?

Delfine curvou-se de tanto rir. Era um som frio, um vento de inverno.

— Atlas é incapaz de amar. O coração dele está desafinado para o amor.

— Então por que...

— Seu problema é que você tem vergonha — disse Delfine. — A paixão que sinto pelo meu poder é maior que a que eu seria capaz de sentir por algum garoto. Você também precisa aceitar seu lado negro.

Eureka percebeu que estava fazendo sim com a cabeça. Ela e Delfine imaginavam destinos diferentes para Eureka, mas talvez, apenas por um momento, os caminhos das duas se encontrassem.

Delfine enxugou a umidade do mar do rosto.

— Sabia que eu tive 36 filhas da Linhagem da Lágrima? Amei todas elas. As cruéis, as tímidas, as dramáticas, as simples... mas você é minha preferida. A sombria. Sabia que seria você que nos reuniria.

Havia uma adoração infinita na voz de Delfine que lembrava Eureka a maneira como Diana falava com ela. Em alguns momentos, aquilo fizera Eureka se afastar do amor de Diana. Era o tipo de amor que Eureka achava que nunca compreenderia. Talvez Delfine não estivesse mentindo quando disse que faria qualquer favor para Eureka.

— O que você disse antes, sobre decidir quem realmente está morto...

Delfine assentiu com a cabeça.

— O destino de seu amigo Brooks. Atlas me contou sobre ele.

— Você pode trazê-lo de volta?

— Isso vai deixá-la feliz?

— Então você pode trazer todas estas pessoas de volta. — Eureka apontou para os fantasmas se unindo às máquinas. — Você pode impedir que os cadáveres sejam transformados em armas e trazê-los de volta à vida.

Delfine franziu a testa.

— Imagino que sim.

— Como? — perguntou Eureka.

— Se está perguntando quais são os limites de meus poderes, ainda não sei. — Delfine uniu as mãos debaixo do queixo. — Mas acho que está perguntando o que *vou* fazer. Estes fantasmas têm um propósito mais relevante. Prometo que não vai sentir falta deles quando se forem. Mas... — Ela sorriu. — Nosso exército pode poupar um deles. Mesmo que seja alguém forte. Presumindo que ele não tenha sido pulverizado. Pode ficar com seu Brooks, com uma condição.

— Diga.

— Você nunca vai me abandonar. — Delfine abraçou Eureka fortemente. — Esperei tempo demais para abraçá-la. Diga que nunca vai me deixar. — E depois, sussurrou: — Me chame de mãe.

— O quê?

— Posso dar a você o que quiser.

Eureka olhou para a onda suspensa acima de si e viu nela a onda que matara Diana, a onda que lhe roubara Brooks. Um instinto surgiu repentinamente em seu interior: ela não entendia o motivo, mas sabia que se pudesse ter Brooks de volta de alguma maneira conseguiria consertar as coisas.

Ela abriu um caminho no coração doentio e entrou num espaço negro onde Diana nunca tinha existido e nenhum motivo para sentir algo quando dissesse a palavra:

— Mãe.

— Sim! Continue!

Eureka engoliu em seco.

— Nunca vou abandoná-la.

— Você me deixou tão... feliz. — Os ombros de Delfine tremiam enquanto se afastava. Uma única lágrima brilhava no canto do olho esquerdo da garota. — O que está prestes a acontecer, o que vou fazer por você, Eureka, nunca pode contar a ninguém. Precisa ser nosso segredo especial.

Eureka concordou com a cabeça.

Delfine deu um passo para trás e piscou. A lágrima deixou seu olho e caiu.

Quando atingiu a areia, Eureka sentiu aquilo bem em seu interior. Viu a terra se dividir enquanto um único narciso branco brotava da areia. Crescia rapidamente, subindo vários metros, transformando-se em mais flores, desabrochando infinitas vezes, até a planta ficar mais alta e larga que Eureka.

Então, lentamente, a flor transformou-se numa silhueta. Num corpo. Num rapaz.

Brooks piscou, chocado por estar na frente de Eureka. Seu cabelo estava longo e indomável. Vestia bermuda jeans, moletom verde da Tulane, o antigo boné do exército do pai — as mesmas roupas que usava no último dia em que velejaram juntos em Cypremort Point. Ele ficou com a pele arrepiada, e Eureka soube que era real. Ele olhou para as próprias mãos, para a onda suspensa, para os olhos de Eureka. Tocou no próprio rosto.

— Não sabia que os mortos sonhavam. — Ele olhou para Delfine, que andou até os dois. — Maya?

— Pode me chamar de fantasmeira? — Delfine fez uma pequena mesura.

Brooks ficou boquiaberto, e Eureka perguntou-se como ele teria sentido Delfine do outro lado. Seus olhos estavam um tanto sombrios, fazendo Eureka se sentir menos sozinha.

— Eu decido quem está morto e quem não está — disse Delfine. — E você não está.

Eureka lançou os braços ao redor de Brooks. Ele tinha o cheiro do antigo Brooks e falava como o antigo Brooks e abraçou-a como só Brooks a abraçava. Apesar de ter sido enganada antes, ela sabia que aquilo era real.

— Eureka — sussurrou ele com uma voz que a deixou completamente arrepiada. — A culpa é minha. Não consegui subir, então ele me possuiu. Agora não existe saída.

— Não se preocupe — sussurrou ela, confusa com o que ele queria dizer com subir. — Agora que está aqui, eu faço isso. Preciso fazer isso.

Ela o sentiu balançar a cabeça contra seu ombro.

— O que quer que aconteça... — Ele afastou-se para olhá-la nos olhos. — Eu amo você. Era para ter dito isso há muito tempo. Era para ter sido a única coisa que eu disse na vida.

— E eu amo...

— Você pode brincar com ele quando o sol nascer. — Delfine enfiou a mão entre os corpos dos dois. — Deixo até você usar o chicote. Mas até lá temos trabalho a fazer.

Os olhos de Eureka imploraram para que Brooks contasse o que sabia e onde estivera, mas uma cachoeira surgiu ao redor dele, como uma gaiola suspensa no ar. Ela não conseguia mais vê-lo.

— Eureka!

Delfine voltou para a roda de oleiro e fingiu que não estava escutando o grito de Brooks.

Eureka pressionou as mãos na cachoeira, que a encharcou. Através dela, conseguia sentir o ombro de Brooks, depois seu rosto. Perguntou-se porque não conseguia sentir os braços dele tentando alcançá-la.

— Fique comigo.

— Ele não vai a lugar algum — disse Delfine. — Pode confiar em mim. Agora você precisa provar que posso confiar em você.

— Delfine? — Uma cabeça de cabelo ruivo pairava na entrada da oficina de ondas. Atlas não parecia nada feliz.

# 29

## O ENTE QUERIDO

— Imaginei que estaria trabalhando quando Eureka chegasse — disse Atlas, entrando na oficina de ondas.

A luz dourada que iluminara os passos de Eureka ficava vermelha à medida que ele se aproximava. Delfine não tirou o olhar da roda. Pedalava lentamente, desacelerando cada nota da estranha música.

— Você disse que não era para interrompê-la. — Atlas afastou o cabelo escuro de Delfine para o lado e apoiou a mão em seu ombro.

Delfine olhou para Eureka, mas não estava prestando atenção nela.

— Você disse que não a machucaria.

— Se tem algum arranhão no corpo dela, pode me mostrar. — Atlas aproximou-se de Eureka e andou ao redor dela, parecendo não perceber os cortes em seu punho e a camisa ensanguentada na área onde a algema com pregos prendera sua cintura. Ela sentiu sua respiração quente no pescoço. Os olhos dele moviam-se por sua pele como aranhas. — Ela está intacta.

Eureka imaginou-se virando para ele, torcendo seu pescoço até suas artérias estourarem e o fogo em seus olhos esfriar. Visualizou os vívidos detalhes do assassinato, desde o gorgolejar forçado de sua garganta ao baque ridículo do corpo na areia. Mas queria mais que a aniquilação de

Atlas. Precisava roubar o que ele ganhara com as lágrimas dela. Precisava desfazer a União, e ainda não sabia como.

— Você usou meu relâmpago nela — disse Delfine. — Existem feridas mais profundas que arranhões. — Ela voltou a prestar atenção na rótula de oricalco que seus dedos longos moldavam. — Ela precisa chorar do jeito dela.

— Ela se recusou — disse Atlas.

Havia bastante tensão nas palavras deles. Eureka lembrou-se das brigas iniciais de seus pais. A lembrança de Diana indo embora voltou; a camisola fazendo cócegas nos seus tornozelos... a tempestade lá fora e dentro... o tapa eterno no rosto, assombrando-a.

— E continuo me recusando — disse Eureka.

Delfine estendeu o braço na direção da mão de Atlas, segurando-o antes que ele atacasse Eureka. Ela alisou os pelos ruivos e grossos no antebraço dele.

— Dê mais tempo a ela.

— Tempo. — Uma pitada de sarcasmo entrou na voz de Atlas enquanto ele olhava para a onda na direção do olho negro do céu. — O único luxo que não temos.

— Sinto que elas estão se formando dentro dela — disse Delfine. — Elas virão antes do amanhecer.

Atlas abaixou a cabeça.

— Já fui punido. De agora em diante, nenhum mal vai ser feito a ela enquanto estiver comigo.

— De agora em diante, ela vai ficar comigo — corrigiu Delfine.

— Você tem trabalho a fazer — disse Atlas. — Deixe que cuido de Eureka hoje. Tenho algo para ela, uma surpresa.

De dentro de sua prisão de cachoeira, Brooks berrou violentamente.

— Quem está na gaiola hoje? — perguntou Atlas com um gesto de cabeça.

O olhar de Delfine registrou o de Eureka antes que ela respondesse:

— Um garoto com quem vou brincar mais tarde.

— Você sempre gostou de irritá-los antes — disse Atlas. Eureka não sabia se ele estava enciumado ou se divertindo.

— Vou destruir você! — gritou Brooks, a voz abafada pelo som da cachoeira.

— Ah, esse daí vai ser divertido. — Atlas deu uma risadinha.

Eureka rangeu os dentes. A risada de Atlas fez suas mãos ficarem loucas para matar. Analisou suas opções. Defender o amigo agora e perder — ou ir com calma?

Atlas aproximou-se de Brooks, analisando a gaiola de cachoeira. Então sua mão mergulhou dentro dela. A barreira curvou-se flexivelmente ao redor do seu punho, como se estivesse deixando Atlas golpear a barriga de Brooks, apesar de Eureka não conseguir enxergar o amigo atrás da cachoeira. Quando Brooks berrou, Eureka sentiu a dor dele na própria barriga, como se fossem gêmeos.

Então ouviram um ruído surdo, como um martelo batendo num bloco de gelo. Sabia que Brooks tinha tentado revidar, mas seu punho não conseguia atravessar a água. A gaiola não funcionava daquele jeito.

— Isso era mesmo necessário? — perguntou Delfine, entediada.

Os braços de Eureka queriam cercar a cachoeira, acalentar Brooks. Mas não podia demonstrar nada, senão Atlas adivinharia quem estava lá dentro.

Agora ele estava parado na frente dela, com os hipnotizantes olhos de sequoia e dentes brancos afiados. Ele tocou numa mecha do cabelo molhado dela.

— Tenho um presente para você, Eureka. Um pedido de desculpas pelo que você passou com o relâmpago. Com a permissão de Delfine, quero levá-la até ele.

— Você não tem coisa alguma que eu queira.

— Talvez eu não tenha *coisa* alguma. Talvez eu tenha uma *pessoa*.

— Que maldade está aprontando? — Delfine olhou para cima. O ritmo da música acelerou e Eureka ficou com medo.

Atlas balançou a cabeça e deslizou o braço ao redor da cintura de Eureka enquanto a levava até a saída da onda.

— Quero ver admiração em seu rosto.

— Incrível, não é?

Atlas parou no meio da segunda ponte que cruzavam desde que tinham saído da oficina de ondas. Em cada entrada, duas estátuas gigantes parecidas com ele sacavam longas espadas prateadas uma contra a outra.

Quando vazias, as duas pontes ficavam baixas por cima dos amplos fossos, mas, quando havia alguém, elas subiam e viravam arcos altíssimos, proporcionando vistas espetaculares da cidade à frente.

— Posso proporcionar uma bela vida para você, Eureka — disse Atlas. — Você sempre quis algo mais extraordinário que o bayou, não foi? Se me ajudar, vou recebê-la muito bem aqui. O custo é mínimo, a recompensa é infinita.

A lua quase cheia estava alta no horizonte de Atlântida, que brilhava como uma galáxia feita em forma de prédios. Tinham formato de montanhas-russas, com piscinas cor de joias descendo dos tetos. Parques brotavam nas fendas da cidade, e uma flora impressionante crescia com tanta rapidez que a topografia não parava de mudar. Os trens de transporte nadavam pelo céu. Atrás deles, as Montanhas das Bruxas Fofoqueiras despontavam de forma incisiva.

— Já vivi em cem corpos diferentes — disse Atlas. — Já vi cem mundos diferentes. Nada chega aos pés de minha Atlântida. Imagine se nunca tivéssemos afundado...

Eureka encostou-se no parapeito de oricalco da ponte. Agora que sabia como o metal precioso era extraído, tudo feito de oricalco parecia carne apodrecendo.

— Mas vocês afundaram.

— E isso é literalmente história antiga.

— História alternativa, na verdade. A maioria das pessoas não acredita que vocês existiram.

Atlas forçou uma risada amarga.

— A maioria das pessoas não existe mais.

Ao olhar para o fosso abaixo, Eureka viu o rosto de Delfine em seu reflexo.

— Como a perdoou?

— O quê?

— Se Delfine não tivesse chorado aquela lágrima, vocês nunca teriam afundado.

— Ela disse algo sobre mim, sobre isso?

O tempo que Eureka demorou para pensar na resposta fez Atlas se contorcer.

— Você deve amá-la muito, é só isso que quero dizer.

Enquanto os olhos de Atlas examinavam os de Eureka em busca de alguma informação, ela compreendeu que o relacionamento dele com Delfine não tinha nada a ver com amor, e tudo a ver com medo. Talvez ninguém mais enxergasse aquilo, mas Delfine mandava no rei.

Eles caminharam pela ponte em silêncio e foram cumprimentados por um grupo de atlantes. As luzes tremeluzentes da cidade iluminavam os rostos maquiados dos atlantes, suas joias e seus semblantes belíssimos. Atlas deu um aceno sutil, e a multidão aplaudiu.

— Esta é sua rainha, senhor? — perguntou uma mulher em atlante. Um chapéu azul-claro heptagonal protegia suas feições.

Atlas ergueu a mão de Eureka bem alto.

— Ela não é maravilhosa? Não é tudo que mereço? — Um sorriso falso alargou-se, como se estivesse vendo Eureka pelos olhos dos súditos. — Ela está precisando de um banho, claro. E essas roupas precisam ser queimadas e nunca mais serão mencionadas. Mas tem lugar melhor que nossa cidade para comprar roupas novas?

Enquanto a multidão aplaudia, Atlas gesticulou para um homem logo à frente, que segurava uma caixinha preta.

— Lá está ele! Sorriam para o hológrafo real! — Atlas deslizou o braço ao redor da cintura de Eureka, mantendo-a bem perto. Ela conseguia sentir a respiração acelerada dele. — Imagine seu amigo morto em meu lugar e sorria.

A multidão vibrou ainda mais quando viu o primeiro esboço do sorriso forçado de Eureka. O aplauso era ensurdecedor, mas os rostos eram inexpressivos enquanto aplaudiam. Ela os odiava. Será que eles não sabiam sobre a União? Queria que todos se transformassem em fantasmas. Ou eram idiotas ou tão egoístas quanto seu rei.

O povo cercou-a enquanto ela e Atlas passavam por um sapateiro, um mercado e uma loja de hologramas, todos com estátuas de cera de Atlas nas entradas, fazendo propaganda dos produtos.

— Eu comprei minha *sola* na Belinda's — dizia a voz pré-gravada de Atlas num alto-falante na parte externa da loja do sapateiro.

— Nada me excita tanto quanto o fruto-da-paixão atlante — retumbava a voz dele pelo alto-falante enquanto a estátua de Atlas estava prestes a morder a fruta triangular e dourada. — Macia. Picante. Leve algumas para casa hoje.

Atlas levou Eureka até um triângulo central cercado por prédios grandiosos e reluzentes. Havia bandeiras de diversos tons de azul em centenas de beirais, cascateando ao vento.

— Eles me amam — disse Atlas para Eureka sem um indício de ironia.

Eles subiram num palco que parecia estar flutuando. Meia dúzia de Demônias cercava seu perímetro.

— E qual é a punição se não amarem? — perguntou Eureka.

— Delfine nunca conseguiu se relacionar com o público desta maneira. — Atlas olhou para Eureka, acrescentando: — Os poderes dela são incríveis, ninguém duvida disso, mas sem mim ela não passa de uma bruxa numa onda.

Eureka perguntou-se se ele estava mentindo para ela ou para si mesmo. Delfine não estava ali porque não precisava estar. Ela obrigara Atlas a fazer aquilo por ela. O rei era um fantasma, um fantoche, assim como as outras criações de Delfine.

Eles pararam no centro do palco e olharam para uma centena de atlantes. Aquelas pessoas não o amavam. Ninguém o amava. Talvez porque era óbvio que ele também não amava ninguém. Eureka desejou saber se ele já teria amado alguém. Delfine dissera que o coração dele estava desafinado para o amor. Tudo aquilo importava, mas Eureka não sabia como.

O hológrafo real passou seu aparelho pelo ar na frente do corpo de Eureka, seguindo as curvas dela com o braço. Em seguida, puxou uma superfície e uma grande fumaça prateada subiu do aparelho. Um enorme holograma de Eureka surgiu no meio da plateia, que se separou, aplaudindo e fazendo mesuras diante da imagem.

— Apresento a vocês — estrondeou Atlas num microfone invisível —, a garota da Linhagem da Lágrima! Eureka sacrificou o próprio coração para que o mundo de vocês ressuscitasse. E logo as lágrimas dela vão trazer ainda mais sorte. Amanhã, o tal do Mundo Desperto que os oprimiu por milhares de anos será derrotado. Nossa ascensão terá sido realizada. Resta apenas uma pergunta. — Ele virou-se para Eureka e beijou sua mão com estilo. — Como recompensaremos a garota que abriu mão do coração para que vocês pudessem sentir o doce gosto da supremacia? Eureka, meu tesouro, esse presente não foi fácil de providenciar, então espero que goste.

Ele olhou para o céu. Os olhos da multidão acompanharam-no. Eureka tentou se segurar o máximo possível, mas a curiosidade a traiu e o queixo dela levantou-se na direção do céu noturno. Alguma coisa grande, verde e sem forma abaixava-se em sua direção. Quando estava a uns 6 metros de distância, Eureka viu que era um bando de periquitos abissínios verdes. Eram milhares, carregando na direção do palco o que parecia ser uma enorme gaiola dourada.

Apesar de não conseguir enxergar nada além dos pássaros, uma premonição repentina de que Ander estava dentro da gaiola tomou conta de Eureka. Ela imaginou o manto de relâmpago envolvendo-o, agitando sua mente com lembranças atormentadoras, roubando o significado de sua tristeza. O coração dela disparou como no primeiro beijo entre os dois.

A gaiola pousou no palco com um estrondo. Atlas bateu palmas três vezes. Os pássaros espalharam-se pela noite. Dentro da gaiola...

Estava Filiz.

— E então? — perguntou Atlas para Eureka, com os braços bem abertos como se para receber sua enorme gratidão. — Minhas Demônias pegaram-na no fosso interno hoje de manhã. Temos diversas maneiras de torturar invasores, mas eu disse: "Não, não, ela deve ser amiga de Eureka." Ele virou-se para a multidão e gritou: — E todos os amigos de Eureka são meus amigos!

As mãos de Filiz estavam dentro dos bolsos da calça skinny preta. Sua bochecha estava bem machucada, e a camisa, rasgada no meio. Seu queixo estava abaixado, e o cabelo ruivo não era lavado havia muitos séculos. Seus olhos levantaram-se lentamente. Eureka não conseguiu encontrar palavras.

— Não estou conseguindo interpretar sua reação, querida. — Atlas riu para proveito da plateia. — A gratidão é assim no tal do Mundo Desperto? Organizei um belo reencontro entre você e um dos seus entes queridos, seja lá quem for esta. Ela a seguiu até aqui, então está claro que é leal. Tem um gosto muito refinado para cor de cabelo... — Ele esperou a risada da multidão começar e silenciar. — Mas você a olha como se ela não tivesse valor. Será que Delfine já a deixou tão insensível assim?

Eureka aproximou-se da gaiola.

— Como chegou até aqui?

Se Filiz estava em Atlântida, talvez seus entes queridos também estivessem. Ninguém devia se importar tanto com Eureka a ponto de segui-la até ali, mas ela sabia que eles se importavam. Será que Atlas também os tinha prendido?

— Fale, garota — disse Atlas. — Todos nós queremos saber.

Filiz engoliu em seco e ajustou a gargantilha preta.

— Minha avó contava histórias sobre as montanhas atlantes onde as bruxas fofoqueiras moram. — Ela também estava falando atlante. — A avó dela disse que a avó disse... — Ela parou, engoliu a seco e olhou nos olhos de Eureka — que quem quer que visitasse essas montanhas encontraria a resposta à pergunta mais importante da vida.

— As Montanhas das Bruxas Fofoqueiras? — zombou Atlas. — Como os boatos são deturpados de maneira estúpida ao longo dos milênios! Aquelas montanhas são para os impuros e indesejados. Pode esquecer a sabedoria de seus ancestrais ignorantes. Você tem sorte de ter colocado os pés na civilização.

— Agora percebo isso.

O olhar de Filiz encontrou o de Eureka, que ergueu as sobrancelhas como se estivesse perguntando, *Eles estão aqui?* Filiz fez que sim com a cabeça discretamente e olhou para as montanhas.

— Abra a gaiola — ordenou Eureka.

— Suas lágrimas destrancarão a gaiola.

Eureka nunca choraria para salvar Filiz. Filiz sabia disso. Atlas não sabia?

Mais uma vez, Eureka lembrou-se das palavras de Delfine dizendo que o coração de Atlas estava desafinado para o amor. Na verdade, ele parecia compreender isso de maneira completamente errônea. Não conseguia enxergar o que os outros enxergavam com tanta facilidade. Atlas achava que amor era a adoração fingida dos súditos.

Um lampejo de autoconsciência surgiu no rosto dele enquanto Eureka o observava. Ele tirou uma tocha do suporte na beira do palco. As ametistas das bruxas fofoqueiras brilhavam na base da chama. Atlas enfiou a tocha para dentro da gaiola. Filiz gritou quando as gavinhas da chama tocaram sua pele.

Atlas afastou a tocha e olhou para Eureka. Virou a chama.

— De novo?

— Ah, como eu queria estar nas montanhas de que meus ancestrais falavam — disse Filiz, massageando as áreas queimadas do corpo, encarando Eureka firmemente.

Será que podia confiar em Filiz? As duas tinham um passado recente de assassinatos. Será que era apenas um truque?

— Se gostou de ser queimada, por favor continue falando das montanhas — disse Atlas.

Ele ergueu a tocha, preparando-se para atingir Filiz mais uma vez. Eureka posicionou-se entre os dois.

Ela bateu na tocha para tirá-la da mão de Atlas, e o empurrou. Ele cambaleou pelo palco. Após se endireitar, olhou rapidamente para a plateia e deu uma risada forçada.

— Que agressiva!

Animado com a risada da multidão, Atlas sorriu e pegou a tocha. Dessa vez, enquanto se aproximava, Filiz estalou os dedos, acendendo uma chama em sua mão duas vezes maior que a de Atlas.

— Não fizeram busca por iniciadores de fogo? — gritou Atlas para as Demônias.

Antes que as Demônias pudessem responder, Filiz arremessou a bola de fogo em Atlas. Eureka agarrou-o pelo cabelo, fazendo-o se abaixar. Se o fogo tocasse nele, Filiz morreria.

A bola de fogo voou na direção da multidão e atingiu o casaco de pele azul de um homem. Atlas pôs o braço entre as barras da gaiola e agarrou Filiz pelo pescoço.

— Eu aceito! — gritou Eureka. — Não a machuque. Eu choro.

— Eureka — alertou Filiz.

Um rugido de aprovação soou na multidão. Atlas observou-os por um instante, então soltou Filiz. Ele endireitou a postura, sorriu e fez um gesto para trás. Duas Demônias aproximaram-se de Eureka. Uma delas entregou-lhe um lacrimatório feito de prata, entrelaçado com cabelo humano louro. Eureka pensou em Aida, que tinha sido morta pela dor de Delfine.

— Aqui não — declarou Eureka enquanto pegava o lacrimatório.

— Mas, querida, eles vieram para ver o espetáculo — argumentou Atlas.

— Não sou atriz. O que sinto é real.

— Claro. — Atlas disfarçou a decepção. — Providenciem todo o conforto que ela precisar — anunciou ele diante da multidão, e depois abaixou a voz para as Demônias. — Não me importo com o que vocês tenham de fazer. Antes do amanhecer, quero o frasco cheio.

# 30

## BEIJO CARMIM

Eureka tinha de chegar às montanhas.

Filiz lhe dera um sinal: respostas a aguardavam na toca das bruxas fofoqueiras. Pelo menos Eureka *achava* que o sinal era aquele. Talvez Filiz estivesse mentindo. Talvez Eureka estivesse aceitando uma dica que não tinha sido dada.

Não importava. Chegar às montanhas era seu único plano.

Assim que chegasse lá, precisaria encarar quatro pessoas que amara e deixara para trás. Demandaria uma energia essencial. Mas Eureka tinha se tornado especialista em ignorar o coração. Pegaria o que precisasse das bruxas e seguiria em frente.

Primeiramente, teria de se livrar das Demônias que a conduziam pelo túnel de coral. Eram seis, armadas com cassetetes de oricalco e balestras guardados em bainhas costuradas nas costas dos vestidos carmim. Eram mais fortes do que aparentavam. Seus bíceps eram musculosos; veias saltavam em seus antebraços. Se elas a levassem de volta ao castelo de Atlas, significaria que o manto de relâmpago seria usado em Eureka.

— Ela está se arrastando — murmurou uma. — Tentando nos fazer ir mais devagar.

— Ande logo. — Outra garota agarrou o pescoço de Eureka e a sacudiu para o lado.

O coral vermelho picou o centro do cérebro de Eureka. Não tinha visto que a parede havia se aproximado.

Uma das Demônias teve ânsia de vômito, e Eureka viu a garota limpar sangue da mão. Eureka entendeu sutilmente que o sangue era dela.

Alguma coisa fez com que sacudisse a parte superior do corpo na direção da garota, que reagiu com uma defesa treinada que fez Eureka cair no chão. As Demônias tinham se preparado para combates.

Eureka cuspiu sangue. O pé da garota afastou-se um pouco de onde tinha pisado.

Duas Demônias ergueram Eureka pelos braços. Carregaram-na pelo túnel, afastando-se cada vez mais das montanhas. Eureka gostaria de saber a real experiência que tinham em combate. Haviam ficado milhares de anos congeladas debaixo do oceano, numa realidade na qual ninguém envelhecia nem morria. Por que teriam lutado? Que inimigo poderiam ter matado? O que aquelas garotas podiam saber sobre perda? Eureka queria ensiná-las.

Lembrou-se dos lábios de Delfine no rosto de Aida. Da dor procurando dor na luz astral. Dor era poder, dissera Delfine.

— Preciso descansar — disse Eureka.

— Não responda — falou uma Demônia morena.

— Água. — Eureka estendeu a mão para um cantil de couro vermelho na cintura da garota. — Por favor.

— Atlas disse que ela tentaria algum truque.

— Uma pessoa desidratada não consegue chorar — disse Eureka. — Se não querem perder o emprego, me deem algo para beber.

Ela as deixara nervosas. Enquanto a morena desenroscava lentamente a tampa do cantil, Eureka inclinou-se na direção da outra, uma garota loura e mais magra que usava óculos azulados.

Eureka não sabia o que estava fazendo. Pensou em Delfine e em seu coração partido. Pensou em Diana e na onda que quebrara seu corpo. Pensou no próprio sofrimento todos os dias que se seguiram. Beijou o rosto da loura.

*Zzzzt.*

Uma dor intensa tomou o corpo de Eureka enquanto uma visão invadia sua mente: uma versão mais jovem da garota estava sendo arrastada pela entrada de uma casa por Demônias de Carmim mais velhas, rindo. Antes que pudesse se despedir da família, a garota foi lançada na mala de um veículo prateado. Eureka escutou a porta bater, viu uma escuridão e ouviu soluços de choro.

De volta ao túnel, a loura gritou, e Eureka gritou, e durou apenas um instante, mas, quando a visão clareou, viu a Demônia no chão, tendo convulsões, morrendo.

A dor de Eureka foi aos poucos diminuindo, como um ataque de fúria. Passou um instante admirando Delfine por ter suportado silenciosamente aquele sofrimento quando matou Aida. Eureka estava tonta e queria vomitar.

O cantil caiu no chão. A Demônia morena ficou olhando para Eureka e para a amiga em convulsão. Deu um passo para trás.

— Você é a próxima — disse Eureka.

Ela parou, sentindo a dor que matar a segunda guarda causaria.

*Pow.*

Estrelas explodiram diante dos olhos de Eureka quando um cassetete de oricalco a atingiu na parte de trás dos ombros. Eureka virou-se, os lábios avançando na direção da agressora. Ela empurrou outra Demônia para o lado... e ficou paralisada.

Estava acontecendo de novo. Suas mãos mal encostaram na garota — estava apenas tentando afastá-la do caminho —, mas o sofrimento surgiu, e depois outra visão. Uma parede de fogo. Um bebê gritando do outro lado. Depois Eureka estava na mente da Demônia de Carmim quando garotinha, no instante em que desistiu de salvar a irmã bebê, no instante em que se virou e saiu correndo para longe do incêndio, noite adentro.

A garota em suas mãos caiu no chão. As mãos de Eureka buscaram a outra Demônia. Não precisava ser um beijo. Quando estava furiosa, toda sua pele tinha o poder de matar. Ela era seu próprio manto de relâmpago.

O cassetete golpeou sua espinha. Ela berrou e agarrou algo atrás de si, encontrando carne. Uma nova dor. Novas visões. Um garoto e uma garota beijando-se intensamente, loucamente, ofegantes. Eureka não reconhecia nenhum dos dois, mas sentiu a dor de um coração partido e de uma traição na garota que segurava. Escutou o cassetete cair no chão e depois sentiu a garota deslizar sem vida de suas mãos.

Seus braços agitaram-se mais uma vez, agarrando duas Demônias de uma vez só. Sua visão não clareara o suficiente para enxergá-las, mas Eureka conseguia senti-las se contorcendo e, mais intensamente, sentia as maiores aflições delas se condensando:

*Gorda. Sem graça. Inútil.* A voz de uma mãe marcava a ferro quente o coração de uma garota.

E depois uma mãe diferente, morta no chão de um cômodo frio, com brasas minúsculas que restavam na lareira. Sangue pelos lençóis e por toda a Demônia de Carmim que chorava ao lado da mulher.

Eureka estendeu o braço para tocar mais carne, mais dor. Dentro dela irrompeu um desejo imensurável de sentir mais dor. Sua visão clareou. Estava ofegante, sozinha no túnel de coral. Os vestidos carmins espalhavam-se ao redor dos seus pés. Tinha matado todas tão rapidamente? Uma, dois, três, quatro, cinco...

— Não se mexa — disse uma voz atrás dela.

Eureka virou-se e alguma coisa afiada como uma lâmina atingiu sua barriga.

Umidade. Calor envolvendo os dedos que agarravam sua barriga. Tudo vermelho. Uma flecha de oricalco alojada em sua carne. Fez uma careta e a arrancou. Vapores verdes saíram rodopiando de sua ferida aberta. A flecha verde tinha a ponta de artemísia.

A Demônia que restava tinha parado a 6 metros de distância, com a balestra apoiada no ombro. Enquanto Eureka cambaleava na direção dela, esta carregou outra flecha, mirou tremulamente e disparou. Um lampejo verde iluminou o túnel.

Eureka abaixou-se. Ou talvez tivesse caído. Estava de joelhos. Era impossível respirar com uma lâmina cortando seus órgãos. Viu um cassetete de oricalco no chão e pensou nos órgãos e sangue e ossos que tinham sido extraídos para construí-lo. Pensou naqueles fantasmas presos na União. Adrenalina percorreu seu corpo. Engatinhou de joelhos e agarrou o tornozelo da Demônia.

A dor da flecha triplicou quando a essência da dor de Eureka fluiu para a garota e a dor da garota fluiu para dentro dela. Daquela vez, a visão era de um cavalo prateado pintado, que tinha sido roubado da família da garota por bruxas fofoqueiras.

Eureka levantou-se lentamente. A artemísia enevoava sua mente. Inspirou de maneira limitada e superficial, e quase não foi o suficiente para conseguir ficar em pé enquanto se movia pelo túnel, se afastando do castelo, se afastando da ideia de culpa.

Nada era real além da dor. Quando saiu do túnel de coral para a duna de areia, não acreditou. Viu seus dedos desabotoarem sua camisa, suas mãos amarrarem-na no peito para estancar a ferida.

A lua parecia o rosto da mãe. O oceano agitado fazia ruídos parecidos com os de seu pai cozinhando. Mas seu pai nunca cantava quando cozinhava. O que estava escutando? Era tão familiar.

A música da oficina de ondas de Delfine estrondeou nos ouvidos de Eureka. Sua outra mãe. Mãe assassina.

Brooks estava lá dentro. Queria ir até ele. Não. Cuspiu na areia, com nojo de si mesma. Virou-se na direção das roxas Montanhas das Bruxas Fofoqueiras. A única maneira de libertar Brooks era vencendo.

Lembrou-se do bálsamo da bruxa fofoqueira que a curara uma vez. Um pé na frente do outro. Subindo a inclinação. Tropeçando nas pedras. Um rastro de sangue atrás dela. Nuvens acima da lua. A maré da dor estava alta.

∞

Finalmente Eureka avistou a fogueira. Três bruxas fofoqueiras sentavam em círculo, virando espetos sobre o fogo. Sentiu cheiro de carne assada. Achou que estavam vestindo roxo. Achou que tinha ouvido o zunido de abelhas. Tropeçou e se apoiou numa pedra enorme.

— Estou procurando os meus...

— Não os vi — disse uma bruxa. As outras riram.

— Esme — falou Eureka, ofegante. — Vocês sabem onde está Esme? As bruxas ficaram boquiabertas.

— Você não é uma de nós. Como se atreve a divulgar nossos nomes?

Eureka deixou-se escorregar pela pedra. Rastejou com a barriga no chão na direção da fogueira. O calor era calmante, e era bom sentir a pressão do chão em suas costelas. Sua boca estava cheia de terra. Não tinha força suficiente para cuspi-la.

— Você sabe quem sou. Sabe por que estou aqui. Vocês estão em casa por minha causa. Onde estão minha família e meus amigos?

— Você abdicou deles, lembra?

Eureka fechou os olhos. Seus dedos agarraram a terra, tateando por um interruptor que desligasse tudo.

# 31

## NOSTALGIA

Dedos separaram os lábios de Eureka, e um líquido quente encheu sua boca. Ela engoliu por reflexo, sentiu o gosto da mistura relaxante de caramelo e chocolate, e começou a tomar.

Abriu os olhos lentamente. Ander inclinava-se por cima dela, tinha cheiro de oceano. Estavam balançando, e, por um instante, ela se perguntou se não estariam num barco. A mão quente dele estava em sua testa.

— Não sabia que os mortos sonhavam.

Ela escutou-se dizer aquilo de longe, fazendo-a pensar em Brooks preso na cachoeira da oficina de ondas. Desejava ir atrás dele. Mas quando pestanejava, também desejava Ander. Aquilo fazia com que se sentisse fraca, como se sentisse anseios demais.

Os olhos de Ander brilhavam com uma ternura que Eureka não compreendia. O amor dele era uma linguagem que antigamente conhecia, mas agora aquilo lhe parecia estranho, como um aviso que não entendia numa estação.

— Ela está acordada? — perguntou William.

Os passos do garoto anunciaram sua chegada ao lado dela.

Eureka sentou-se. Estava num casulo de asas de mariposas, suspenso numa enorme caverna roxa. Seu irmão a abraçou. Claire chegou um instante depois. Deixou que os gêmeos a abraçassem, e sabia que estava retribuindo o abraço, mas não estava a fim de abraçar. Ela enxergava aquilo de outra perspectiva, de um lugar bem distante, como se estivesse sentada na lua, observando as crianças abraçarem alguém que amavam.

— Eu disse que ela havia acordado — disse William.

— Agora nós somos bruxas! — exclamou Claire.

— Você perdeu bastante sangue — disse Ander. — Esme encontrou-a na montanha e a trouxe até aqui. O bálsamo dela fechou sua ferida.

Uma camada translúcida da loção ametista cobria o torso de Eureka. A ferida debaixo dela era assustadora.

— Que horas são? — perguntou ela.

— É tarde — disse Ander.

— A flecha quebrou duas costelas. — Esme apareceu atrás de Ander. — Você está machucada, mas consegue lutar.

— Dor é poder — disse Eureka

Os gêmeos lançaram olhares confusos para ela.

A caverna onde acordara era uma versão mais grandiosa da toca das bruxas nas montanhas turcas. As paredes tinham um tom encantador violeta reluzente, iluminadas pelas fogueiras acesas cor de ametista. Os móveis pareciam ter sido retirados de algum hotel luxuoso. Bruxas penduravam-se em balanços roxos presos ao teto e dançavam ao redor das fogueiras, fumando cachimbos longos e torcidos.

— Onde está Cat? — perguntou Eureka.

Ander ofereceu a Eureka outra concha da mistura de chocolate.

— Cat ficou para trás.

— O quê?

— Os *celãs* estão construindo arcas para os sobreviventes da enchente. Ela queria ficar e ajudar. Achou que podia usar sua peculiaridade e habilidade de bruxa fofoqueira para voar e armazenar a comida antes da partida. É a última esperança do Mundo Desperto.

— Que ingênua — murmurou Eureka.

Imaginou Cat na Turquia, as abelhas enxameando sua cabeça, usando sua adorável peculiaridade para distribuir cerejas e avelãs para as pessoas que embarcavam nas arcas. Esperava que a amiga contasse alguma piada suja no fim do mundo.

— O que foi? — Ander aproximou-se dela.

— Como vocês chegaram aqui?

— Usamos o canal de Ovídio. — Ander parecia surpreso por ter de explicar. — Como todos deveríamos ter feito.

Eureka moveu-se dolorosamente.

— Mas por quê?

— Para ajudá-la. — Ele segurou a mão dela. — Não se preocupe com o que aconteceu depois que foi embora. Agora estamos juntos e é isso que importa. Você conseguiu fugir de Brooks.

— De Atlas — disse ela seriamente. — Não lembra que os dois são diferentes?

— Não precisa se afastar de mim só porque cometeu um erro.

— Eu sei. — Ela gemeu e puxou bruscamente a coberta de pele de raposa. — Tenho muitos motivos para me afastar de você.

— Eureka!

— Pai?

Ela virou-se na direção da voz e viu Ovídio recostado numa poltrona baixa, cercado por três bruxas. Eureka ficou surpresa ao se sentir desapontada. Achou que não sentia mais esse tipo de coisa. Ovídio ficou com o rosto do seu pai por um momento antes de se transformar na avó de Filiz.

— Preciso falar com Solon — disse Eureka.

Ander ajudou Eureka a sair do casulo. A ajuda dele era irritante, e Eureka precisava dela. As bruxas riram de sua seriedade enquanto mancava para perto do robô.

O robô contorceu-se de forma medonha. Ela viu seu pai novamente, depois as feições de Seyma surgiram e desapareceram. Em seguida veio a carranca de Albion, o líder dos Semeadores.

— Você arruinou tudo! — gritou ele, enquanto as feições se derretiam, virando as de Khora, prima dele. Eureka queria estar com o chicote com a ponta de água-viva de Delfine para conseguir do robô apenas o que queria.

— Solon — chamou ela, segurando os ombros da máquina. — Preciso de você. Você disse que era mais forte que os outros fantasmas.

Após um momento de uma luta vaga e sem feições, os olhos, nariz e lábios do Semeador perdido solidificaram-se no plano prateado do rosto de Ovídio.

— A fugitiva retorna. Preparem um banquete. — Ele franziu a testa. — Atlas está com Filiz?

— Sim.

— Dê alguma notícia boa. — O robô uniu as mãos prateadas. — O que aprendemos lá de fora?

— Atlas tentou me chantagear, machucando Filiz para que eu chorasse.

O robô semicerrou os olhos.

— E como isso daria certo?

— Não deu — disse ela. — Ele achou que eu me importava com ela. Ele não sabe o que é o amor e a devoção.

— Um homem típico, não é?

Solon a testava.

— Uma vez você me perguntou o que aconteceria se eu me permitisse sentir alegria — disse Eureka. — Agora sei a resposta. Os sentimentos de Delfine têm o mesmo poder que os meus. Eu a vi chorar de felicidade. — Sua voz ficou mais baixa. — E a lágrima dela trouxe Brooks de volta à vida.

— Onde está Brooks? — perguntou Claire.

— Não pode ser — disse Ander.

Ovídio fechou os olhos. A voz de Solon disse:

— Nunca soube se o boato era verdadeiro. A alegria da Linhagem da Lágrima é tão rara. Só por curiosidade, o que foi que animou aquele coração sombrio?

As bochechas de Eureka coraram.

— Eu a chamei de "mãe".

— Tão simples. — Ovídio esfregou o queixo. — O amor nunca deixa de me surpreender. Bem, tudo que precisa fazer é...

— Eu sei, chorar uma lágrima de alegria para ressuscitar todos os bilhões de pessoas que matei — disse ela com desânimo. — E tenho até o amanhecer para fazer isso.

— Parece que a noite vai ser movimentada, mesmo para uma festeira como você. — O robô semicerrou os olhos na direção dela. — Sabe, nunca tinha percebido o quanto seus olhos são insignificantes.

— Obrigada.

— Para uma garota cujas lágrimas fazem o que as suas fazem, seus olhos não têm a mínima graça. Dá até para se perguntar: será que as lágrimas precisam mesmo ser dos seus olhos?

— Como assim?

— Estou prestes a dizer algo importante, algo que só percebo agora que me libertei de minha miserável forma mortal. Este corpo aqui... — Ele bateu delicadamente no peito ferido de Eureka. — Ele não importa. Se eu fosse você, abdicaria dele.

— E onde você sugere que ela encontre outro? — perguntou Ander.

O robô se recostou na poltrona e embalou a cabeça nas mãos. Cruzou os pés e os apoiou no colo de Eureka.

— Onde Atlas mais sentir.

— Eu já disse, não acho que Atlas *sinta* alguma coisa. — Eureka parou para refletir sobre o que tinha acabado de dizer. Tocou o pescoço, que costumava conectá-la à Diana e ao amor mais primordial que já tinha sentido. Agora não havia nada nele. — Já sei.

— O quê? — perguntou Ander.

— Delfine me disse que o coração de Atlas é desafinado para o amor — respondeu Eureka.

— Parece algo que se diz quando a pessoa amada não corresponde ao amor — disse Ander.

O tom da voz dele implorava que ela o olhasse nos olhos, que negasse que não o amava. Mas ela não faria aquilo.

— Ela estava falando literalmente — disse Eureka. — O coração de Atlas está desafinado.

— Atlas é um robô como Ovídio?

— Acho que não — disse Eureka —, mas o coração dele foi mais um dos experimentos de Delfine. Ela fez alguma coisa para que o amor ficasse fora do alcance dele. Se eu puder possuir Atlas como ele possuiu Brooks, como possuiu você... — Ela olhou para Ander. — Se eu puder fazê-lo sentir alegria, fazê-lo chorar de amor, isso o destruiria.

Ander a observava atentamente.

— Antes você queria se redimir, consertar o mundo. Agora só se importa em matar Atlas? Sabe o que entrar nele significaria?

— A redenção dela e a morte dele são a mesma coisa — disse Solon. — Se Eureka conseguir fazer Atlas chorar de alegria... ela tem razão, as lágrimas seriam formidáveis.

— Poderosas o suficiente para reverter a União — disse Esme, com uma voz baixa que sugeria que até a intimidante bruxa fofoqueira considerava o plano de Delfine e Atlas repugnante.

— Mas e *ela*? — murmurou Eureka. Se Delfine era as trevas dentro da sombra de Atlas, o verdadeiro inimigo era ela. Sempre fora ela.

— É a pergunta que eu estava esperando — disse Solon.

Eureka lembrou-se da última vez que brincou de Eu Nunca no bayou uma eternidade atrás, quando Atlas usou Brooks para magoá-la, e percebeu o que devia fazer.

— Nunca prevemos a traição das pessoas que mais amamos — disse ela, e fingiu que não viu Ander estremecer. Pegou um dos cachimbos das bruxas fofoqueiras e o girou entre os dedos. — Mas como faço para possuí-lo?

Ovídio apontou para Ander.

— Pergunte a ele.

— Não — disse Ander. — Não vou fazer isso.

— Você veio aqui para me ajudar — disse Eureka. — O que Solon quis dizer com isso?

— Você vai morrer com esse plano. Se entrar no corpo de Atlas, não tem saída.

— Não morra, Eureka — disse William, choramingando, e subiu no colo dela.

Ela balançou o irmão sem dizer nada e, acima da cabeça dele, fulminou Ander com o olhar.

— Tem de haver outra maneira — disse Ander. — Vou com você. Lutaremos contra Atlas e Delfine juntos. — Ele gesticulou para Ovídio. — Podemos usar a arma deles contra eles.

— Eles têm mais oito máquinas iguais a Ovídio, unidas a milhões de fantasmas — revelou Eureka. — Nem chegaria a ser uma luta.

— Está me subestimando — disse Ovídio numa voz que Eureka não conseguiu identificar.

— Você já tentou se matar uma vez — lembrou Ander. — Não vou deixar que desista novamente.

— Não pertenço ao mundo que preciso salvar — disse Eureka. — Essa é a única maneira.

Ander balançou a cabeça.

— Eu estava falando sério quando disse que não viveria num mundo sem você — disse ele. — Eureka, você não...

*Você não me ama?* Ela sabia que era o que ele queria perguntar. Segurou a mão dele.

— Se você não fosse um sol e eu não fosse um buraco negro, eu amaria.

Os olhos de Ander estavam úmidos. Ela nunca o vira chorar. Quando ele se virou, Eureka ficou aliviada. Estava sendo consumida pelo que devia fazer, pela excitação por ter descoberto aquilo sobre Atlas. Pensou em Delfine, que sentia uma paixão maior por seus próprios poderes sombrios do que jamais seria capaz de sentir por outra alma. Talvez elas tivessem mais em comum do que Eureka imaginava.

Sentiu uma pressão na palma da mão. Ao olhar para baixo, viu que Ander lhe empurrava a flecha de coral, o instrumento que Atlas usara para possuí-lo. Estava manchada com o sangue de Ander.

Ela apoiou a cabeça no peito de Ander. Ficaram daquele jeito por um momento. A palpitação do coração dele fez o coração de Eureka acelerar. Sua respiração ficou mais rápida, perfurando as costelas quebradas. Ela afastou-se. Olhou nos olhos dele e queria perguntar o que ele faria depois que ela fosse embora, para que pudesse guardar uma imagem positiva. Mas isso era egoísta e não havia resposta, pois tudo que as pessoas fariam depois que Eureka saísse daquela caverna dependia de seu sucesso ou fracasso.

— Obrigada — disse ela em vez de perguntar.

Ander deu de ombros.

— Não é como se eu quisesse guardar de lembrança.

— Queria dizer obrigada, por tudo.

Ander respondeu colocando o braço ao redor dela. Tomou cuidado com as costelas enquanto a erguia do chão e aproximava os lábios dela dos seus. Ficaram unidos num beijo intenso antes que Eureka pudesse fingir que não queria. Ela absorveu-o...

E sentiu a alegria dele. Veio para ela numa rajada profunda e forte, rejuvenescendo sua alma assim como a dor das Demônias de Carmim a enfraquecera. Seguiu pelos lábios de Ander, passando por seus momentos de maior felicidade.

Dentro do beijo, Eureka viu-se como Ander a vira: pelas janelas sujas de sua lanchonete preferida em Lafayette, Pancake Barn, fazendo nuvens de chantilly em uma pequena pilha de panquecas. Correndo pelo bayou atrás de sua casa, com o moletom verde do *cross-crountry* aparecendo e sumindo entre os troncos dos carvalhos. No shopping com Cat, curvando-se de tanto rir enquanto as duas provavam os vestidos de formatura mais horrorosos de uma loja. À beira das lágrimas na estrada de terra depois que Ander bateu no seu carro. A lágrima dela na ponta do dedo dele. A respiração dele contra seu rosto. *Pronto, nada de lágrimas.*

Aquilo era a felicidade de Ander. Era somente ela. O coração de Eureka foi consumido pelo desejo de ficar para sempre, e de fugir para sempre.

Ander foi o primeiro a se afastar. Ela esperava que ele fosse dizer alguma coisa, mas ele a encarava tão admirado que Eureka se perguntou como teria sido a experiência do beijo para ele, se era algo que ele conseguiria descrever caso tentasse.

Era a última vez que se veriam. Era tão difícil colocar um ponto final.

— Vá logo, Reka — disse Ovídio com a aparência de seu pai.

Do fundo da caverna, Esme trouxe a enorme égua branca alada, que relinchou para Eureka e balançou o rabo.

— Que Peggy acelere seu trajeto.

— Vou ficar devendo por isso, não é? — perguntou Eureka.

— Se você tiver sucesso, nós é que ficaremos devendo a você — disse Esme. — Mas você não estará mais entre nós e será incapaz de receber sua recompensa, então, de fato, as bruxas fofoqueiras sairão em vantagem.

Eureka segurou as rédeas trêmulas de asas de mariposas. Beijou as duas bochechas dos gêmeos, fazendo-os rir porque ninguém nunca tinha feito aquilo com eles; não tinham tido as mães de Eureka.

— Quando vai voltar? — perguntou William.

— Ela não vai voltar — respondeu Claire.

William começou a chorar.

— Vai, sim. Ela ama a gente.

— Se ela nos amasse, ficaria — disse Claire.

Durante a vida, Eureka usara a mesma lógica em relação a Diana. Não tinha como responder a William. O problema de Eureka não era falta de amor, era excesso de amor.

Esme ergueu o garotinho. Segurou a mão de Claire. Agora as bruxas eram as mães dos dois, e talvez fosse melhor assim.

— Por favor — disse Eureka para Esme. — Sou tudo que eles têm. Não sou o suficiente. Eu trouxe o lar de vocês de volta. O mínimo que podem fazer é...

— Eles são inteligentes, e a magia deles, valiosa — declarou Esme. — Um profeta até diria que um dia essas montanhas terão os nomes dos dois. Mas eu e você sabemos que profecias podem ser uma chatice. — Ela tocou no topo das cabeças dos gêmeos. — Aqui eles vão florescer.

Era o que Eureka esperava. Esperava que todos vivessem até os 950 anos, assim como Noé e sua família em outra história sobre outro dilúvio. Esperava que, após se resolver com Atlas, ainda existisse mundo suficiente para proteger as pessoas com inteligência e magia. Esperava que Ander amasse outra pessoa que pudesse amá-lo também, com um amor tão bonito quanto o dele por Eureka.

Ela não se despediu. Seria fingir que se importava, que era afetuosa, que era qualquer coisa além de uma missão. Montou na égua branca e cavalgou através das portas de asas de mariposas. Sentiu as asas de Peggy se abrirem no céu que clareava.

# 32

## AMANHECER

De uma janela na torre mais alta de seu palácio, Atlas observava uma lasca de luz rosa subir do mar.

Depois que Eureka e Peggy deixaram as Montanhas das Bruxas Fofoqueiras, elas perderam um tempo crucial à procura do rei. O castelo dele era grande, tinha numerosas torres e as Demônias de Carmim ficavam de guarda em beirais inesperados. E também havia as chamativas réplicas de cera do rei em quase todas as janelas do castelo: Atlas mirando um canhão para fora do arsenal, na direção de um inimigo invisível; Atlas estudando os céus por um telescópio em sua varanda; Atlas corrompendo a escultura de cera de uma faxineira atlante contra o peitoril da janela de seu quarto.

Por fim, encontraram um Atlas pensativo na torre mais alta, virado para o oceano. O vento agitava seu cabelo ruivo indomado. Eureka conduziu Peggy na direção dele.

As Demônias de Carmim estavam de guarda atrás do rei no que parecia ser uma sala de estratégia. Atrás das garotas, homens velhos com cabelo dourado trançado e robes de veludo vermelho reuniam-se ao redor de um mapa d'água.

O pelo de Peggy ficava camuflado contra o palácio de travertino. Ela voou perto das paredes, batendo suas asas de mariposa, ficando fora da visão de Atlas, de vez em quando roçando as pernas de Eureka no palácio.

— As arcas estão prontas, senhor — disse uma voz masculina no salão. — Os últimos sobreviventes vão embarcar assim que amanhecer. Talvez seja hora de avisar à fantasmeira que Eureka está à solta, não?

Atlas encarava o mar. A lasca rosada ao leste no céu tinha se tornado uma faixa cor de cobre.

— Ela vai voltar. Temos assuntos a tratar, e ela sabe disso.

— Isso mesmo, Atlas — murmurou Eureka. — Vamos resolver isso logo.

Ela bateu os tênis de corrida nas laterais da égua. Peggy ergueu-se diante da janela, bem na frente de Atlas. Um olhar intrigado tomou conta do rosto dele.

— Quer se mandar daqui? — perguntou Eureka.

— Você sabe o que quero — respondeu Atlas.

Uma dúzia de Demônias de Carmim pegou suas balestras.

— Esperem — disse Atlas, e depois, para Eureka. — Você matou seis guardas minhas, sabia?

— Está surpreso?

— Estou superando.

— Então vamos — disse Eureka.

Um homem bastante velho com cabelo longo e branco chamou-o dos fundos da sala.

— Senhor, preciso aconselhá-lo a...

— Que bom que deu sinal de vida, Saxby — disse Atlas. — Estava quase checando seu pulso.

— Vou chorar por você — falou Eureka para Atlas. — Eu quero. E quero que esteja comigo quando eu chorar.

Atlas levou a mão ao coração.

— Será uma honra.

— Ela está mentindo — disse uma Demônia elegante, mirando a balestra em Eureka.

— Se atirar nela, vai passar o resto da vida debaixo do manto de relâmpago — disse Atlas.

Lentamente, a garota abaixou a balestra.

— Meus súditos não estão acreditando em você — disse Atlas com intimidade.

Eureka percebeu que estava retribuindo o flerte.

— Eu juro.

— Jura pelo quê?

Ela parou, despreparada para fazer um inventário emocional. Que princípio poderia fingir que honrava além da destruição de Atlas?

— Jure pela vida dele — disse Atlas. — De Brooks. Quando eu era parte dele, você olhava para nós de um jeito bem específico. Jure pelo que havia dentro de você quando o olhava daquele jeito.

— Pelo amor que sinto pelo meu amigo, juro que vou chorar se vier comigo.

As lacaias de Atlas andaram para a frente, querendo ser incluídas.

— Só você — acrescentou Eureka.

— Sim. Assim será mais gostoso. — Atlas sorriu.

Quando subiu no peitoril da janela, Peggy estendeu as asas de mariposas como uma rampa. Atlas subiu nela e aproximou-se de Eureka. Ela estendeu a mão e ficou surpresa quando se encaixou de maneira tão aconchegante quanto Ander.

Ele posicionou-se atrás dela na égua, apertou o peito em suas costas. Ela sentiu seu calor. Seus braços cercaram sua cintura. O coração dela disparou — não por medo, mas por causa de uma excitação estranha, como se ela estivesse saindo escondida com um péssimo ex-namorado.

Eles subiram pelo céu, acima da cidade adormecida, atravessando uma nuvem dourada e inocente a caminho de sua última parada.

Peggy pousou na praia. Suas asas fizeram a areia rodopiar antes de pararem ao lado de seu corpo. A distância, as Montanhas das Bruxas Fofoqueiras reluziam com o sol nascente. A oficina de ondas estava suspensa a mais de 1 quilômetro à frente.

— Presumo que Delfine não vá se juntar a nós por ainda estar trabalhando intensamente no robô final, sim? — perguntou Atlas, enquanto ajudava Eureka a descer da égua.

Eureka deu de ombros como se não se importasse com ninguém além de Atlas.

— Seremos apenas nós dois.

— A maioria de minhas fantasias começa assim.

Eureka virou-se para o oceano com o coração acelerado.

— Preciso esvaziar minha mente para deixar a tristeza entrar.

— A felicidade sempre dura tempo demais. — Atlas tirou o lacrimatório do bolso. — A água é terapêutica de várias maneiras incompreensíveis para seu mundo. Temos poderosos xamãs de água em Atlântida. Se precisar de ajuda...

— Vou fazer isso sozinha. — Eureka foi até a beira da água. Ela tocava seus pés, quente e maravilhosa. Logo estava com água na altura da cintura. Deixou os pés saírem do chão de areia. Foi para perto de Atlas, que a seguira. Os joelhos dos dois encostaram-se debaixo d'água. — Pode se virar?

— Achei que você queria que eu visse.

— É só um instante. — Ela tocou na mão dele por debaixo da água. Sua outra mão agarrou a flecha descolorida de coral, manchada com o sangue de Ander. — Prometo que vai valer a pena.

Atlas virou-se para o litoral. Sua túnica vermelha e dourada agitava-se com as ondas. Eureka segurou a bainha da túnica e colocou o tecido pesado sobre os ombros dele.

— Levante os braços — sussurrou ela no ouvido dele.

As costas de Atlas ficaram arrepiadas.

— Você sabe o quanto quero isso, mas...

— Shhh. Levante os braços.

Ele ergueu os braços e deixou que ela lhe tirasse a túnica, que afundou no oceano. Eureka acariciou as costas dele. Suas unhas desenhavam delicadas ondas rosadas na pele de Atlas.

— No que está pensando? — perguntou ele.

— Em coisas terríveis.

Ela ergueu a flecha de coral. A adaga que abria portais para Atlas entrar nos corpos do Mundo Desperto... e agora ela esperava que o instrumento fizesse o mesmo para ela.

— Ótimo — disse Atlas.

Ela enfiou a adaga nas costas de Atlas, apreciando a sensação da carne dele recebendo a lâmina, cedendo. O grito dele ressoou. Ele se virou e se lançou sobre Eureka enquanto ela mergulhava debaixo d'água.

Fazia muito tempo que não nadava sem o aerólito. O sal fez seus olhos arderem. O sangue de Atlas enevoou a água. De sua posição mais abaixo, viu-o se debater e depois o perdeu numa confusão de movimentos desesperados.

Ela rodopiou, prevendo o ataque dele de todas as direções. Seus pulmões ardiam pedindo ar, mas ir à tona seria se render. Atlas nadava como um tubarão.

Eureka tinha mais trabalho a fazer. Ander exibia apenas um par de cortes parecidos com guelras — e não tinha sido possuído. Brooks, que acomodara a mente daquele monstro dentro do corpo, tinha dois pares. Se quisesse entrar em Atlas, onde quer que ele estivesse, precisaria cortá-lo novamente.

Um jato de sangue quente passou sobre seu ombro. Eureka virou-se no instante em que o braço de Atlas agarrou seu pescoço. Ela tentou se soltar, mas ele a segurou com rapidez. A adaga dela esfaqueava a água, com o corpo dele um pouco fora do alcance. Ela mordeu seu antebraço. Os dentes atingindo osso. Atlas apertou o pescoço dela até que a jovem se engasgasse com a água ensanguentada.

O outro cotovelo dele esmagou seu nariz. Eureka sentiu o calor dentro da cabeça, sentiu o gosto de sangue grosso na parte de trás da garganta. Sua visão ficou embaçada. Havia sangue por todo canto. Segurou firmemente a adaga enquanto Atlas movia as pernas para chegar à superfície.

Quando vieram à tona, ele soltou o pescoço de Eureka, agarrou seus pulsos e tentou lutar para tomar a adaga.

— Espero que tenha achado bom — disse Eureka. — Pois estou prestes a repetir o que fiz.

— Posso pegar o que quero de graça... ou você pode pagar para se desfazer dela. — Atlas levou a mão que segurava a adaga na direção do pescoço dela. — Mas vou conseguir sua lágrima.

Eureka riu quando a adaga cortou sua pele e mais sangue escorreu para o oceano.

— Vai, sim.

Ela forçou o corpo para a frente e tomou a adaga de coral dos próprios dedos com os dentes. Quando Atlas soltou os pulsos dela para agarrar a arma, ela moveu-se para debaixo d'água. Nadou na direção dele, como uma piranha com um único dente. Encontrou as costas dele. Fazendo um movimento de cabeça, ela rasgou sua carne.

A adaga penetrou mais do que ela esperava. Ainda estava com ela na boca, mas agora Eureka sentia que seu rosto era parte de Atlas.

Sentiu alguma coisa ser levada, e depois não sentiu mais nada — pelo menos nada do que costumava sentir. Demorara uma eternidade e acontecera rápido demais...

Eureka estava dentro do monstro. Todo o resto havia desaparecido.

O interior dele era um oceano, farpado com recifes de corais mortos, mais afiados que a adaga que ela usara para entrar, mais afiados que qualquer coisa que ela era capaz de imaginar. O que antes teria visto com os próprios olhos e sentido com o próprio corpo, Eureka agora sentia com a mente. Todas as sensações tinham desaparecido, sendo substituídas por uma nova *consciência*.

Então o coral rasgou seus pensamentos — e Eureka não conseguia mais se... lembrar de sua... missão. Ela apagou num litoral pontiagudo dentro dele.

— *Aarghh!*

A mente dela gritava, usando a voz de outra pessoa. Foi difícil reconhecer o som: os lábios de Atlas. A emoção de Eureka.

A adaga funcionara.

Tentou interromper os pensamentos. Era tudo que sobrara dela e estavam em perigo. Lentamente, ela deixou um deles entrar...

*Enfrente-o.* No entanto, assim que Eureka pensou aquilo, perdeu a capacidade de se concentrar. Sua mente já sentira dores intensas antes — vergonha, luto, desolação —, mas era tudo incomparável a isso. O recife dentro de Atlas assassinava o pensamento, estilhaçando-o em fragmentos irreconhecíveis assim como o coral morto da Flórida que cortara suas pernas durante um mergulho com snorkel. *Enfrente-o* tinha sido removido da consciência de Eureka, como se fosse uma vontade que ela nunca considerara.

De alguma maneira, sabia que precisava subir pelos recifes parecidos com lâminas. Sem um corpo, teria de subir pelo pensamento... mas como? Quando os pensamentos morriam naquele recife, ela não tinha como consegui-los de volta.

*Foi isso que prendeu Brooks*, pensou ela. Então aquele pensamento encontrou o recife com um estrondo mortal e trovejante. Estava mutilado, perdido, e Eureka não se lembraria de nada por um bom tempo.

Lentamente, dolorosamente, uma ideia entrou em foco: durante boa parte da vida, Eureka odiara-se. Nenhum psiquiatra tinha encontrado um comprimido capaz de mudar o fato de que o coração dela era cheio de ódio. Finalmente aquilo lhe seria benéfico.

*Não consigo*, pensou ela com um propósito — fazendo um experimento.

Quando a rajada de negatividade deixou sua mente e foi despedaçada pelo coral, Eureka esqueceu parte do seu imenso medo. Sacrificara-o para o recife. Sentiu-se movendo para cima dentro de Atlas.

*Egoísta.*
*Sensível demais.*
*Suicida.*

Uma por uma, ela reconheceu suas maiores dúvidas e hesitações. Uma por uma, elas deixaram-na, bateram no recife e foram destruídas. O eco sombrio da morte do *Suicida* tiniu em sua mente enquanto subia na direção da superfície do mar interno de Atlas.

*Não há saída.* Alguém que ela amava dissera aquilo. Não conseguia lembrar quem. Então os recifes massacraram aquele sentimento, e, no fim das contas, não importava. Sua mente subiu nos últimos galhos farpados do coral, amputando um último medo antigo como se fosse um membro inútil.

*Alegria é algo inalcançável...*

De repente, enxergou pelos olhos de Atlas. Era como se sua mente tivesse ativado a sinapse que ligava o pensamento à visão. Lembrava Eureka os olhos mágicos nas portas dos quartos de hotéis. Viu as bordas internas e avermelhadas dos olhos enquadrando um mundo pintado com cores diferentes das que costumava ver. Os verdes eram saturados, os azuis, profundos, e os vermelhos, vibrantes e magnéticos. Sua nova visão era forte. Via todas as escamas de cada peixe apressado. Observou uma bruxa fofoqueira e idosa subir o cume de uma montanha distante, e admirou cada prega dourada de sua papada.

Estava com a água na cintura e parou por um instante para inspecionar o novo corpo, as coxas contraídas e a carne estranha entre elas. Tocou nos músculos de seu peito macio e despido, e depois na barba rala do rosto. Contraiu os dois bíceps. Sentiu vontade de brigar com alguém. Sob a camuflagem de Atlas, estava livre de um jeito novo. Poderia ser tão cruel quanto sempre precisara ser.

Inspecionou a praia inteira. Uma palmeira turquesa balançava-se ao vento. Sentiu uma vontade irresistível de tirar o cinto de Atlas e fazer xixi naquela árvore. Riu da insolência boba da ideia, pois ainda tinha tanto a realizar, tantas lágrimas importantes para obrigá-lo a derramar. Mas depois ela de fato fez xixi, bem ali no oceano, porque estava dentro do corpo de um garoto e aquilo era loucura. Abaixou a calça, libertando a parte mais empolgante de Atlas, e relaxou. Ergueu cada uma das pernas. Girou os quadris. Fez um arco no formato de um arco-íris.

Após terminar, examinou as costas, tocando nas feridas que fizera. Estavam dormentes. A adaga de coral ainda se projetava da carne de Atlas. Ela puxou-a. Sua nova boca gritou, mas era o reflexo de Atlas, o sofrimento dele, não o dela.

— Você não está preparada para isso — disseram os lábios de seu novo corpo.

Era Atlas falando.

Seus olhos ficaram embaçados, e então a vista da praia foi arrancada dela e sua mente fluiu de volta para o coral morto e afiado mais abaixo.

— Ainda quer minhas lágrimas? — Ela tentou dizer, mas as palavras saíram dos lábios de Atlas arrastadas e incoerentes.

Mover os braços e pernas dele era mais fácil; ela não sabia como fazer o corpo de Atlas falar de maneira convincente. Ainda.

*E se ele tiver razão?* Eureka transmitiu aquela ansiedade para o recife, usando-a para empurrar sua mente para a frente, atropelando os pensamentos sombrios e furiosos de Atlas — *destruí-la... puni-la... como?* — até ela forçar a própria mente para trás dos olhos dele, sentindo os desejos dele caírem atrás dos seus. Ela esperava que eles se despedaçassem no recife.

Um cadáver passou boiando por ela.

Eureka demorou um instante para reconhecer o próprio corpo.

Ela costumava ser uma garota parecida com aquela. Instantes atrás, tinha cabelos longos com *ombré*, um nariz ensanguentado, braços magros e pernas musculosas. Tinha um coração que batia e sentia, apesar de ela tentar negar aquilo. Conferiu o pulso do corpo antigo com os dedos de Atlas. Nada.

Havia conseguido. Eureka Boudreaux tinha se desfeito de si mesma. Seus antigos olhos azuis estavam abertos. Eram da cor dos olhos do pai, e o ponto de vista deles não era mais dela.

Eureka percebeu que, mesmo quando estava extremamente suicida, nunca desejara morrer. O que realmente desejava era *aquilo*, fugir de uma identidade fixa, a chance de ser muitas coisas de uma só vez — uma megera, uma ninfa, uma artista, um anjo, uma santa, uma segurança de shopping, uma tirana, um garoto. Desejava libertar-se da definição limitada de "Eureka Boudreaux". Desejava ser livre.

Sua visão embaçou. O desespero de Atlas cobriu o seu. A mente que possuíra milhares de outros corpos não sabia se livrar da mente que o possuía. As mãos dele agarraram o cadáver de Eureka. Ele descontou sua raiva nele.

Seus dedos rasgaram sua garganta, dilaceraram sua pele, rasgando a cartilagem de seu pescoço. Seus punhos golpearam sem parar as frágeis costelas, quebrando o que o bálsamo das bruxas tinha semiconsertado. Eureka não o impediu; sabia que nada traria seu corpo de volta. Relaxou dentro da fúria dele, curiosa para saber como e quando ele ficaria exausto.

Errara em pensar que ele não tinha sentimentos. Quando as emoções de Atlas vinham à tona, elas o dominavam, assim como se apaixonar por Ander dominara Eureka. Ele conhecia a fúria, mas não seu oposto. Eureka o levaria a uma felicidade tão profunda que ele acabaria morrendo e, assim ela esperava, fazendo com que as almas dentro da União ascendessem para um lugar superior.

Mas, primeiro, precisava de um último adeus.

# 33

## CACHOEIRA

Eureka nadou na direção da oficina de ondas como um rei.

Sua visão embaçava de poucos em poucos segundos, e o oceano se revirava com a fúria de Atlas. A única maneira de manter os pensamentos dele a distância e os seus próprios acima do recife era chegando até Delfine. Não demorou para que Eureka conseguisse deixar a mente de Atlas afastada por um minuto inteiro. E depois por três.

Ela subiu à superfície para respirar, ficou boiando. Treinou para que as palavras saíssem coerentes.

— Estou quase me livrando de você — disse ela.

Eureka examinou a praia. As Montanhas das Bruxas Fofoqueiras agigantavam-se adiante. Achou que estava se aproximando de Delfine, mas não conseguia enxergar a onda suspensa. Lançou o pé de Atlas sobre um banco de areia e ergueu o corpo, com o oceano na altura do peito.

Um relâmpago atingiu a água uns 6 metros à frente. Mas o céu estava límpido. Alguma coisa dourada balançava nas ondas. O que quer que fosse, era o que tinha causado o relâmpago. Eureka nadou na direção dela e encontrou o tear de Delfine.

Focou a extraordinária visão de Atlas na praia. Havia o corpo nu de um rapaz deitado na areia. Seria Brooks? Não. A pele do rapaz era prateada — um robô fantasma. Ela avançou com dificuldade, arrastando o olhar de Atlas até outro robô, também esparramado na costa, perpendicular ao primeiro. Logo contou mais robôs. Eram sete, imóveis, espalhados pelo litoral. Seus corpos estavam naquelas posições de propósito, com braços e pernas abertos em ângulos diferentes, para que coletivamente formassem um desenho.

Ou melhor, cada corpo tinha sido posicionado para formar uma letra. Os robôs fantasmas soletravam uma palavra.

Mesmo se nunca tivesse visto a linguagem labirítinca de Atlântida nas páginas do *Livro do amor*, sua intuição da Linhagem da Lágrima teria decifrado a mensagem na areia. A palavra estava sem a última letra, mas Eureka conseguia entender seu significado.

A transliteração parecia com *Eur-ee-ka*.

Era a palavra atlante para *alegria*.

Atlas rugiu, e Eureka sentiu sua consciência ser empurrada para dentro dele. Viu apenas branco e percebeu que logo iria novamente para o coral enquanto Atlas gritava:

— Delfine!

Eureka tentou fazer sua mente avançar até o lugar em que conseguia manipular o corpo de Atlas. Focou em golpear o punho de Atlas no centro do rosto dele. Quando conseguiu, não sentiu nenhuma dor, mas percebeu que ele sentiu pela maneira como os pensamentos dele esvaeceram e Eureka recuperou a visão que tinha da praia.

— Não me faça machucá-lo novamente. — As palavras dela na garganta dele pareciam claras, expressando o tom perverso que ela queria.

Um movimento no topo de uma duna de areia — perto das palmeiras que a visão de Atlas pintava de turquesa — chamou a atenção de Eureka. Um robô fantasma perseguia outro. Os corpos dos dois eram idênticos, mas o robô que perseguia era especial: Ovídio estava com as feições de Solon enquanto se lançava para agarrar as pernas do outro robô, fazendo-o cair na areia.

Solon quem tinha inscrito a mensagem na areia. Omitira o significado do nome dela até aquele momento, quando ela seria capaz de usá-lo. Será que aquilo significava que ele ainda acreditava nela?

O outro robô debateu-se e sentou no peito de Ovídio, segurando seus braços para que se rendesse. Seus dedos procuraram algo na areia e encontraram uma rocha pesada. Eureka prendeu a respiração de Atlas quando o robô bateu a pedra na cabeça de Ovídio.

Faíscas voaram. Eureka não conseguia ver o rosto de Ovídio esmagado sob a rocha; estava afundado na areia molhada. Não sabia se robôs morriam, mas podia ver que Ovídio nunca mais se levantaria.

Enquanto o vencedor levantava-se da carnificina de oricalco, o braço de Ovídio deslizou na direção do rosto do oponente e tocou seu rosto, fazendo um carinho suave. Então ele enfiou os dois dedos debaixo da mandíbula do robô e os girou dentro da fechadura com formato de infinito que Eureka sabia que marcava seu pescoço. O robô fantasma caiu no peito de Ovídio, como se fosse abraçá-lo. Nenhum dos dois moveu-se novamente.

— Delfine! — gritou a boca de Atlas. — Ela vai traí-la...

Para silenciá-lo, Eureka cortou a bochecha de Atlas com a adaga de coral.

Na outra extremidade da praia, onde a oficina de ondas costumava ficar, Delfine estava deitada. Ondas lambiam seus longos cabelos. Brooks estava sentado em cima dela, numa posição surpreendente e erótica que fez o ciúme irromper por uma falha entre as mentes de Eureka e Atlas.

No entanto, havia alguma coisa separando os corpos de Delfine e Brooks. Eureka precisava chegar mais perto para ver o que era. Ela mergulhou de volta no oceano, usando toda a velocidade de Atlas enquanto nadava.

— Delfine! — gritou Atlas assim que Eureka chegou à superfície.

A adaga dela cortou sua outra bochecha. Uma chuva de sangue caiu na água.

Ao ouvir a voz de Atlas, Brooks ergueu o olhar. Seus olhos foram tomados pelo ódio, e Eureka lembrou a si mesma que não era por ela que ele sentia aquilo.

Brooks estava prendendo Delfine à areia por debaixo da mesma cachoeira que o aprisionara na oficina de ondas.

— Onde está Eureka? — perguntaram Brooks e Delfine em uníssono.

— Ela está morta — respondeu Eureka sobre si mesma para seu melhor amigo.

— Não — disse Brooks.

A cachoeira caiu da mão dele. Ela ferveu, fez fumaça e desapareceu no oceano.

Delfine empurrou-o para o lado e lançou-se na direção de Atlas. Em sua pele havia um enorme machucado roxo-esverdeado. Seu cabelo tinha virado um ninho colado ao rosto, e seu batom vermelho transformara-se numa mancha rosa-shocking que ia até o queixo.

— Eu decido quem está morto — disse ela.

Em seu novo corpo, Eureka agigantava-se diante de Delfine. Ficou impressionada ao ver o quanto a fantasmeira parecia delicada e frágil. Agarrou-lhe a nuca, puxou seus lábios rosa para a frente e beijou sua boca intensamente.

Eureka não tinha corpo para sentir dor, mas conseguiu sentir um desejo arrebatador explodir dentro de Atlas enquanto sua mente era carregada para as profundezas de seu ser. Então surgiu a visão que Eureka temia desde que decidira beijar Delfine até ela morrer:

Uma caverna dentro de uma cordilheira chuvosa. Um fogo brilhando na lareira. No ar, um amor espesso como o mel. Um bebê balbuciando no peito da mãe. E então, com o lampejo de um relâmpago, o bebê desapareceu. Envolto num cobertor de pele de raposa, cercado pelos braços de um jovem. O homem correu pela montanha, em direção a outro mundo.

*Leandro... volte... meu bebê...*

O sofrimento original de Delfine fluiu para dentro das reentrâncias da mente de Eureka. Era para aquilo fortalecer Eureka enquanto o absorvia, enquanto matava Delfine. Foi o que tinha acontecido quando Eureka beijou as outras garotas. Mas daquela vez estava sendo diferente, extremamente íntimo, como perder Diana uma segunda vez.

Delfine era a origem de tudo que Eureka odiava nela mesma. Ela era a fonte do lado negro de Eureka e de sua enchente. Também era a família mais próxima de Eureka, sua Linhagem da Lágrima e seu sangue. Não havia escolha entre rejeitar ou aceitar aquela ligação — as duas coisas aconteciam o tempo inteiro. Eureka e Delfine pertenciam uma a outra. As duas precisavam morrer.

Ela sentou sobre a fantasmeira, beijou-a com mais intensidade, mais paixão. Sentiu o corpo de Atlas enfraquecer. As pálpebras de Delfine contorceram-se. Suas veias acenderam como um relâmpago, e sua pele começou a fumegar. A carne chamuscada borbulhava ao longo do corpo como rios de alcatrão. Atlas gritou quando seus lábios e mãos sentiram as queimaduras, mas Eureka não deixaria que ele soltasse.

A fantasmeira fritou de dentro para fora. Eureka não parou de beijá-la até o corpo enfraquecer nos braços de Atlas e, após um tempo, ficar imóvel.

Por fim, Eureka afastou os lábios de Atlas e jogou na água o corpo chamuscado e enegrecido da fantasmeira. Pedaços do corpo flutuaram para longe. Eureka perguntou-se rapidamente que destino o fantasma de Delfine teria.

— Eis a morte que não está nas mãos da fantasmeira — disse Eureka, e limpou o beijo de Delfine da boca.

Mãos pesadas empurraram-na — empurraram Atlas — com tanta força que Eureka caiu para trás na água. Brooks pulou em cima de Atlas e agarrou o pescoço do rei. A mente de Eureka enevoou-se com a falta de oxigênio.

— Brooks! — arfou ela. — Sou eu.

— Sei quem você é.

Ele mergulhou-a na água.

— Sou Eureka! — cuspiu ela ao voltar à superfície. — Possuí Atlas assim como ele possuiu você. Pare! Estou prestes a...

Ele a mergulhou novamente. Ela não queria lutar com ele, mas era necessário. Ele não podia afogar Atlas antes que ela chorasse as lágrimas que libertariam os mortos desperdiçados. Ela deu uma forte joelhada na virilha de Brooks, que se afastou, e Eureka subiu para respirar, encontrando-o de joelhos, ofegante.

— Se não fosse eu, como saberia que você nasceu às 21h30 do solstício de inverno, depois de fazer sua mãe passar por 41 horas de trabalho de parto?

Brooks endireitou a postura e olhou nos olhos de Atlas.

— Eu saberia que você queria ser astronauta porque planejava velejar pelo mundo depois da universidade e não queria que sua exploração tivesse fim? Saberia que tem medo de montanha-russa, mas nunca admitiria, e que mesmo assim sentou do meu lado em todas elas? Ou que beijou Maya Cayce na festa dos Trejean? — Ela enxugou o rosto molhado de Atlas. — Cat me contou. Não tem importância.

— Isso é algum truque — respondeu ele.

Havia lágrimas nos olhos de Brooks. Não de tristeza, sentiu ela, mas de esperança de que aquilo *não* fosse um truque, de que Eureka não tivesse mesmo morrido.

— Eu saberia que você fez aula de teatro por três anos só porque eu tinha uma quedinha pelo Sr. Montrose? Ou que você tem medo de que seu pai tenha abandonado sua família por sua causa, mas que nunca fala sobre isso porque sempre vê o lado positivo das coisas? Mesmo quando eu não passo de uma nuvem de chuva? — Ela parou para recobrar o fôlego. — Se eu fosse Atlas, saberia o quanto Eureka Boudreaux ama você?

— Todo mundo sabe disso.

Brooks abriu um brevíssimo sorriso.

Ela pôs as mãos de Atlas no coração.

— Por favor, não o mate. Se matá-lo, nunca vou ter a oportunidade de consertar as coisas.

Brooks aproximou-se. Quando estavam a centímetros de distância, fechou os olhos. Apertou a mão de Atlas, que era forte e musculosa como a mão de um rapaz. Soltou e levou a mão para perto do rosto de Atlas, mas não o tocou. Quando Brooks abriu os olhos, Eureka viu que ele estava tentando ver o espírito dela.

— E agora, menina malvada? — perguntou ele.

Ela riu, sentindo um alívio inesperado.

— Você já esteve na União...

Brooks fez que sim, mas parecia não querer entrar em detalhes nem lembrar.

— Delfine o trouxe de volta com uma lágrima especial. Se eu puder fazer o mesmo de dentro de Atlas, posso reparar parte do que quebrei. Você tinha razão, eu não tenho saída, mas talvez haja esperança para o resto do mundo.

A visão dela ficou embaçada, e ela deixou de enxergar Brooks. Achou que era Atlas vindo à superfície, mas logo percebeu que agora havia outra pessoa compartilhando o corpo dele.

— Achou que eu iria simplesmente morrer e ir embora? — disse Delfine por Atlas com uma voz lenta e assustadora. — Eu quem controlo os fantoches. A palavra final é minha. O fim desta história sempre coube a mim.

Eureka controlou a voz de Atlas.

— Sei como sua história termina. — Ela disputou a visão de Atlas com Delfine. Brooks era uma luz pulsante, fraca e distante, no fim de um túnel escuro. — Você se tornou inimiga da alegria dos outros porque ela é algo que a ameaça. Mas vou devolvê-la a Atlas. Vou fazê-lo senti-la fortemente até que as coisas terríveis que eu e você fizemos sejam desfeitas.

Atlas riu com a perversidade gélida de Delfine.

— Ela não existe dentro de você.

A fantasmeira ressuscitara uma dúvida violenta, algo que Eureka achava que tinha se despedaçado no recife de corais. A tristeza de Eureka causara tanta dor. Como alguém alcançaria o nível de alegria necessário para desfazê-la? O medo fez a mente de Eureka oscilar na direção das beiradas afiadas do coral morto e branco, mas, quando seus pensamentos estavam prestes a serem despedaçados, a visão dela focou-se brevemente...

Achou que tivesse visto Brooks tomar a adaga da mão de Atlas.

*Não*, ela tentou dizer a ele, mas perdera o controle da voz de Atlas.

Então Atlas gritou, e alguma coisa brilhante aproximou-se da mente de Eureka, algo que não estava lá antes. Parecia — mesmo sem conseguir sentir — que alguém tinha segurado sua mão. Brooks descartara o próprio corpo e também entrara em Atlas.

*Não era para você estar aqui dentro, Brooks.*

*É para eu ficar perto de você* — ela o sentia ao redor — *até o fim do mundo e a carona de depois.*

E *era* o fim do mundo, e talvez o começo também. Brooks encontrara Eureka no momento em que mais precisava de alguém para incentivá-la.

A alegria brotou no fundo da garganta de Atlas. Pela maneira como o corpo dele se contraiu, Eureka sentiu que o rei nunca tinha chorado antes. Quando as lágrimas dela surgiram nos cantos dos olhos, eram de alegria — mas também eram vulneráveis e acanhadas, desejosas e otimistas.

Nenhuma emoção era pura. A alegria era o luto às avessas, e o luto era a alegria sob uma perspectiva diferente, e ninguém sentia somente uma coisa de cada vez. As lágrimas que ela chorara quando inundou o mundo deviam ter causado algum bem em algum lugar, pois eram lágrimas que haviam nascido do amor que sentia por Brooks. Eram aquelas lágrimas que haviam trazido a sabedoria de Solon para sua vida, que permitiram que Cat e os gêmeos descobrissem suas peculiaridades. As lágrimas que tinham libertado Ander dos Semeadores.

*Continue.* Ela sentiu Brooks encorajá-la para que prosseguisse, mesmo com ela sabendo que ele sabia que ela não conseguiria parar. Sua mente era uma cachoeira de lembranças: os gêmeos dividindo um balanço debaixo de um céu azul-pálido. Diana aproximando-se por trás do pai na cozinha antiga e colocando pimenta-caiena demais na sopa. Rhoda limpando armários. Eureka correndo e correndo e correndo pelos bayous durante o pôr do sol. Subindo em carvalhos para se encontrar com Brooks no topo da lua.

Quando as lágrimas atingiram o oceano, elas dividiram a água na cintura de Atlas. Uma onda retraiu-se e estourou na cabeça dele. Por um instante, todas as quatro mentes dentro de Atlas nadaram juntas para levar o corpo dele até a superfície do mar.

Mas o mar deixara de ser o mar. Era um campo de narcisos brancos florescendo, com botões emaranhando-se e subindo cada vez mais, caules crescendo pelo litoral, plantando suas raízes entre os membros dos robôs fantasmas vazios.

Então os botões floresceram e se transformaram em pessoas, que viravam umas para as outras, almas antigas em um novo mundo que desabrochava rapidamente. A promessa de um novo começo reluzia nos olhos de todos como orvalho. Eram lágrimas, percebeu Eureka, cada uma representando um labirinto de infinitas emoções.

Quando um arco-íris coloriu a visão de Eureka, ela percebeu que testemunhava de cima o florescer da sua redenção no mundo. Estava livre. Mas, se sua alegria tinha matado Atlas, onde estava o cadáver? E o que tinha acontecido com as mentes incorpóreas e espectrais de Delfine e Brooks?

Abaixo dela estavam as Montanhas das Bruxas Fofoqueiras. Avistou os gêmeos com tons do arco-íris, correndo até a beirada da toca das bruxas. Ao ver o jardim infinito de almas desabrochando, Eureka sentiu a risada deles animá-la.

Uma garota de roupa roxa e brilhante saiu da toca e se juntou aos gêmeos. Esme sorriu e acariciou o pescoço, onde uma pérola negra iridescente brilhava numa corrente prateada. Havia fumaça subindo da pérola, e Eureka percebeu a escuridão que estava presa lá dentro. Delfine e Atlas tinham sido devolvidos para uma nova Desdita, cristalizada dentro da pérola. A profecia da Linhagem da Lágrima estava completa e nunca mais decoraria outro coração além do de Esme.

A uma pequena distância de Esme e dos gêmeos, Ander estava em pé. Ele olhava o que Eureka tinha feito e enxugava as lágrimas. Ela queria que o amor dos dois pudesse ter tido uma história diferente, uma em que Eureka ainda estivesse ao lado dele, mas, às vezes, o sofrimento era uma consequência do amor. Esperava que, quando o alicerce de Ander sossegasse, houvesse espaço para alegria nas lembranças que ele tinha dela.

Ela logo enxergou os anéis de Atlântida. Enormes arcas de madeira espalhavam-se pela baía azul e brilhante atrás da ilha. Eureka viu Cat no leme de um, flertando com um marinheiro. E bem além daqueles barcos, novos mundos ascendiam, desabrochavam, litorais germinando com almas que Eureka não reconhecia e nunca reconheceria. Seu pai estaria lá embaixo, apesar de ela não conseguir enxergá-lo, junto ao restante das almas que tinham ficado presas por causa de suas lágrimas. Perguntou-se se o pai se lembraria de tudo que tinha acontecido, que sua mensagem de morte para Eureka fizera toda a diferença para a salvação do mundo. Ela tentou se despedir dele com amor, assim como ele fizera com ela.

Então Eureka estava dentro do arco-íris. Ela era uma lembrança de algo comovente atravessando o céu, passando por uma revoada de pombas. Sabia que estava se estendendo na direção de Diana, e que logo se reencontrariam, escavando as nuvens peroladas do Paraíso.

*Ainda está comigo?* Brooks encontrou-a nas faixas de cor que Eureka achava estar subindo sozinha. Pensou no primeiro nome dele, algo que raramente fazia.

*Até o fim do mundo e a carona de depois, Noah.*

# AGRADECIMENTOS

Agradeço eternamente aos meus leitores: vocês abriram seus corações para Eureka e compartilharam corajosamente suas próprias histórias de amor. Sempre estarei aqui.

A Wendy Loggia, cuja fé nesta história alimentou a minha própria. A Beverly Horowitz, cujos *insights* são pedras preciosas. A Laura Rennert, cujos conselhos transformam a montanha mais alta num monte suave. Àqueles que tocaram neste livro na editora Random House e na agência literária Andrea Brown — é uma honra trabalhar com os melhores.

A Blake Byrd, que me levou para velejar numa viagem que inspirou a de Eureka. A Maria Synodinou em Atenas, por sua convicção sobre Atlântida. A Filiz do Sea Song Tours em Éfeso, por uma tarde mística. A Tess Hedlund e Lila Abramson, por me conectarem ao que importa. A Elida Cuellar, por sua tranquilidade essencial.

A minha família, por saber como funciona esse processo tumultuoso e me amar mesmo assim. A Matilda, por novos olhos. E a Jason, por explorar comigo todos os maravilhosos frutos do amor.

Este livro foi composto na tipografia Simoncini Garamond Std,
em corpo 11/15,6, e impresso em papel offwhite
no Sistema Digital Instant Duplex da Divisão Gráfica
da Distribuidora Record.